옛날에
내가 죽은 집

MUKASHI BOKU GA SHINDA IE

by Keigo HIGASHINO

히가시노 게이고

옛날에
내가 죽은 집

むかし僕が死んだ家 —— **최고은** 옮김

✳
비채

❖

프
롤
로
그

❖

むかし僕が死んだ家

내가 유년시절을 보낸 낡은 집을 철거한다는 소식은, 철거 예정일 한 달 전에 과거 내 아버지였던 인물에게서 날아왔다. 물론 내 어머니였던 여성과 상의한 끝에 정한 일이겠지. 그들은 이미 몇 년 전에 그 낡은 집을 떠나, 지금은 바다 근처의 맨션에서 한가롭게 살고 있었다. 일반적으로 여생을 보낸다는 표현이 어울릴 것이다.

편지에는 철거 일정뿐 아니라, 대략적인 시작 시간까지 적혀 있었다. 내가 그날 그 시간에 그 낡은 집 앞에 오기를 기대한 것이리라.

하지만 나는 그들의 기대를 배신하기로 했다. 결코 그들과 얼굴을 마주하고 싶지 않았기 때문은 아니었다. 어찌 되었든 내 부모였던 사람들이다. 내 쪽에서 거부하는 건 용납되지 않는 일이었다. 나는 그저 그 낡은 집에서 나올지도 모르는 무언가, 도저히 상상할 수 없는 무언가가 두려운 것뿐이었다.

철거 당일, 나는 집에서 음악을 듣고 책을 읽으며 시간을 때웠다. 밖에 나가지 않았던 건 누구와도 마주치고 싶지 않아서였다.

하지만 책 읽는 시늉을 하면서도, 음악 듣는 척을 하면서도, 머릿속으로는 그 낡은 집을 생각했다. 과거 내가 입시 공부를 하던 방, 다 같이 고타쓰전기 등 열원 위에 틀을 놓고 이불을 덮어 만든 난방 기구에 들어가 텔레비전을 보던 거실, 저녁 메뉴를 궁금해하며 가방도 내려놓지 않은 채 들여다보던 주방. 벽장, 복도, 어스름한 창고.

그 집이 철거되어 소멸하는 광경을 떠올렸다. 벽이 헐리고, 바닥이 부서지고, 기둥이 부러지는 모습을 상상했다. 기둥에는 여전히 일주일에 오 분씩 늦는 낡은 벽시계가 걸려 있을지도 모른다. 벽에는 신문사 이름이 인쇄된 몇 년 전의 달력이 걸려 있을지도 모른다. 그리고 툇마루 쪽 복도에는 직경 3센티미터의 눌어붙은 자국이 남아 있겠지. 내가 초등학생 때, 렌즈로 빛을 모아 태운 흔적이다. 그때 아버지에게 고막이 터질 정도로 혼쭐이 났다.

그런 공상을 몇 번이고 반복해서 떠올렸다. 종국에는 이미지가 닳아 없어져 짙은 갈색으로 변색된 추억의 조각만이 남았다.

집 하니, 기억에 남아 있는 집이 또 하나 있다.

내가 자란 일본식 가옥과는 다른, 이국적인 분위기의 하얗고 자그마한 집. 그 집은 인적이 드문 산속에 호젓하게 자리하고 있었다.

그 집을 생각하면 지금도 몸서리가 쳐진다. 형언할 수 없는 공포에 가슴이 답답해진다. 침대에 혼자 누워 있을 때에는 머리끝까지 이불을 뒤집어쓰고 싶어진다.

하지만 한편으로는 그리움에 가까운 감정에 휩싸이기도 했다. 무언가가 나를 부르는 듯한 느낌마저 들었다.

그러나 그곳을 찾아가지는 않았다. 그 마음을 고이 접어두는 것이 나 자신을 위한 일이라는 건 내가 가장 잘 안다.

나는 어떤 여성과 함께 그 하얀 집을 찾아갔다. 어떤 것을 찾기 위해서. 하지만 그것이 무엇이었는지 우리는 알지 못했다. 그곳에 무언가가 있을지도 모른다는 막연한 기대가 우리를 그곳으로 향하게 한 것이다.

그 판단이 옳았는지는 지금도 모르겠다.

이 년 전의 일이다.

❖

1
장

❖

むかし僕が死んだ家

1

집으로 걸려온 한 통의 전화. 그것이 모든 일의 시작이었다.

목소리를 들었을 때, 바로 누군지 알아챘다. 앳된 티가 묻어나는 독특한 목소리. 가슴이 뛰었다. 그렇지만 일부러 사무적인 목소리로 '누구시죠?'라고 말했다. 살짝 심술을 부려본 것이었지만 쓸데없는 짓을 했다고 이내 후회했다.

"나카노라고 하는데요."

그녀가 결혼 전 성이 아니라 지금 성을 말한 건 나름의 오기였을지도 모른다.

"나카노 씨?"

나는 여전히 모르는 척을 했다.

"아, 미안해요. 구라하시예요. 구라하시 사야카."

"아, 구라하시구나." 그제야 생각났다는 듯 대답했다. 어설픈 연기였다. "지난번엔 고마웠어."

그러자 그녀는 말문이 막힌 듯 입을 다물었다. 그도 그럴 법했다. '지난번엔 고마웠다'는 인사 자체가 전혀 상황에 맞지 않았기 때문이었다.

수화기에 대고 살짝 웃으며 말했다.

"하기야 지난번엔 거의 얘기도 못 했지."

"그랬지." 사야카도 그제야 긴장이 풀린 듯 대꾸했다. "남자애들하고 이야기하느라 내 쪽에는 얼씬도 않았잖아."

"그러는 너도 날 피하는 것 같던데."

"내가? 아니야."

"그래?"

"그래."

"흐음."

나는 책상 위의 샤프를 집어서 찰칵찰칵 눌러 심을 뺐다. 몇 초간 어색한 침묵이 흘렀다. "뭐, 그건 그렇고." 다시 말을 이었다. "무슨 일로 전화했어? 그냥 생각난 김에?"

"그게 아니라." 사야카가 숨을 들이마시는 소리가 들렸다. 희미하기는 하지만 호흡이 흐트러진 게 느껴졌다. 이내 마음을 굳힌 듯 그녀는 말문을 열었다. "만나서 할 이야기가 있는데, 시간

내줄 수 있어?"

나는 내심 놀랐다. 사야카가 먼저 만나자는 말을 할 줄은 몰랐다. 나는 샤프심을 바라보며 물었다.

"무슨 얘긴데?"

잠시 뜸을 들이다 사야카는 "음, 전화로는 좀 그렇고……"라고 말했다.

수화기를 귀에 댄 채 나는 그 이야기의 내용을 상상했다. 삼류 연애소설의 스토리가 몇몇 떠올랐지만, 설마 사야카가 그런 이유로 전화했을 리는 없었다. 그렇지만 일단 물어는 봤다.

"그 얘기라는 거, 혹시 우리 둘하고 관련된 얘기야?"

"너하고는 상관없어." 그녀는 단칼에 부정했다. "내 문제야. 그래도, 이야기를 들어줬으면 해. 부탁하고 싶은 것도 있고." 사야카는 내 대답을 가로채듯 말을 이었다. "부탁할 사람이 너밖에 없어."

마음속에 호기심이 피어올랐다. 하지만 애써 억누르며 나는 재차 물었다.

"남편도 알아?"

"남편은 지금 없어."

"없다고?"

"미국 출장중이야."

"그렇구나."

나는 집게손가락으로 샤프심을 다시 밀어넣었다.

"하지만 오해는 마." 그녀의 숨소리가 다시 가빠졌다. "남편이 있어도 어떻게 할 수 없는 문제니까."

나는 입을 다물었다. 무슨 일인지 도무지 짐작이 가지 않았다. 하지만 예삿일이 아니라는 건 사야카의 목소리만 들어도 충분히 알 수 있었다. 그만큼 신중해질 필요가 있었다.

"잘 생각해봐." 나는 입술을 핥으며 말했다. "나보다 더 적합한 사람이 있는지. 지금 너하고 내가 만나는 건 생각하기에 따라서는 좀 위험해. 너도 알지?"

"알아. 아는데 부탁하는 거야."

"그래도……."

"부탁이야." 사야카는 목소리를 쥐어짜며 애원했다. 얼마나 절박한 상황인지 느껴졌다. 먼 곳을 바라보는 눈동자. 눈가는 분명 붉게 물들어 있으리라.

나는 한숨을 내쉬었다. "내일 오후라면 괜찮아." 나는 무뚝뚝하게 대답했다.

"고마워."

사야카는 그렇게 말했다.

고등학교 2학년부터 대학교 4학년까지, 약 육 년 동안 나와 사야카는 연인이었다. 하지만 딱히 정열적인 애정 표현을 나눈 적도 없고 극적인 추억이 있는 것도 아니었다. 어쩌다 보니 육년이나 사귀고 있었다.

이 관계에 종지부를 찍은 건 사야카였다.

"미안해. 좋아하는 사람이 생겼어."

그러니까 헤어지자는 말은 하지 않은 채, 사야카는 말없이 눈을 내리깔았다. 하지만 그것으로 충분했다. 서로를 속박하지 않고, 떼쓰지 않고, 관계를 끝내고 싶어지면 솔직히 말한다. 그것이 우리의 약속이었다. 그래서 구질구질하게 사야카를 붙잡을 수 없었다.

"알았어."

고개 숙인 사야카에게 내가 던진 말은 그 한마디뿐이었다. 그 뒤로 우리는 만나지 않았다.

우리가 다시 만난 건 그로부터 칠 년이 지난 초여름이었다. 고등학교 2학년 때 같은 반이었던 친구들과 신주쿠에서 동창회를 했다. 참석하기로 정했을 때, 가슴속에 사야카와 만날 수 있을지도 모른다는 기대감이 있었던 건 부정하지 않겠다.

동창회 자리에서는 흘러간 세월만큼 나이를 먹은 친구들과 이야기를 나누면서도 시야 한구석으로 사야카의 모습을 찾았다. 기대했던 대로 사야카도 있었다. 사귀던 시절에는 너무 말랐다 싶던 몸매도, 여성스러운 곡선이 돋보이게 변해 있었다. 화장 기술도 늘었는지 차분한 분위기가 감돌았다. 하지만 순간적으로 보이는, 앳된 소녀 같은 위태로운 분위기는 예전 사귀던 시절 그대로였다. 그 사실을 확인하니 왠지 마음이 놓였다. 그것이야말로 사야카의 본질이었고, 그 위태로움을 잃은 그녀의 모습은 상상조차 할 수 없었기 때문이었다. 사야카는 늘 무리에서 한 발짝 물러나 자신의 영역을 확보했다. 그리고 경계하는 듯한 눈빛으로 가만히 주변을 둘러보았다.

그런 그녀의 눈길이 나에게 와 닿는 것을 느꼈다. 그때 나도 그녀를 보았다면, 이야기를 나눌 기회가 생겼을지도 모르겠다. 하지만 나는 알아채지 못한 척했다.

모임의 분위기가 한창 달아올랐을 즈음, 각자 돌아가며 인사를 하게 되었다. 사야카의 차례가 왔을 때 나는 시선을 떨구어 손에 든 미즈와리위스키, 소주 등에 물, 얼음 등을 섞어 희석한 것 잔을 내려다보았다.

사 년 전에 결혼해서 현재는 전업주부. 그것이 사야카의 근황이었다. 무역회사에 근무하는 남편은 집에 거의 없다고 했다. 흔하다면 흔한 이야기였다. 사야카에게서 이런 평범한 이야기를 들을 줄이야, 예전에는 상상도 못 했던 일이었다.

"아이는?"

학급위원이었던 여자 동창이 물었다. 으레 하는 질문이었다. 나는 밍밍해진 술을 마셨다.

"있어. 한 명……."

"남자애야?"

"아니, 여자애."

"몇 살이야?"

"곧 세 살."

"제일 귀여울 때네."

동창의 말에 사야카는 바로 대답하지 않았다. 잠시 뜸을 들이다 "그래, 귀엽지" 하고 조금 힘없는 목소리로 대답했다. 나는 고개를 들어 그녀를 보았다. 그 목소리가 무척 곤란한 듯 들렸기 때문이었다. 하지만 그 미세한 부자연스러움을 알아챈 사람은 나밖에 없는 것 같았다. 이미 다음 사람이 이야기를 시작했다.

사야카는 손수건을 꺼내서 마치 표정을 감추려는 듯 이마 언저리를 짚고 있었다. 기분 탓인지 낯빛이 창백해 보였다. 계속 바라보고 있었더니 그 시선을 알아챈 듯 그녀는 내 쪽으로 고개를 돌렸다. 이날 처음으로 눈이 맞았다.

그러나 다음 순간 나는 고개를 숙였다.

결국 이날, 우리가 대화를 나누는 일은 없었다. 대체 무엇을 위해 참석한 걸까. 집으로 돌아와 넥타이를 풀며 자문했다. 동시에 다시는 사야카와 만날 일이 없으리라 생각했다.

그런데 그로부터 일주일 뒤에 전화가 걸려왔다.

약속 장소는 신주쿠 시티 호텔의 커피숍이었다. 웨이터의 안

내를 받아 자리에 앉은 게 5시 십 분 전이었다. 사야카는 아직 오지 않은 것 같았다. 커피를 주문한 뒤 그리 넓지도 않은 라운지를 새삼 둘러보다 내심 그런 자신을 비웃었다. 약속 시간보다 십 분이나 일찍 오다니, 대체 무슨 기대를 하는 거지? 여기서 만나기로 한 이는 대학 시절의 사야카가 아니다. 무역회사에 다니는 남편을 둔 유부녀라고.

또 하나의 내가 반론했다. 기대는 무슨. 목소리가 하도 심각해서 이야기를 들어주려는 것뿐이야. 나밖에 의지할 사람이 없다잖아.

다시 반론. 그 말이 그렇게 듣기 좋았나 보지? 남편한테는 못하는 얘기를 나한테 하는구나 하고. 결혼해서도 아직 날 못 잊은 게 아닐까. 그런 기대를 갖고 있는 거잖아. 그만해, 그만두라고. 쓸데없는 꿈을 꾸었다간 너만 창피당한다고.

그런 게 아냐, 난 그저…….

5시 오 분 전에 사야카가 나타났다.

그녀는 나를 발견하고는 고개를 살짝 숙이고 심호흡을 한 뒤 다가왔다. 페퍼민트그린 빛깔의 정장에 하얀 블라우스 차림이었다. 치마 길이는 이십대 초반을 연상시킬 정도로 짧았다. 짧은 머리도 잘 어울려서, 사진을 찍으면 그대로 주부잡지의 표지로 써도 될 것 같았다.

"내가 먼저 도착한 줄 알았는데."

테이블 옆에 서서 사야카는 그렇게 말했다. 얼굴이 약간 상기된 것처럼 보였다.

"볼일이 일찍 끝나서. 서 있지 말고 앉아."

사야카는 고개를 끄덕이더니 맞은편에 앉았다. 그리고 지나가던 웨이터를 불러 밀크티를 주문했다. 나는 커피, 사야카는 밀크티. 그 시절과 똑같았다.

"집이 이 근처야?"

사야카는 테이블에 시선을 고정한 채 내 쪽을 힐끔거리며 물었다.

"아니, 그건 아니고. 전철 두 번 환승했어. 거리상으로는 그렇게 멀지 않지만."

"그럼 왜 여기서 보자고 했어?"

라운지를 둘러보듯 눈동자만 움직이며 사야카는 물었다.

"중간 지점에서 보는 게 나을 것 같아서. 우리 집이 더 가깝지만. 지금 도도로키에 산다면서."

내 말에 사야카의 눈이 살짝 커졌다. 자신이 사는 동네를 내가 아는 게 뜻밖인 모양이었다. 물론 지난번 동창회에서 본인이 말했던 걸 기억하는 것뿐이었다. 그때 일이 기억났는지 사야카의 입가에 희미하게 미소가 번졌다.

"내 얘기엔 관심도 없는 줄 알았는데."

"넌 내 말 안 듣고 있었어?"

"듣고 있었어. 열심히 사는 것 같더라."

사야카가 그렇게 말했을 때, 주문한 밀크티가 나왔다. 그녀가 한 모금 마시기를 기다렸다 나는 말을 이었다.

"내 전화번호는 누가 알려줬어?"

"구도가."

"그럴 것 같았어."

구도는 동창회의 간사였다. 예전부터 오지랖 넓은 성격에 각종 모임이나 행사의 분위기 메이커로 활약하는 녀석이었다. 구도도 과거 우리가 사귀었던 사실은 알고 있었다. 그래서 사야카가 내 연락처를 물어봤을 때, 괜히 넘겨짚고 알려준 것이리라. 구도의 성격을 모를 리 없는 사야카가 그렇게까지 한 걸 보면 역시 예삿일은 아닐 것이었다.

나는 지갑에서 명함을 꺼내 사야카 앞에 놓았다.

"네리마 구에 사네."

명함을 집어든 사야카가 말했다.

"학교에서 가까워서."

대학은 도요시마 구에 있었다.

"이학부 물리학과 제7강좌…… 그때랑 똑같네."

"연구조수라는 직함을 달게 된 게 유일한 발전이랄까."

나는 콧김을 내뱉으며 대답했다.

"조만간 조교수가 되겠지?"

24

"아직 까마득한 이야기네."

한동안 내 명함을 들여다보던 사야카가 입술을 핥더니 고개를 들었다.

"다른 명함은 없어?"

"다른 명함? 없는데. 무슨 소리야?"

"그걸 뭐라고 하지…… 문필업이라고 하나? 동창회 때 누가 그런 일도 한다는 얘길 하던데."

"아…….." 나는 고개를 끄덕이며 살짝 식어버린 커피를 마셨다. "그건 아르바이트. 부업이라고 할 정도도 아냐."

"그래도 잡지에도 연재한다면서."

"별로 안 유명한 과학잡지야. 그리고 매번 연재하는 것도 아니고. 적당한 주제가 있을 때만 편집부에서 연락이 오거든."

연재하는 잡지는 신문사가 발행하는 월간지였다. 그중에 '과학자의 눈으로 본 사회현상'이라는 코너가 있다. 세상물정에 어둡다고 여겨지는 과학자가 시사문제를 과학과 연결 지어 이야기하는 내용이었다. 원래는 잡지 편집장과 친분이 있는, 우리 과 조교수에게 온 제안이었다. 하지만 그 조교수가 어설픈 글을 잡지에 실었다가 창피를 당하고 싶지 않다고 하는 바람에, 직속 부하인 내가 떠맡게 된 것이다. 분명 첫 회의 주제는 '프로야구 드래프트 제도에 대해'였다. 그리고 일곱 번 내 글이 실렸다.

"사실 네 글이 실렸다는 얘기를 듣고 도서관에서 그 잡지를 봤어. 전부는 못 보고 삼 회분 정도."

"봤어? 좀 쑥스럽네. 글 너무 못 썼지?"

나는 사야카가 문학부 출신이라는 사실을 떠올리며 물었다.

사야카는 고개를 저었다.

"재미있게 읽었어. 그리고 주제도 흥미로웠고."

"다행이네. 독자 의견을 들은 건 처음이야." 나는 커피를 다시
한 모금 마시며 그녀의 얼굴을 보았다. "부탁할 일이란 게 뭐야?"

사야카는 자신의 감정을 마지막으로 확인하듯 심호흡을 하더
니, 옆에 있는 가방에서 갈색 봉투를 꺼냈다. 봉투를 거꾸로 세
우자, 황동 빛깔의 금속 막대기와 곱게 접힌 종이가 손바닥 위로
떨어졌다. 그녀는 그것들을 내 앞에 놓았다. 금속 막대기인 줄
알았던 건 황동으로 만든 열쇠였는데, 손잡이 부분이 사자 머리
로 되어 있었다. 나는 종이를 펼쳤다. 편지지에 검은 잉크로 그
린 지도였다.

나는 고개를 들었다.

"이게 뭐야?"

사야카의 입술이 느리게 열렸다.

"아빠 유품이야."

"아버지 돌아가셨어?"

"일 년 전에. 심근경색으로."

"그랬구나……."

별다른 감회는 없었다. 사야카의 아버지와는 한 번도 만난 적이 없었다.

나는 열쇠를 집어 들었다. 손 가득히 묵직함이 느껴졌다. 지도는 어느 장소를 찾아가는 길을 그린 약도 같았다. 지도에 표기된 유일한 지명은 오른쪽 아래에 작게 그려놓은 역이었다.

'마쓰바라코 역'이라고 적혀 있었다. 나가노의 고모로 부근이었던가. 기억을 더듬었다.

"이게 어쨌는데?"

"이 지도에 있는 곳에 가줘." 내 물음에 그녀는 대답했다. "나랑 같이."

생각지도 못한 말에 놀라서 눈을 부릅뜨며 되물었다.

"내가? 너하고? 왜?"

사야카는 오른손을 뻗어 내 손에서 열쇠를 가져갔다. 그녀의 손끝이 내 손바닥에 닿았다. 가늘고 하얀 손가락의 서늘한 감촉이 남았다.

"아빠의 생전 행동 중에 지금도 마음에 걸리는 게 있어." 사야카는 조용히 말문을 열었다. "아빠는 낚시가 취미였는데, 쉬는 날에 종종 혼자 낚시를 하러 갔어. 그런데 가끔 이상하다 싶을 때가 있었어. 전날에 아무 준비도 안 하는 거야. 미끼를 사거나, 낚시 도구를 준비하는 일 같은 거. 그리고 그런 날에는 늘 빈손으로 돌아왔어. 그뿐 아니라, 집에 와서도 낚싯대를 꺼내보지도 않았어. 원래는 잘 손질해서 다시 넣어두는데."

"낚시는 핑계고, 어디 다른 곳에 다녀온 거라고 생각하는 거야?"

"그렇게 생각할 수밖에 없는 상황이었어."

"그런 일이 자주 있었어?"

"글쎄. 두세 달에 한 번쯤이었나. 물론 내가 학교나 회사에 있는 동안의 일은 모르지만."

"아버지에게 물어본 적은 없어?"

"한 번 물어봤어. 정말 낚시하고 왔냐고. 그랬더니 당연한 소리를 왜 하느냐면서, 한 마리도 못 낚았다고 놀리는 거냐고. 화 낸 건 아니지만 언짢은 얼굴로 그러시더라고. 거짓말이라는 확신이 들었어. 하지만 당시에는 새로 여자친구가 생긴 건가 싶었어. 엄마가 돌아가신 지도 꽤 됐고 따로 만나는 분이 있어도 이상할 건 없다 싶어서."

"자연스러운 추리네."

나는 테이블 위에 두 팔꿈치를 대며 말했다.

"돌아가신 엄마를 생각하면 약간 서운하기도 했지만 그래도 기대가 됐어. 언젠가 소개시켜주시겠지 하고." 사야카는 살며시 미소를 지었지만, 이내 진지한 표정으로 말을 이었다. "하지만 아빠가 돌아가셨을 때에도 그런 분은 나타나지 않았으니, 내 착각이었던 거지. 결국 아빠가 어디에 갔었는지 모른 채 일 년이

지났는데, 최근에 그 열쇠와 지도를 발견했어. 아빠가 낚시를 갈 때 갖고 다녔던 가방에서."

"흐음."

나는 다시 한번 지도를 살펴본 뒤 고개를 들었다. 사야카와 눈이 맞았다.

"아버지가 이 지도에 있는 곳에 다녀오신 것 같다고 생각하는 거지?"

사야카는 고개를 끄덕였다.

"여기에 무엇이 있는지 확인하고 싶은 거고?"

사야카는 다시 고개를 끄덕였다.

나는 커피 잔을 다시 집으려다 이미 비어 있는 걸 보고 손을 거두었다.

"그럼 혼자 가보면 되잖아. 내가 따라갈 필요가 있어?"

"한 번도 가본 적 없는 곳이라 혼자는 좀 불안해서."

"그럼 다른 사람한테 부탁하면 되잖아."

"이런 일을 부탁할 만한 사람이 없어. 그리고 같이 여행 가자고 할 친구도 없고."

사야카는 고개를 숙였다. 그리고 의자 팔걸이에 두 팔을 얹은 채 몸을 쭉 펴고 앞뒤로 흔들었다. 그런 아이 같은 행동도 예전 그대로였다.

"잘 이해가 안 가는데." 나는 말문을 열었다. "심각하게 생각할 일이 아니잖아. 아버지의 작은 비밀을 밝히려는 거 아냐. 서두를 필요가 있어? 남편이 돌아올 때까지 기다렸다 드라이브 겸 해서 같이 가봐. 아이도 있다니 가족끼리……." 거기까지 말하다 입을 다물었다. 사야카가 돌연 고개를 들어 험악한 눈빛으로 나를 보았기 때문이었다. 나는 조금 당황하며 물었다.

"왜 그래?"

사야카는 눈을 깜빡이며 고개를 숙였다. 마치 눈물을 참는 듯한 동작이었지만, 그녀가 왜 이 순간 울음을 터뜨리려고 하는지 짐작도 가지 않았다.

다시 고개를 숙인 사야카를 보고 잠시 입을 다물기로 했다. 먼저 말을 꺼낼 때까지 기다려야겠다고 생각했다.

뭔가 사정이 있는 게 틀림없었다. 아버지의 생전 행동에 의문이 들었다는 이유만으로 옛날에 사귀던 남자에게 도와달라고 부탁했을 리는 없다. 하지만 그 속사정을 듣고 나서 어떠한 결정을 내려야 할지, 도무지 알 수 없었다. 신중하게 생각해야 해. 다짐하듯 속으로 되뇌었다. 사야카와의 인연이 다시 이어질 수 있을지도 모른다는 묘한 기대감을 품기 시작한 자신의 나약함을 자각했기 때문이었다.

살짝 고개를 든 사야카의 눈은 붉지 않았다. 뭔가 생각에 잠긴 듯 먼 곳으로 아련한 시선을 보내다 뭔가를 포착한 듯 서서히 눈동자를 움직였다. 나도 그 시선을 좇았다. 사야카의 시선이 가

닿은 곳에는 라운지에 들어온 젊은 연인이 있었다. 자그마한 여자는 허벅지 끝까지 보일 정도로 짧은 반바지에 소매가 나풀거리는 티셔츠 차림이었다. 훤칠한 남자는 폴로셔츠에 청바지 차림이었다. 두 사람 다 볕에 타 까무잡잡했다.

사야카는 그들에게 시선을 고정한 채 미소를 지었다.

"옛날 네 모습을 보는 것 같네. 셔츠 아래의 팔 좀 봐."

"그래?" 학창 시절 나는 육상을 했다. 단거리와 높이뛰기 선수였다.

사야카는 똑바로 나를 보았다.

"고등학교 때 일, 기억나?"

"얼마나 됐다고. 기억하지."

"나도."

그렇게 말하며 그녀는 내 가슴 언저리를 보았다. 그리고 다시 얼굴을 보며 말했다.

"중학교 때는? 기억나?"

"기억나는 것도 있고. 잊어버린 것도 많지만."

"초등학교 때는?"

"그렇게 옛날 일은 많이 잊어버렸지. 친구 얼굴도 기억 안 나."

"하지만 추억은 떠오르지? 소풍이나 운동회 같은 거."

"운동회는 똑똑히 기억이 나. 특히 달리기. 결국 일등을 못했거든."

"정말? 의외네." 사야카는 살짝 웃더니 물었다. "그보다 더 옛날 일은 기억나?"

"더 옛날 일?"

"초등학교 입학 전 일 말이야. 기억나는 거 있어?"

"어려운 질문이네." 나는 팔짱을 꼈다. "뭐가 뭔지 모르겠는 기억의 파편 같은 게 있긴 해. 동네 아이들하고 놀았던 기억이라든지 아버지께 혼이 난 일 같은 거. 하지만 정확한 스토리는 모르겠고."

"그래도." 사야카는 그렇게 말했다. "일단 기억은 난다는 거네. 어떤 집에 살았다거나, 주변에 어떤 사람이 있었다는 건."

"그 정도는 뭐." 대답하며 나는 살며시 웃었다. "그런 걸 왜 물어?"

사야카는 다시 망설이는 표정을 지었다. 그리고 입술을 핥으며 말했다.

"나한테는 없거든."

"없다고? 뭐가?"

"그러니까." 사야카는 작게 숨을 내쉬며 말을 이었다. "어릴 적 기억 말이야. 어떤 집에 살았는지, 이웃에 어떤 사람이 있었는지, 전혀 기억에 없어. 그 기억을 되찾기 위해 이곳에 가고 싶은 거야."

2

"어릴 적이라면, 초등학교 이후의 기억은 있어. 입학식 날은 선명하게 기억해. 엄마 손을 잡고 학교 정문을 지났지. 담을 따라 높다란 벚나무가 늘어서 있었어. 눈이 내리는 것처럼 꽃잎이 흩날렸고……" 먼 곳을 바라보는 눈으로 그렇게 말하더니, 사야카는 고개를 저었다. "하지만 그 이전의 기억이 없어. 잘라낸 것처럼 깨끗이." 그리고 애원하는 눈빛으로 나를 보았다.

나는 팔짱을 풀고 조금 앞으로 당겨 앉았다. 사태 파악이 잘 안 됐다. 천천히 입을 열었다.

"그게 어쨌는데? 옛날 일을 잊어버린 사람이 어디 한둘이겠어? 모두 그런 걸 일일이 신경 쓰진 않아."

"그건 시간이 지나면서 서서히 잊어버렸기 때문이고. 그런 거라면 나도 신경 안 써."

"그게 아니라고?"

"응. 초등학생 때 이미 그 일로 고민했거든. 왜 나에게는 어릴 적 기억이 하나도 없을까. 어른이 된 뒤에 초등학교 들어가기 전의 일을 기억하지 못해도 이상할 건 없지만, 초등학생 때부터 그랬다는 건 이상하지 않아?"

"그건 뭐…… 그렇지."

"너무 이상해서 아빠한테 물어본 적도 있어. 나는 왜 유치원

33

때 기억이 전혀 없냐고. 아빠는 너무 어려서라고 했어. 하지만 납득할 수 없었지. 주변 친구 중에 나 같은 애는 하나도 없었거든. 그래서 그 생각을 하면 기분이 나빠졌어. 깨끗이 결론을 내리고 싶어도, 어떻게 마침표를 찍어야 하는지 모르겠는 불안정한 기분이랄까. 알 수 없는 고독과 공포를 느껴." 사야카는 두 손으로 가슴을 붙잡고 심호흡을 했다.

"정말 아무것도 기억 안 나?"

"하나도." 사야카는 자학조로 말했다. "완전한 백지 상태야. 네가 아까 말했던 기억의 파편 비슷한 것조차 없어."

"집에 앨범 없어? 거기 어릴 적 기억이 남아 있지 않을까? 시치고산 3(산), 5(고), 7(시치)세 되는 해 11월 15일, 아이의 성장을 축하하는 행사이나 유치원 입학식 기념사진 같은 건 있을 거 아냐. 그런 사진을 보면 뭔가 떠오르지 않아?"

"부모님이 찍어준 사진은 많아. 추억을 남기기 위해서였겠지, 어릴 적 앨범만 해도 두 권이나 돼. 하지만 정말 어릴 적 사진은 한 장도 없어. 앨범 첫 장에 있는 건 초등학교 입학식 사진이야."

"그게 말이 돼?"

"사실이야. 직접 볼래? 집에 있거든."

"그럼 부모님이 초등학교 입학 전 일을 이야기한 적도 없어?"

"그건……." 사야카는 살짝 고개를 갸웃거렸다. "없지는 않아. 하쓰젯쿠 아이가 태어나서 처음 맞는 절구(節句)로 여아는 3월 3일나 정월 때 있었던 일 같은 거. 기억에 남은 건, 내가 다섯 살 때 없어졌었대. 부모님이 놀라서 찾아다녔는데, 결국 집 창고에서 자고 있었다나."

"그런 이야기를 듣고 기억나는 건 없었어?"

"남의 이야기를 듣는 것 같았어." 사야카는 작게 한숨을 쉬었다. "부모님도 별로 즐겁게 이야기하는 것 같지 않았고. 그런 일도 있었지, 하는 식이었어."

"그런 일도 있었지……라."

대체 어떻게 된 일일까. 사야카에게 어릴 적 기억이 전혀 없는 건 기묘한 일이었지만, 그녀의 부모님이 그 무렵의 기록을 남기지 않았다는 것도 이상했다. 어떤 부모든 아이가 태어나서 삼 년 정도는 숨 쉬듯 사진을 찍어대는 법이다. 아이 사진을 찍으려고 일부러 카메라를 사는 부모도 적지 않으니까.

"예전에는 그런 얘기 한마디도 안 했잖아."

"너하고 만났을 무렵에는 이미 그 상황에 익숙해졌으니까. 포기한 상태였다고 해야 할까. 하지만 나에겐 어릴 적 기억이 아무것도 없다는 의식은 늘 있었어. 데이트하는 중에도 잊지 않았어."

나는 한숨을 쉬었다. 테이블 위에서 두 손의 깍지를 꼈다 풀었다를 반복했다. 사야카의 이야기는 내 상상의 범위를 벗어난 성질의 것이었다.

"뭔가 특별한 사정이 있어서 어릴 적 기억이 누락되어 있다.

넌 그렇게 생각하는 거야?" 생각을 정리하며 물었다. 사야카는 고개를 끄덕였다. 그 모습을 보며 말을 이었다. "그리고 그 기억을 되찾을 힌트가 여기에 있을지도 모른다고 기대하는 거고?" 테이블 위 지도를 가리켰다.

"낯이 익어."

사야카는 그렇게 말했다.

"뭐가?"

"이 열쇠." 황동 열쇠를 집어 들며 사야카는 말했다. "이 사자 머리 열쇠를 본 적이 있어. 하지만 초등학교 이후는 아냐. 그보다 전이지. 이 열쇠가 무엇인지 알아내면, 분명 내 기억도 돌아올 거야."

나는 다시 팔짱을 끼며 소파에 기댔다. 무의식중에 신음이 흘러나왔다.

"나는 이해가 잘 안 되는데, 그게 그렇게 중요해? 아니, 그 일로 오랫동안 고민했다는 건 알겠는데, 지금은 그 상황에 익숙해졌다면서. 그러면 된 거 아냐? 나도 그렇지만, 어릴 적 기억 같은 거 정말 별거 아냐. 있든 없든 앞으로의 인생에 별 지장은 없을 것 같은데."

사야카는 눈을 꼭 감았다가 다시 천천히 떴다. 화를 참으려는 건지도 모른다. 그리고 말했다.

"지금 나한테는 필요해."

"무슨 소리야?"

"최근에서야 깨달았어. 나한테는 중요한 뭔가가 없다는 걸. 그 이유를 찾다가 어릴 적 기억이 없다는 사실이 생각이 났어."

"너한테 뭐가 없다는 건데?"

"없어." 사야카는 절박한 목소리로 말했다. "난 알아. 나밖에 몰라. 난 결함 있는 인간이야."

예상치도 못했던 말이 사야카의 입에서 튀어나와서 나는 순간 말문이 막혔다.

"대체 무슨 일이야?" 초조함을 느끼며 물었다. "왜 그렇게 생각하는데?"

사야카는 고개를 저었다. "여기서는 말하고 싶지 않아."

"그럼 어디서 말할 건데."

"아마도 여기 가면." 사야카는 그렇게 말하더니 지도에 손을 올렸다. "여기 가서, 잃어버린 기억을 되찾으면 말할 수 있을 것 같아. 너도 이런 날 이해할 수 있을 테고. 그러니까 같이 가줬으면 좋겠어."

나는 머리를 긁적였다. "너무 두루뭉술한 이야기인데."

"미안해. 이상한 얘기라는 건 나도 알아. 하지만 지금은 이렇게밖에 말할 수 없어."

사야카는 다시 고개를 숙였다.

뭔가 정신적인 문제가 있는데, 그것을 해결하기 위해 지푸라기라도 잡는 심정으로 잃어버린 기억을 찾으려는 것이라는 게 짐작이 갔다. 도와주고 싶었다. 하지만 그 문제의 정체도 모르면서 섣불리 관여할 수는 없었다.

"같이 가는 건 좀……." 나는 그렇게 말했다. "내가 도움이 될지도 모르겠고. 더 적합한 사람이 있을 거야."

"이렇게 부탁하는데도 안 된다는 거야? 사정도 다 털어놨는데."

"완전히 다 털어놓은 건 아니잖아. 대체 무슨 일이 있었고, 네가 무엇을 그렇게 고민하는지, 난 아무것도 모르니까. 하지만 모르는 게 나을지도 몰라."

사야카는 무언가를 말하려다 입을 다물었다. 설명하기 지쳤는지, 아니면 더 이야기해봤자 시간 낭비라고 생각했는지, 나는 판단이 서질 않았다. 사야카는 찻잔에 손을 뻗었지만 그 잔 역시 이미 비어 있었다.

둘 다 입을 다물자 주변의 소음이 한층 크게 느껴졌다. 아까 보았던 젊은 커플을 보았다. 즐거운 듯 웃고 있었다.

"알았어." 잠시 후 사야카가 말문을 열었다. 힘없는 목소리였다. "내가 잘못 생각했어. 너한테도 자기 생활이 있으니까. 옛날에 헤어진 여자의 고민을 일일이 들어줄 필요는 없지."

"고민이 있으면 언제든 들어줄게. 이런 형태만 아니라면."

"고마워. 하지만 이런 형태가 아니었다면 너에게 부탁하지 않왔을 거야." 사야카는 쓸쓸한 미소를 지으며 그렇게 말했다.

지도와 열쇠를 가방에 넣고 자리에서 일어나는 사야카를 보고 나는 테이블 위의 계산서에 손을 뻗었다. 하지만 그녀 역시 계산서를 집어 들었다. 우리는 계산서 하나를 놓고 씨름했다.

"내가 낼게."

사야카는 고개를 저었다. "내가 보자고 했잖아."

"그래도……." 나는 계산서를 잡아당겼다. 그때, 사야카의 왼쪽 손목 안쪽이 보였다. 시곗줄 위로 보랏빛 두 줄이 보였다. 나는 계산서를 놓쳤다. 할 말을 잃었다.

내 시선을 알아챘는지, 사야카는 계산서를 든 손을 조용히 뒤로 숨겼다.

"계산하고 올게."

그리고 왼손을 가린 채 카운터로 걸어갔다.

나는 라운지 출구에서 기다렸다. 그녀의 왼쪽 손목에 난 상처가 여전히 뇌리에서 떠나지 않았다. 그것을 본 순간의 충격이 사라지지 않았다고 해야 할까.

사야카가 계산을 마치고 돌아왔다. 살짝 움츠러든 자세로 꾸중을 들을까 무서워하는 아이 같은 표정이었다.

"잘 마셨어."

나는 그렇게 말했다. "별말을." 그렇게 대답한 것 같지만, 소리는 들리지 않았다.

우리는 호텔 정문 현관으로 나왔다. 내가 지하도로 들어가려는 참에 그녀가 걸음을 멈췄다.

"난 택시 타고 갈게."

"그래?" 나는 고개를 끄덕였다. 하지만 우리는 잘 가라는 인사 없이 그 자리에서 마주 보았다. 정장 차림의 남자 셋이 우리 옆을 지나쳐 갔다.

나는 한 발짝 그녀에게 다가갔다.

"남편이 모르겠지?"

"어?"

"혹시 우리 둘이 어딜 가더라도 그 사실을 네 남편이 알 리 없겠지?"

"아⋯⋯."

단단히 엉켜 있던 끈이 풀리듯 사야카는 일순 표정을 누그러뜨렸다.

"남편이 모르도록 조심하려고 했어. 그리고 그 사람, 최소 반년은 돌아오지 않을 거고."

"흐음."

갖가지 생각이 머릿속을 스치고 지나갔다. 아직 망설여졌다.

사야카가 나를 올려다보았다.

"같이 가줄 거야?"

나는 입술에 침을 묻힌 뒤 대답했다.

"이번 주 토요일은 어때?"

사야카는 한숨을 내쉬었다.

"괜찮아."

"그럼 금요일 저녁에 연락해. 자세한 얘기는 그때 하자."

"알았어." 사야카는 몇 번 눈을 깜빡였다. "고마워."

나는 사야카의 왼쪽 손목을 보았다. 내 시선을 알아챘는지 그녀는 오른손으로 손목을 잡았다. 나는 눈을 돌렸다.

"같이 타자. 집까지 데려다줄게."

아까보다 다소 밝아진 목소리로 사야카는 그렇게 말했다.

"아니, 혼자 갈게."

"그래……."

사야카를 그 자리에 남겨두고 나는 걸음을 옮겼다. 호텔 앞 도로를 건너면서 돌아보자, 그녀는 여전히 나를 보고 있었다. 나는 가볍게 손을 흔들었다.

3

푸른 하늘에 입체감이 느껴지는 작은 구름이 떠 있었다. 날이 더워지겠네. 레이스 커튼을 치고 침대에서 일어나며 중얼거렸다. 머리가 조금 무거운 건 어젯밤에 브랜디를 너무 마셨기 때문이겠지. 오늘 일정을 생각하니 머리가 복잡해서 도무지 잠이 오지 않았다.

아침 7시에 눈을 떴다. 평소에는 이렇게 일찍 일어나는 건 상상도 할 수 없었다. 잠시 스트레칭을 하고 나서 꼼꼼하게 이를 닦고 세수를 했다. 그래도 십오 분밖에 지나지 않았다. 아침은 먹지 않고 8시에 집에서 출발할 예정이었다.

신문을 구석구석 읽은 뒤 텔레비전 뉴스를 보니 드디어 8시가 되었다. 하지만 막상 나가려는 순간, 짐을 덜 꾸린 걸 알아차려서 이것저것 챙기다 보니 결국 급하게 출발하는 모양새가 되었다.

간나나 도로를 타고 남쪽으로 내려가다 고엔지에서 갓길로 빠져 고슈 가도로 나왔다. 거기서부터 다시 서쪽으로 달렸다. 토요일인 데다 날씨도 좋아서 나들이하려는 사람이 많은지, 주말 드라이브 나온 게 분명한 승용차들이 앞뒤로 늘어서 있었다.

간파치 도로를 지나 몇 분 더 달리자 좌측으로 패밀리레스토랑 로열호스트의 간판이 보였다. 주차장에 차를 세우고 가게 안으로 들어갔다. 창가 자리에 있는 사야카가 보였다.

"많이 기다렸어?"

나는 사야카 앞에 놓인 찻잔이 비어 있는 걸 보고 물었다. 그녀는 고개를 저었다.

"내가 너무 일찍 왔어. 차가 더 밀릴 줄 알았거든."

어젯밤 통화하면서 그녀는 택시로 여기까지 온 다음, 여기서 만나서 내 차를 타고 가기로 했다.

나는 커피와 샌드위치를 주문하고, 사야카는 아이스크림을 추가로 주문했다.

"날이 맑아서 다행이야."

나는 창문 너머 하늘을 올려다보며 말했다.

"그러게. 하지만 나가노 쪽은 밤에는 흐릴 거라고 하더라."

"그래?"

"응. 기상청에 전화해서 물어봤어."

"준비성이 철저하네."

하기야 그 지역 날씨가 변덕스럽지. 그런 생각을 하며 무의식적으로 그녀의 옆자리를 보았다. 뭐가 많이 들어 있는 듯한 루이뷔통 가방이 보였다. 당일치기라는 건 어젯밤에도 말해두었다. 그런데도 여자들은 챙겨야 할 물건이 저렇게 많은 걸까. 잠시 혼란스러운 기분이 들었다. 하지만 일부러 물어보는 것도 좀 그래서 아무 말도 하지 않았다. 가방 옆에는 쇼핑백이 놓여 있었다. 안에 든 건 앨범이겠지. 어젯밤에 가져오겠다는 말을 했다.

종업원이 와서 주문한 음식을 내려놓았다. 납작한 스푼으로 아이스크림을 떠먹는 사야카의 모습에 눈길을 주며 샌드위치와 커피를 먹었다. 분홍빛 혀로 아이스크림을 핥는 그 모습은 예전 그대로였다.

힐끗 그녀의 왼쪽 손목을 보았다. 어제와는 다른 손목시계를 차고 있었다. 가죽 시곗줄이 두꺼운 시계였다. 상처 자국을 가리기 위해서겠지.

아침을 먹고 출발했다. 고슈가도를 타고 서쪽으로 달렸다. 곧 조후 인터체인지 표지판이 나타났다.

"CD 가져왔는데 틀어도 돼?"

주오 자동차 전용도로에 들어서서, 주행속도가 100킬로로 안정되자 사야카가 조심스레 물어왔다. 차에는 CD플레이어가 달려 있었다.

"그래. 무슨 노랜데?"

설마 유밍일본 가수 마쓰토야 유미의 애칭은 아니겠지. 그런 생각을 하며 물었다. 그녀 덕분에 예전에 자주 들었기 때문이었다.

스피커에서 흘러나온 건 퀸의 노래였다. 그런데 보컬이 프레디가 아니었다. 사야카가 조지 마이클이라고 설명했다.

"또 누구 좋아해?"

"본 조비."

사야카의 대답에 나는 취향이 바뀌었다고 생각했다. 우리 사이에는 분명한 공백의 시간이 존재하고 있었다.

걱정한 만큼 길이 밀리지는 않아서, 한 시간 남짓 달리니 스타마 인터체인지에 도착했다. 하지만 톨게이트에서 나오기까지 생각보다 시간이 걸렸다. 기요사토 고원으로 가는 차량이 많았기 때문이었다. 대다수가 남녀 커플이었다. 우리도 남들이 보기에는 주말여행을 온 커플 같겠지. 예전에 우리도 기요사토 고원에서 하루 묵은 적이 있었다. 동화책에 나올 것 같은 펜션에서 딱히 맛있지는 않은 프랑스 요리를 먹은 기억이 있다. 수제 소시지가 영 별로였다.

옆에서 사야카가 키득거렸다. 은행나무가 늘어선 141번 국도, 기요사토 라인을 타고 다른 차들과 함께 북쪽으로 올라가기 시작한 직후였다.

"왜 웃어?"

내가 물었다.

"전에 여기 왔을 때 일이 생각나서. 그 뭐더라, 이름은 기억 안 나는데 펜션에 묵었잖아."

"어……." 나도 그 생각을 하고 있었다는 말은 꾹 삼켰다.

"너 그 건물을 보자마자 내빼려고 했잖아. 이런 러브호텔 같은 데는 싫다고."

"그러고 보니 그랬지."

나는 한쪽 입꼬리만 올려서 웃었다.

"결국 포기하고 숙소로 들어갔지만. 다음 날에 동네를 산책하다가 펄쩍 뛰었잖아. 펜션보다 더 화려한 기념품 가게들이 죽 늘어선 걸 보고."

"정말 곤란했어."

"빨리 가자고 계속 옆에서 보채서 기념품도 제대로 못 샀지."

"거기에 있는 것 자체가 부끄러웠거든."

"그건 그랬지."

우리는 어색하게 웃었다. 나는 '기요사토에 잠깐 들렀다 갈까?' 하고 물어봐야 할지 고민했지만 결국 입을 다물었다. 액셀을 밟는 발에 힘을 넣었다.

이내 도로 옆으로 화려한 인테리어의 카페와 인기 연예인의 이름을 내건 가게들이 모습을 드러냈다. 예전 그대로였다. 그리고 이러한 경향은 앞으로도 바뀔 예정이 없는지, 한창 짓고 있는 건물 역시 비슷한 분위기였다.

조금 더 가자, 왼쪽으로 꺾어지는 갈림길이 나왔다. 그 길로 들어가면 예전에 우리가 거닐던 기요사토의 거리가 나온다. 하지만 나는 망설이지 않고 직진했다.

"아버지는 늘 차로 다니셨어?"

"응, 택시기사 출신이잖아."

그랬지. 고등학교 때 언뜻 들은 기억이 있다.

"겨울에도 이 부근에 다녀가셨다면 타이어체인이 필요했을 텐데."

"그러고 보니 트렁크에 늘 타이어체인이 있었어. 갑자기 폭설이 내릴 때에 대비해서인 줄 알았는데."

"언제든 이곳에 올 수 있도록 챙겨 다니셨던 건지도 모르지."

"그럴 수도 있겠다."

사야카는 고개를 끄덕였다.

무성한 녹음에 에워싸인 길이 한동안 이어지다가, 고우미 선의 철도 건널목을 지나자 민가가 하나둘 나타났다. 초등학생으로 보이는 십수 명의 아이들이 줄지어 걸어가고 있었다.

우미노쿠치를 지나 십 분쯤 달리자 마쓰바라 호수 입구라고 적힌 표지판이 도로 위에 나타났다. 더 가자 오른쪽을 가리키는 화살표와 마쓰바라코 역이라고 적힌 표지판이 나왔다. 그 코너에서 우회전했다.

마쓰바라코 역의 역사는 창고가 연상될 정도로 자그마한 건물이었다. 입구 위에 붓으로 '마쓰바라코 역'이라 적은 나무 간판이 녹슨 못으로 고정되어 있었다. 어둑한 대합실은 대학 시절 자취했던 원룸보다도 좁았다. 구석에 놓인 나무 선반에 〈소년 점프〉와 〈소녀 프렌드〉가 여러 권 놓여 있었다.

벽에 손글씨로 쓴 열차 시각표가 붙어 있었는데, 그에 의하면 열차는 한 시간 반에 한 대 간격으로 오는 것 같았다. 막차가 출발했는지 대합실이나 승강장에는 아무도 없었다. 우리는 무인 개찰구를 지나 승강장에 들어섰다. 인기척 없는 단선 선로에서는 이국적인 분위기마저 풍겼다.

"그 지도 좀 보여줘."

내 말에 사야카는 가방에서 그 낡은 지도를 꺼냈다.

지도에는 마쓰바라코 역에서 왼쪽 상단에 있는 검은 동그라미 지점까지 가는 길이 적혀 있었다. 그곳으로 가기 위해서 구불구불하고 좁은 길을 통과해야 하는 듯했다. 그리고 가는 길에는 '소나무 세 그루'나 '돌비석' 같은 특정한 표식이 있다고 했다. 목적지에 가장 가까운 지점에 있는 표식은 '사자'였다. 이것이 무엇을 나타내는지 당연히 알 도리가 없었지만, 그 사자머리 열쇠와 대응할 것이라 생각하는 게 타당하리라.

"일단 가볼 수밖에."

혼잣말이었지만 옆에 있던 사야카가 "맞아" 하고 대꾸했다.

역에서 다시 국도를 타고 기요사토 방면으로 조금 되돌아간 곳에 있는 교차로에서 지도를 따라 우회전했다. 여기서부터 급경사가 많아졌다.

곧 이나고유 온천과 마쓰바라 호수로 갈라지는 교차로가 나왔다. 마쓰바라 호수 쪽 길로 들어섰다.

잠시 후에 오른편으로 작은 호수가 나타났다. 무료주차장과 숙박시설이 드문드문 눈에 띄었지만 주말인데도 사람은 별로 없었다.

더 들어가자 민가 대신 숲이 펼쳐졌다. 숲의 입구에 소나무가 세 그루 나란히 서 있었다. 지도에 있는 '소나무 세 그루'다. 주저 없이 숲 속으로 들어갔다.

지도에 따르면 이 숲 속에 '돌비석'이라는 표식이 있고, 거기서부터 비좁은 곁길로 들어간다고 되어 있었지만 아리송했다. 이내 급커브가 연속으로 나오더니, 끝나는 부근부터 최근에 정비한 듯한 도로로 바뀌었다. 곁길이 여러 갈래로 반듯하게 나 있었다. 그중 한 길로 들어서자 울창한 숲 속에 숨어 있는 서양식 건물과 로그하우스가 보였다. 보아하니 이 부근은 별장지인 모양이었다. 도로가 교차하는 곳에 세워진 간판에는 인근의 숲이 모두 바둑판 형태로 나뉘어 있다고 적혀 있었다. 또한 길에도 모두 멋들어진 이름이 붙어 있었다.

"여기에 별장이 이렇게 많은 줄 몰랐어." 사야카가 말했다. "지도에 그려진 검은 동그라미도 어느 별장인가?"

"그럴지도 모르지. 그건 그렇고 '돌비석'은 어디 있지?"

"내 생각엔 이 근처에는 없을 것 같아. 이 부근이었으면 찾기 어려운 표식보다는 길의 이름을 적어놨겠지."

"그것도 그러네. 그럼 되돌아가자."

숲을 지나온 길로 되돌아갔다. 차창 너머로 별장 여러 채가 보였지만 대부분은 사람이 없는 것 같았다.

별장지에서 나와 조금 되돌아왔다. 숲 속을 달리는데 "아, 저것 봐" 하고 사야카가 말했다. 나는 속도를 줄이며 그녀가 가리키는 방향을 보았다. 바로 옆 길가에 1미터쯤 되는 네모난 돌이 수풀에 뒤덮여 있었다. 인공물이 아니라 자연석 같았지만, 돌비석처럼 보이기도 했다. 그 옆으로 곁길도 나 있었다. 하지만 웬

만한 호기심이 아니라면 결코 들어가지 않을 정도로 비좁고 포
장 상태도 좋지 않았다.

"이 길이네." 나는 그렇게 말했다. "들어가자."

군데군데 파인 길을 타이어 소리를 들으며 달렸다. 이내 콘크
리트를 대충 발라놓은 듯한 포장마저 도중에 사라졌다. 그곳에
기업 창고처럼 생긴, 쓰러지기 직전의 건물이 서 있었다.

나는 더 안쪽으로 들어갔다. 길 양쪽으로 난 무성한 풀이 차체
를 스치는 소리가 들렸다.

이내 길은 Y자 갈림길이 되었다. 지도와 같았다. 나는 차를 세
우고 주변을 둘러보았다. 마지막 표식이 있을 터였다.

오른편에 작은 이정표가 서 있었다. 글자는 적혀 있지 않았고
하얀 페인트로 그림 비슷한 게 그려져 있었다. 상당 부분 칠이
벗겨져 있어서 알아보기 힘들었지만, 틀림없이 옆을 보고 있는
사자였다. 나는 말없이 그 방향으로 핸들을 꺾었다. 사야카도 말
이 없었다.

거기서부터 10미터쯤 들어가자, 왼편으로 건물 한 채가 보였
다. 회색의 주택이었다. 주변이 작은 나무와 풀로 뒤덮여 있어서
가까이 가기 전까지는 2층밖에 보이지 않았다.

나는 건물 앞에서 차를 세웠다. 길은 이곳에서 끝났다. 시동을
끄고 앞창 너머로 건물을 바라보았다.

4

건물은 회색으로 보였지만, 원래는 하얀색이었을 것이다. 삐죽 솟은 커다란 지붕에 삼각형의 다락방 창문 두 개가 나 있었고, 그 중간 부근에 네모난 굴뚝이 서 있었다.

건물 주변에 담장은 없었지만, 어째서인지 벽돌을 쌓아 만든 간단한 문이 있었다. 그리고 그 문에서 현관까지 콘크리트 어프로치가 깔려 있었다.

차에서 내려 건물로 다가갔다. 1층 창문은 모두 덧창으로 가려져 있었다.

건물 왼쪽 끝이 안쪽으로 들어간 구조였는데, 그 앞은 널찍한 포치출입구 위에 설치해 비바람을 막는 곳으로, 보통 건물의 현관 또는 출입구에서 방문객이 집주인을 기다리는 공간로 되어 있었다. 포치 안쪽에 벽과 같은 회색 문이 있었고, 왼쪽으로 1미터쯤 떨어진 부분은 문보다 조금 튀어나와 있었다. 문 주변을 살펴보았지만 문패는 보이지 않았다.

"누가 사는 집 같지는 않은데?" 사야카가 옆으로 다가왔다. "별장인가?"

"그런 것 같아."

초인종이 없어서 오른손 주먹으로 문을 세 번 두드렸다. 마르고 단단한 소리가 울려 퍼지더니 내 손이 닿은 부분에서만 먼지가 사라졌다.

예상대로 아무 반응도 없었다. 나는 사야카와 마주 보며 어깨를 으쓱했다.

"그 열쇠를 써볼까?"

"그러자."

내 제안에 사야카도 동의했다. 가방에서 황동 열쇠를 꺼내 나에게 건넸다. 문 왼쪽에 손잡이가 있었고 그 아래로 열쇠 구멍이 보였다. 나는 열쇠를 쥔 손을 열쇠 구멍으로 가져갔지만 열쇠를 넣기 전에 동작을 멈췄다.

"달라."

"뭐가?"

"열쇠구멍이 달라. 이 열쇠는 안 맞아." 일단 넣어보려 했지만, 열쇠 구멍에 비해 열쇠가 너무 커서 들어가지 않았다. "역시 안 맞아."

"어쩌지……." 사야카는 난감한 표정으로 나를 올려다보았다. "여기까지 와서 열쇠가 안 맞다니. 그럼 지도와 열쇠는 아무 상관도 없는 건가."

"아니, 상관없지는 않을 거야."

문에서 떨어져 집 주변을 둘러보기로 했다. 집 뒤편에는 바로 옆까지 나무들이 빼곡하게 들어서 있었는데, 무수한 가지가 지붕을 뒤덮듯 뻗어 있었다.

현관 정반대 쪽에 문 크기의 금속판이 달려 있는 걸 발견했다.

한쪽 가장자리에 경첩이 달려 있으니 여닫을 수도 있겠지.

"창고인가?"

옆에 있던 사야카가 물었다.

"그럴지도. 하지만 어떻게 열지?"

겉보기에 손잡이로 보이는 건 없었지만, 손바닥 크기의 황동판이 손잡이가 있어야 할 부분에 붙어 있었다. 게다가 그 판에는 아까 본 표지판처럼 사자의 옆모습이 조각되어 있었다.

"이게 뭐지?"

나보다 먼저 사야카가 그 판에 손을 뻗었다. 표면을 긁듯 손가락을 움직인 순간, 판이 살짝 옆으로 움직였다. 사야카의 입에서 앗 하는 소리가 새어나왔다.

그녀 대신 내가 힘을 넣어 판을 옆으로 밀었다. 오랫동안 아무도 건드리지 않았는지 꽤나 뻑뻑했지만, 판은 삐거덕거리는 소리를 내며 옆으로 움직였다. 그리고 이내 열쇠 구멍이 모습을 드러냈다. 우리는 다시 마주 보았다.

뛰는 가슴을 애써 진정시키며 구멍에 열쇠를 넣었다. 열쇠는 구멍에 정확히 들어맞았다. 천천히 오른쪽으로 돌렸다. 소리는 나지 않았지만, 잠겨 있던 뭔가가 열리는 듯한 묵직한 느낌이 손목을 타고 전해졌다.

그대로 열쇠를 빼려고 했지만, 열쇠는 구멍에서 빠지지 않았고 대신 문이 삐거덕거리며 열렸다.

열린 문 너머로 나타난 건 지하로 내려가는 계단이었다. 계단 안쪽은 어두컴컴해서 아무것도 보이지 않았다.

"지하실이네."

나는 작게 중얼거렸다.

사야카는 열쇠를 반대 방향으로 비틀어 뺐다. 그리고 그것을 바라보며 말했다.

"아빠는 왜 현관 열쇠가 아니라 지하실 열쇠를 갖고 있던 걸까."

"그 이유를 지금부터 알아보려는 거잖아."

내 말에 사야카는 작게 심호흡하며 숨을 내쉬었다.

"그렇지."

"그럼 들어갈까."

"마음대로 들어가도 되나?"

나는 장난스러운 표정으로 말했다.

"물어볼 사람이 있어?"

그도 그렇다는 듯 사야카는 고개를 끄덕였다.

"들어가자."

"잠깐만." 사야카는 내 오른팔을 붙잡더니 고개를 숙이며 눈을 감았다. 호흡과 마음을 진정시키는 것 같았다. "미안. 왠지 좀 무서워서."

"내가 먼저 내려가서 어떤지 보고 올까?"

"아니야." 사야카는 고개를 저었다. "나도 갈래. 내 문제잖아. 답이 필요한 것도 나고."

"그래." 내가 말했다.

차에서 손전등을 가져와 지하로 내려가는 계단에 발을 디뎠다. 바닥에 싸늘한 공기가 고여 있는지 발치에 한기가 들었다. 먼지와 곰팡이 냄새가 희미하게 났다.

계단을 내려가니 1제곱미터도 안 되는 공간이 있었고, 그 옆에 ㄴ자 형의 손잡이가 달린 철문이 있었다. 손전등으로 문을 비추며 손잡이를 돌렸다. 열리는 감촉이 느껴져서 그대로 밀었더니 문이 안쪽으로 열렸다.

그곳은 콘크리트 벽으로 에워싸인 네모난 방이었다. 몇 평 남짓한 방의 천장에는 거미줄이 쳐 있었고, 벽은 곰팡이로 거뭇거뭇했다. 바닥에는 목재와 벽돌 등이 어지럽게 널브러져 있었다. 이 집을 짓고 남은 잔재인지도 모른다.

20리터들이의 등유 탱크가 두 개 놓여 있어서 하나씩 들어보았다. 하나는 빈 통이었고, 나머지 하나에는 조금 들어 있었다.

불을 켜야겠다고 생각했지만 벽에는 스위치가 없었다. 그도 그럴 것이, 천장에는 전구 하나도 달려 있지 않았다. 전구를 끼울 조명 장치조차 없었다.

"이 집 주인도 지하실에 내려올 때 손전등을 쓰나?"

내 말에 사야카는 고개를 갸웃할 뿐이었다.

방 안쪽에 더 작은 방 하나가 있었는데, 알루미늄 새시로 된 미닫이문이 달려 있었다. 문 안쪽에는 올라가는 계단이 있었다. 집 안에서는 지하실로 내려올 때 이 계단을 이용하는 모양이었다. 한동안 아무도 지나다니지 않았는지 계단에는 먼지가 잔뜩 쌓여 있었다.

"계세요?"

나는 위층을 향해 외쳤다. 내 목소리가 계단 위의 공간에서 살짝 울려 퍼진 것 같았다. 하지만 대답은 없었다. "역시 아무도 없는 것 같아. 올라가보자."

계단에 카펫이 깔려 있는 걸 봐서는 이곳에서는 신발을 벗어야 하는 것 같았지만, 나는 아랑곳하지 않고 신발을 신은 채 올라갔다.

"신발 안 벗어도 돼?"

사야카가 걱정스레 물었다.

"마음에 걸리면 벗어도 상관없겠지만, 양말이 시커메질걸."

잠시 망설이다가 결국 사야카도 운동화를 신은 채 내 뒤를 따랐다.

위로 올라가니 벽에 둘러싸인 짧은 복도가 나왔다. 복도 끝과 그 옆에 나무로 된 문이 있었다. 벽에는 알루미늄 새시 창문이 달려 있었다. 빛이 차단된 건 바깥의 덧창 때문이리라. 계단은 2층까지 이어져 있었다.

나는 창문을 열고 쌍여닫이식의 덧창도 바깥쪽으로 밀어 열었다. 햇빛은 들어오지 않았지만 그래도 훨씬 밝아졌다. 짙은 녹색 바탕의 벽지에 그려진 작은 꽃무늬의 세세한 디테일까지 눈에 들어왔다. 창문 반대편의 벽에는 둥그런 액자에 든 과일 그림이 걸려 있었다.

먼저 복도 끝 문의 손잡이를 잡고 천천히 잡아당겼다. 이 문에도 거미줄이 드리워 있어서 순간 흠칫했다. 다시 문 안쪽을 들여다보자 어스름한 좁은 실내 한가운데에 하얀 양변기가 놓여 있었다.

나는 사야카를 돌아보며 어색하게 웃었다.

"처음 열어본 곳이 화장실이라니."

"어느 집에나 있는 곳이잖아."

사야카의 얼굴에도 웃음기가 돌았다.

"그건 그렇지."

문 앞에 세면대가 있어서 수도꼭지를 돌려봤지만 물은 한 방울도 나오지 않았다.

"화장실은 못 쓸 것 같아."

내 말에 사야카는 약간 불편한 표정을 지었다.

화장실 문을 닫고 나머지 문의 손잡이를 잡았다. 힘을 주어 밀자 삐거덕거리는 소리를 내며 문이 열렸다. 희미하게 일렁이는 공기의 감촉이 얼굴을 스쳤다. 오랫동안 밀폐되어 있던 공간이 오랜만에 개방된 것일까.

문 너머는 현관홀이었다. 오른쪽에 현관이 있었고, 정면에는 무늬유리를 끼운 문이 있었다. 왼쪽은 벽이었는데, 그 앞에는 양쪽으로 손잡이가 달린 항아리가 네 발 스툴 위에 장식되어 있었다. 현관 쪽에서 봤을 때, 홀 좌우에 문이 있고 정면에는 항아리가 있는 구조였다.

"현관문을 열어두자. 드나들기 쉽게."

"알았어."

사야카는 먼지에 뒤덮여 거의 원래 형체를 분간할 수 없어진 매트를 밟고 현관 바닥에 내려섰다. 그동안 나는 현관 옆에 있는 신발장을 열어 안을 살펴보았다. 그곳에는 운동화 두 켤레와 검은 가죽구두 한 켤레 그리고 여성용 갈색 구두 한 켤레가 들어 있었다. 신발장 밖에는 한 켤레도 보이지 않았다. 이렇게 큰 집에 신발이 전부 네 켤레밖에 없는 건 좀 이상했다. 집에 사람이 살고 있을 때의 이야기지만.

"저기, 여기……."

사야카의 목소리가 들렸다.

"왜? 걸쇠가 안 풀려?"

"아니, 그게 아니라, 풀었는데 문이 안 열려."

사야카는 걸쇠를 짤깍짤깍 돌렸다.

"그게 무슨 소리야?"

나는 손전등으로 문을 비추었다. 저도 모르게 "이게 뭐야" 하는 소리가 나왔다. 문 네 귀퉁이는 커다란 나사와 꺾쇠로 고정되어 있었다. 그러니 문이 열릴 리가 없었다.

"문을 왜 이렇게 한 거지?"

"모르겠어." 나는 허리에 손을 올린 채 보기에도 튼튼해 보이는 나사와 꺾쇠를 바라보았다. "하지만 이걸로 확실해졌어. 이 집의 현재 출입구는 우리가 지나온 그 지하실 입구뿐이야. 사자 열쇠도 그 지하실 문을 여는 거였고."

"왜 번거롭게 이런 짓을 한 걸까……."

"아마 무단으로 침입하지 못하게 하려던 거겠지. 하지만 이렇게까지 하면 주인이 드나들기 불편할 텐데."

나는 팔짱을 끼고 생각에 잠겼지만, 합리적인 답을 도출할 수 있을 것 같지는 않았다. 하는 수 없이 멍한 시선으로 신발장 위에 걸린 액자를 보았다. 항구의 풍경을 그린 그림이었다. 여러 척의 요트가 정박되어 있었다. 불현듯 기묘한 감각이 뇌리에 솟아올랐다. 하지만 그 위화감이 어디서 비롯된 것인지는 나도 알 수 없었다.

"방에 들어가볼까?"

사야카의 말에 사고가 정지됐다.

"그래. 들어가보자."

신발을 신은 채 다시 홀로 올라가 무늬유리를 끼운 문을 밀었다. 삐거덕 소리를 내며 문이 열렸다.

문 너머는 거실 같았다. 천장이 높은 건 복층 구조이기 때문이었다. 한가운데에 소파와 테이블, 벽 쪽에는 피아노가, 구석에는 벽돌로 만든 벽난로가 있었다. 아마 지붕의 굴뚝과 연결되어 있으리라. 연돌이 위로 뻗어 있었다.

문 바로 옆 벽에 스위치가 세 개 달려 있었다. 전부 눌러봤지만 불은 들어오지 않았다. 두꺼비집이 내려가 있는 거라면 다행이지만 수도처럼 전기도 정지된 거라면 큰일이었다.

나는 손전등으로 발밑을 비추며 실내로 들어섰다. 모가 길고 따뜻해 보이는 카펫이 깔려 있었다. 무언가 조용히 숨죽이고 있는 듯한 느낌이 들었다.

"어두워서 좀 무섭네."

사야카는 내 팔을 붙잡고 말했다.

"창문을 열자."

남쪽으로 추정되는 방향에 커다란 새시 창이 두 개 나 있었다. 창문과 덧창을 활짝 열었다. 눈부신 빛이 들어올 줄 알았는데 예상보다 밝지는 않았다. 어느샌가 하늘에 먹구름이 끼기 시작했다. 밤부터 비가 내린다고 했던 사야카의 말이 떠올랐다.

그래도 손전등이 필요 없을 만큼은 환해졌다. 다시 실내를 둘러보았다. 테이블에도 피아노에도 먼지가 뽀얗게 앉아 있었다. 피아노 위에 자주색 옷을 입은 프랑스 인형이 앉아 있었다. 긴

머리의 소녀는 커다란 눈으로 이쪽을 보고 있었다. 머리카락과 작은 어깨에도 하얗게 먼지가 쌓여 있었다.

들어온 문에서 우리가 서 있는 자리까지 두 사람의 발자국이 나 있었다. 그 밖의 발자국은 없었다. 요컨대 꽤 오랫동안 아무도 이곳에 발을 들이지 않았다는 뜻이다.

창문 위에 동그란 시계가 걸려 있었다. 시곗바늘은 11시 10분을 가리킨 채 멈춰 있었다. 나는 손목시계를 보았다. 오후 1시 5분이었다.

사야카가 피아노로 다가가 그 위에 놓인 악보를 들여다보았다. 그 악보 또한 먼지가 쌓인 채 변색되어 있었다.

"바이엘이네."

사야카는 혼잣말처럼 중얼거렸다. 그것이 초보자용 교본이라는 것쯤은 나도 알고 있었다.

"이 집에 피아노를 배우기 시작한 사람이 있다는 건가. 아니, 있었다고 해야 하나."

사야카는 떨떠름한 표정으로 악보를 넘겼다. 펼쳐져 있던 페이지를 제외하고는 가장자리가 조금 누렇게 변했을 뿐 새것처럼 하얗다.

"신기한 집이네." 나는 그렇게 말했다. "오랫동안 사람이 살지 않은 건 분명한데 별장 같지는 않아."

사야카는 대답 없이 계속 악보만 바라보고 있었다.

"악보가 왜?"

내가 물었다.

여전히 대답은 없었다. 그러다 마치 두통을 참듯 인상을 찌푸리며 관자놀이를 눌렀다.

나는 더 말을 걸지 않고 사야카의 표정을 바라보며 긴장했다. 벌써 이곳에 찾아온 성과가 나타난 건가.

하지만 이내 그녀는 손을 내렸다. 그녀의 온몸에서 힘이 빠져나가는 게 느껴졌다.

"사야카……."

"미안." 나를 보지 않고 사야카는 그렇게 말했다. "뭔가 생각이 날 듯했는데 착각이었나 봐. 신경 쓰게 해서 미안해."

"착각이었다고 단정 짓지는 마." 나는 그렇게 말했다. "조바심 내지 말고. 아직 시간은 많으니까."

"그래. 하지만 정말 이런 유령의 집 같은 데 뭐가 있을까? 있다고 해도 그걸 찾아낼 수 있을까. 이런 데까지 따라오게 해놓고 약한 소리 해서 미안하지만."

"처음부터 일이 술술 풀릴 거라고 생각하진 않았어." 나는 그녀의 머리를 가리키며 말을 이었다. "이십여 년 만에 봉인된 자물쇠를 열려고 하는 거니까."

그러자 사야카는 자기 머리에 손을 대고 "녹슬지 않았어야 할 텐데"라며 힘없이 웃었다.

나는 무심코 피아노를 봤다가 순간 인형과 눈이 맞아서 흠칫
했다.

5

옆방으로 이어진 문을 열어봤다. 1미터쯤 되는 짧은 복도 끝
에 식당이 있었다. 4인용 식탁이 놓여 있었다. 식탁 위에는 작은
관엽식물 화분이 놓여 있었다. 물론 인조식물이었다.

벽 쪽에는 ㄴ자 형 싱크대가 있었다. 그 위에 커피 잔과 받침이
두 쌍 방치되어 있었다. 그 모습은 시간이 어중간한 지점에서 정
지된 듯한 인상을 주었다.

싱크대 옆에 구형 2도어 냉장고가 있었다. 그 바로 옆에 있는
식기장에는 크고 작은 그릇, 컵, 찻잔, 밥공기 등이 적당히 들어
있었다. 서랍도 열어봤다. 무딘 빛을 발하는 나이프와 포크류가
보였다.

식탁 옆 잡지꽂이에 잡지가 한 권 꽂혀 있었다. 꺼내보니 증기
기관차의 사진만 모아놓은 잡지였다. 발행일을 확인하니, 약 이
십 년 전에 나온 잡지였다.

"오래된 책이네. 이게 왜 있지?"

내 지적에 사야카도 고개를 갸웃했다.

잡지 마지막 페이지를 펼쳐보았다. 연필로 작게 '500엔'이라고 적혀 있었다. 이것으로 의문이 풀렸다.

"헌책방에서 산 거야. 증기기관차에 관심이 있는 사람이 있나 보네."

잡지를 제자리에 꽂으며 말했다.

"좀 이상해."

"뭐가?"

"보통 그런 취미 관련 책을 식당 잡지꽂이에 둘까?"

순간 말문이 막혔지만 별일 아니라는 듯 대답했다. "그건 개인의 자유지."

사야카는 대꾸하지 않았다.

부엌 반대편에 장지문이 있었다. 열어보니 세 평 남짓한 일본식 다다미방이었다. 구석에 작은 도코노마일본 건축에서 바닥을 한 단 높게 만들어놓은 공간으로, 벽에는 족자를 걸고 바닥에는 꽃과 정물을 장식한다가 있었다. 벽에 걸린 족자는 수묵화였다. 값비싼 물건인지는 알 수 없었다. 방 한가운데에 자그마한 좌탁이 놓여 있었다.

신발을 신고 다다미 바닥에 올라설 수는 없어서 장지문 앞에서 신발을 벗었다. 바닥은 차고 축축했지만, 다행히 곰팡이가 핀 것 같지는 않았다.

일단 창문을 열었다. 다행히도 1층은 손전등 없이도 살펴볼 수 있을 것 같았다.

좌탁에는 작은 테이블보가 깔려 있었는데, 그 위에 금속제 재떨이와 철제 담배 케이스가 놓여 있었다. 담배 케이스 뚜껑을 열었다. 담배가 열 개비 들어 있었다. '미네'라는 이름의 담배였다.

"'미네'라는 담배를 아직 파나?" 나는 그렇게 말하며 한 개비를 꺼내 냄새를 맡았다. 담배 향은 거의 나지 않았다.

"여기 좀 와봐."

식당에 있던 사야카의 목소리가 들렸다.

"왜?"

나는 방에서 나가 신발을 신었다.

"이것 좀 봐."

사야카가 가리킨 건 아까 보았던 거실로 통하는 문 위였다. 팔각형의 벽시계가 걸려 있었는데 딱히 이상한 점은 없었다.

"시계가 왜?"

"이상하지 않아?" 사야카가 말했다. "이 시계도 11시 10분에 멈춰 있어. 거실에 있던 시계랑 똑같아."

"그러고 보니……." 문을 열고 다시 거실의 시계를 보았다. 사야카가 말한 대로였다. "대체 뭘까? 두 시계가 같은 시각에 멈추다니, 상식적으로 있을 수 없는 일이잖아."

"전혀 없다고는 할 수 없지만, 분까지 같다는 건 확률적으로 720분의 1이지." 12 곱하기 60이라는 계산에서이다. "의도적으로 맞춰놓았다고 봐야겠지."

"11시 10분에 뭔가 의미가 있는 걸까?"

"아마도. 물론 여기서 사람이 생활했을 때에는 두 시계 모두 건전지를 넣어놓았겠지."

보아하니 두 시계 모두 전지식이었다. 이 집 주인은 마지막으로 집을 나서면서 건전지를 모두 빼두었으리라. 그리고 시곗바늘을 11시 10분에 맞췄다…….

그 행위를 머릿속으로 상상하니 이유 없이 불안해졌다. 무슨 뜻인지 알지 못하니 마음이 편치 않은 것이리라.

"일단 2층에 올라가보자." 내 제안에 사야카는 석연치 않은 표정으로 수긍했다.

거실에서 현관홀을 지나 아까 지나온 계단으로 돌아갔다. 그때 계단 옆에 배전반이 있는 걸 발견했다. 이것으로 불편이 해소될지도 모른다는 기대를 담아 두꺼비집을 올려봤지만, 유감스럽게도 전기가 공급되는 것 같지는 않았다.

"곤란하네." 한숨을 쉬며 말했다. "주인에게 버림받은 집인가 봐."

"이 집을 다시 쓸 생각이 없는 건가?"

"그런 것처럼 보이지? 수도도 끊겼고."

발치를 비추며 계단을 올라갔다. 계단 끝 왼쪽에 문이 있었고, 오른쪽은 비좁은 복도였다. 심해에 있는 듯 고요했다.

먼저 옆에 있는 문을 열었다. 어두컴컴할 줄 알았는데, 의외로

안에는 빛이 들어오고 있었다. 정면에 달린 창문에서 거실이 내려다보였다. 아까 본 동그란 벽시계가 대각선 아래쪽에 보였다.

넓이는 두 평 남짓 될까. 창가에 책상이 있었는데, 그 좌우로 침대와 책장이 배치되어 있었다. 침대에는 파란색과 초록색의 체크무늬 커버가 씌워져 있었다. 살짝 숨을 들이마시자 몇 년 동안 방치된 듯 곰팡이 냄새가 코끝을 스쳤다.

"아이 방인 것 같네."

침대 크기를 보고 나는 그렇게 말했다.

"그러게. 남자애 방이야."

사야카가 말했다.

"남자애? 어떻게 알아?"

"저기." 그녀가 가리킨 건 책상 옆에 걸린 란도셀 가방이었다. "까만 가방이잖아."

"그렇네." 동의하면서 고개를 갸웃거렸다. "란도셀이 있다는 건 별장이 아니라는 건가. 여기서 살았던 것 같은데?"

"살다가 갑자기 어디로 가버린 건가?"

"지금으로서는 그렇게 보이는데."

이 방의 주인이 남자애임을 나타내는 물건이 그 밖에도 다수 있었다. 침대 밑에는 야구 글러브가, 책상 위에는 합성수지로 된 괴수 장난감이 있었다. 글러브는 먼지에 뒤덮여 있었지만 사용 흔적이 거의 없었다.

책장에는 증기기관차에 관한 잡지가 많았다. 식당의 잡지꽂이에 있던 잡지도 이 방 주인의 것일지도 모른다. 증기기관차 잡지 말고는 나란히 꽂힌 백과사전이 눈에 들어왔다. 세어보니 모두 스물네 권이었다. 그 밖에는 유명한 아동문학서가 열두 권 남짓. 모두 하드커버였다. 초등학교 6학년 참고서 십여 권과 도감, 사진집 종류가 몇 권 있었다. 만화책은 한 권도 없었다.

"이 방 주인은 이 집에 살았을 때 초등학교 6학년이었나 봐. 책장만 봐서는 모범생이었을 것 같네."

"실제로 모범생이었던 것 같은데." 책상 위를 보며 사야카가 말했다. 그곳에는 책과 노트가 펼쳐져 있었다. 노트 위에는 곱게 깎아놓은 연필과 지우개가 있었다. 그 옆에는 플라스틱 필통이 보였다.

"공부중이었던 것 같네."

"공부하던 중에 이 방을 나가서 그대로 돌아오지 않았다는 말인가……?"

"모르겠어. 상황만 봐서는 그런 것 같은데."

주방에 방치되어 있던 커피 잔이 떠올랐다. 그와 비슷한 기묘한 분위기가 감돌고 있었다. 흡사 이 집 안에서만 시간이 멈춰버린 것 같았다.

"좀 으스스하네." 사야카는 두 손으로 양팔을 문질렀다. "이곳에 살던 사람이 다른 데로 갔다. 거기까진 상관없는데, 이런 식

68

으로 뭔가를 하다가 방치해둔 채로 갔다는 건……."

"뭔가 절박한 사정이 있어서 짐을 챙기지도 못한 채 나갔는지도 몰라. 야반도주라든지?"

"야반도주라면 란도셀이나 교과서를 챙겨가지 않았을까? 다음에 언제 학교에 다닐 수 있을지 모르니까, 적어도 그때까지는 혼자서 공부할 수 있도록 부모가 꼭 챙겨줬을 것 같은데. 대부업체에서 일하는 친구한테 그런 얘기를 들은 적이 있어."

"듣고 보니 그런 것도 같고."

의자를 빼고 책상 서랍을 열었다. 서랍에는 컴퍼스와 자 등 문구류가 들어 있었다. 다른 서랍 두 개 중 하나에는 새 노트가, 나머지 하나에는 크레파스와 그림물감이 들어 있었다.

사야카는 책상에 펼쳐진 교과서를 집었다. 산수 교과서였다. 표지에 기하학적 무늬가 그려져 있었다.

"아."

뒤표지를 보던 사야카가 놀란 듯 작게 외치더니 나에게 내밀었다. 인쇄일이 적혀 있었다.

그 날짜를 보고 그녀가 놀란 이유를 알 것 같았다. 이십삼 년 전의 날짜였다.

잠시 우리는 말없이 서로를 보았다. 그녀의 눈 속에 창틀이 비쳤다.

"말이 안 돼." 나는 그렇게 말했다. "만일 이 집이 이십삼 년 동안이나 방치되어 있었다면, 더 엉망이었을 거야. 이 상태는 고작해야 이삼 년 방치된 수준이야."

"하지만 이 방 주인이 이십삼 년 전에 사라진 것만은 사실이야."

"교과서의 날짜만으로 판단하긴 일러." 나는 교과서를 넘겨본 뒤 노트에 손을 뻗었다. 위에 놓여 있던 연필을 치우자 그곳만 먼지가 없었다.

펼쳐져 있던 페이지에는 연필로 '전부 사슴이라면 다리는 $4 \times 26 = 104$, 신발은 모두 84개니까 $104 - 84 = 20$개가 부족하다, 그러니 $20 \div 2 = 10$이니 원숭이는 10마리다'라고 적혀 있었다. 소위 '쓰루카메잔 학(쓰루)과 거북이(카메)의 합계 마릿수와 그 다리의 합계를 제시하고 각각의 수를 산출하는 식의 산수 문제'이었다. 이 문제에서는 학과 거북이를 사슴과 원숭이로 대체한 모양이었다.

앞장을 넘겨보니 어느 페이지나 꼼꼼하게 문제를 푼 흔적이 있었다. 글씨는 잘 쓰는 편이 아니었지만 읽지 못할 수준은 아니었다. 무엇보다 오탈자가 하나도 없었다. 이 방 주인이 상당히 우수한 학생이었다는 건 이로써 증명되었다.

마지막으로 표지를 보았다. 가슴이 두근, 뛰었다.

산수 6학년 1반 미쿠리야 유스케. 그렇게 적혀 있었다.

나는 사야카를 보았다. 그녀의 시선도 노트의 이름에 고정되어 있었다.

"이 이름을 알아?" 내가 물었다.

"미쿠리야, 유스케."

한 글자 한 글자 또박또박 읽더니, 사야카는 눈을 감았다. 뭔가를 열심히 떠올리려는 것 같았다.

"들어본 적……."

"미안, 조용히 좀 해줄래."

내 말을 끊고 그녀는 그렇게 말했다. 나는 입을 다물었다.

침묵 속에 이삼 분이 흘렀다. 그녀는 크게 숨을 내쉬더니 고개를 세차게 저었다.

"안 되겠어, 역시 생각이 안 나."

"아는 이름 같아?"

"응. 하지만 기분 때문일지도 몰라. 비슷한 이름의 사람과 헷갈린 걸지도."

사야카는 미간을 찌푸리며 관자놀이를 눌렀다.

"아버지가 이 이름을 말씀하신 적 있어?"

"그랬을지도 몰라. 하지만…… 잘 모르겠어."

사야카는 머리칼을 헝클어뜨렸다.

"무리하지 마." 나는 그녀의 어깨를 두드렸다. "어쨌든 이 집에 성이 미쿠리야인 가족이 살았다는 사실을 알아냈잖아. 다른 방도 둘러보자."

"그래."

노트와 교과서를 제자리에 두고 우리는 일단 방을 나왔다.

복도로 나와 안쪽까지 들어갔다. 끝에 있는 문을 열었다. 이곳에도 탁한 공기가 가득했다. 창문은 닫혀 있었지만 컴컴한 정도는 아니었다. 1층과 달리 덧창이 없고 커튼을 쳐놓았기 때문이었다. 손전등으로 방 안을 비췄다. 제일 먼저 눈에 들어온 건 벽에 걸린 양복 한 벌이었다. 마치 사람이 서 있는 것처럼 보여서 순간 움찔했다. 사야카도 같은 착각을 했는지 조그맣게 비명을 질렀다.

다른 곳을 비추자 흔들의자가 보였다. 벽 쪽에는 침대 두 개가 나란히 놓여 있었고, 창문 옆에는 천체망원경이 있었다. 벽의 얼룩이 으스스한 무늬를 띠고 있었다. 이 모든 것이 소름 끼치도록 오랜 시간에 걸쳐 서서히 무너지고 있는 것처럼 느껴졌다. 본디 집에 깃들어 있었을 온기는 이미 사라진 지 오래였다.

"여긴 부부 침실인 것 같네."

뒤에 있던 사야카가 말했다.

"3인 가족이었던 건가."

나는 그렇게 말하며 안으로 들어가 커튼을 걷고 창문을 열었다. 습한 공기가 들어와 먼지가 공중에 흩날렸다.

사야카는 흔들의자에 다가가 위에 있던 무언가를 집었다. 너덜너덜한 걸레인 줄 알았는데 아니었다. 실이 달려 있었고, 그실은 바닥에 놓인 실뭉치로 이어져 있었다. 지금은 약간 푸르스름한 기운이 도는 회색이었지만, 원래는 선명한 파란색이었을지도 모른다.

"목도리를 뜨고 있던 건가?"

"스웨터 같은데." 사야카는 그렇게 말하더니 내 쪽으로 내밀었다. "여기 동그란 거 보이지. 칼라 부분이야."

"엄청 작네."

"어린이용이네. 아들에게 만들어주려던 게 아닐까."

"유스케의 스웨터인가."

"아마도." 사야카는 미완성의 스웨터를 정중히 흔들의자 위에 내려놓았다. "유스케의 어머니도 이 스웨터를 짜다가 사라진 걸까."

"그렇다고 봐야겠지."

사야카가 살짝 건드렸는지 의자가 미세하게 흔들거렸다. 이 집에 들어와서 처음으로 움직이는 것을 본 것 같았다.

다시 실내를 둘러보았다. 하나 있는 책장에는 구색 맞추기 용으로 책이 꽂혀 있었다. 아들에 비해 부모는 독서가가 아니었나 보다. 그런 생각을 하며 책장 앞으로 다가가 책등을 보았다. 살짝 의외였다. 육법전서를 비롯해 민법, 형법 등의 법률 전문서적이 꽂혀 있었기 때문이었다. 아버지는 법조계 관계자였나. 하지만 그렇다고 하기에는 책이 너무 적었다.

"영 모르겠네." 나는 그렇게 말했다. "분명 누군가가 생활한 흔적은 있어. 하지만 뭔가 중요한 게 결여되어 있는 기분이 들어. 뭐라고 할까 표현하기 어려운데 위화감이 느껴져."

"나도 그래."

사야카가 벽 쪽에 있는 작은 책상으로 다가갔다. 그 위에는 북엔드에 의지해 전문서적 몇 권이 꽂혀 있었다. 하지만 그 책에는 관심을 보이지 않은 채 서랍 제일 위 칸을 열었다. 그리고 안에서 뭔가를 꺼냈다.

"뭐야?"

내가 물었다.

"안경."

사야카는 은색 테의 동그란 안경을 들어 보였다. 렌즈를 보고 조금 의아한 표정을 지었다.

"돋보기 안경 같아."

"그래?"

나는 사야카에게 다가가 안경을 건네 받았다. 분명 볼록렌즈였다. 원시 교정용 안경일 수도 있겠지만, 유스케는 부부의 늦둥이 외아들인 걸까.

"다른 건 없어?"

나는 서랍을 가리키며 물었다.

"나머지는……."

사야카는 서랍에 손을 넣어 사슬이 달린 둥그런 금속을 꺼냈다. 그 정체가 무엇인지는 바로 알아챘다.

"회중시계? 특이하네."

"뚜껑이 달렸어. 어떻게 열면 되지? 아, 이거구나."

사야카가 옆에 달린 금속을 엄지손가락으로 누르자 곧바로 뚜껑이 열렸다. 회중시계를 덮고 있던 먼지가 공중에 날렸다. 먼지를 피하듯 그녀는 고개를 뒤로 젖혔지만, 시계의 문자판을 본 순간 동작을 멈췄다. 눈도 깜빡하지 않았다.

"왜 그래?"

내가 물었다.

사야카는 천천히 문자판을 나에게 보였다. 그리스 숫자가 들어간 하얀 문자판 위에 수제작으로 보이는 가느다란 시침과 분침, 초침이 멈춰 있었다.

시곗바늘이 가리키는 시각은 11시 10분이었다.

6

카페 안에서는 소나무가 시야를 가려서 마쓰바라 호수의 전경을 볼 수 없었다. 이따금 소나무 사이로 오리 모양의 보트가 모습을 드러냈다. 주말치고는 관광객이 적은 편이었는데, 비수기이기 때문인지, 오늘 날씨가 좋지 않아서인지, 아니면 원래부터 이 정도 수준인지는 알 수 없었다. 카페 카운터에 있는 사장의 모습을 봐서는 오늘만 딱히 한가한 것 같지는 않았다. 가게는 십수 명 정도 들어갈 수 있는 넓이였지만, 우리 말고는 데이트 나온 커플과 가족 손님이 있을 뿐이었다.

점심을 먹기로 하고 밖으로 나왔는데, 음식을 파는 가게를 찾다 보니 결국 마쓰바라 호수 근처까지 오게 되었다.

"밥도 다 먹었고……." 나는 돈가스 카레를 비운 뒤 식후의 커피를 한 모금 마시며 말문을 열었다. "그 집은 대체 뭐지?"

"미쿠리야 유스케와 그 가족이 살다가 어느 날 갑자기 사라진 집. 우리가 아는 건 그뿐이네."

삼분의 일을 남긴 새우볶음밥과 반쯤 남은 밀크티를 앞에 두고 사야카는 그렇게 대답했다.

"아니, 좀 더 생각할 거리가 있잖아. 먼저 너희 아버지가 지하실 입구 열쇠를 갖고 계셨다는 것. 다음으로 그 집에서는 11시 10분이라는 시간에 깊은 의미가 있어 보인다는 것."

"유스케의 어머니는 뜨개질을 잘했고, 아버지는 노안에 법률에 관계된 일을 하고 있다."

"그래." 나는 고개를 끄덕인 뒤 덧붙여 말했다. "물론 뜨개질을 잘하는 건 아버지고, 어머니가 법조인일지도 모르지만."

사야카는 어깨를 들썩이며 한숨을 쉬었다.

"뭐가 뭔지 하나도 모르겠어. 아빠가 종종 찾아갔던 곳이 그 집이라는 건 알아냈지만, 대체 거기서 뭘 한 건지…….”

“별장으로 쓰던 것처럼 보이지는 않았는데.”

중년의 사장이 카운터에서 나와 우리가 먹은 그릇을 치운 뒤, 컵에 물을 따라주었다. 폴로셔츠에 청바지 차림의 편한 복장이었지만, 자식 교육에 열성적인 어머니를 연상시키는 삼각형 안경을 끼고 있었다.

“이 근처에 사세요?”

순간 떠오른 생각에 나는 그렇게 물었다. 사장은 카운터를 닦으며 “저요? 그런데요”라고 대답했다.

나는 그 집에 대해 이야기한 뒤에 아는 게 없느냐고 물어봤지만, 집의 존재조차 모르는 것 같았다.

“별장지 쪽인가요?”

사장이 물었다.

“아뇨, 별장지 좀 못 가서요. 왼쪽으로 꺾어 들어가는 좁은 길이 있는데, 그 끝에 있는 집입니다.”

“그런 데 집이 있었나…….”

사장은 고개를 갸웃거리며 카운터 안으로 들어갔다. 그리고 뒤에 있는 문을 열고 안쪽을 향해 내가 한 질문을 반복했다. 안에 누가 있는 모양이었다.

이내 짧은 머리의 남자가 나왔다. 하얀 조리복이 마치 전통음식점의 주방장 같았다. 그런 사람이 왜 카페에 있는지는 모르겠지만.

"굴뚝이 있는 하얀 집 말씀하시는 겁니까?"

남자는 우리 쪽을 보며 말했다.

"네, 그 집이요." 나는 고개를 끄덕였다. "아시는 거 있습니까?"

"딱히 아는 건 없습니다. 거기에 그런 집이 있는 건 알지만요."

"거기 살던 사람들을 아십니까?"

"그런 건 전혀 모르죠." 남자는 고개를 저었다. "전에 친구들하고 이야기한 적이 있습니다. 그 집의 정체가 대체 뭐냐고. 몇 년 전부터 거기 있었는데, 사람이 있는 걸 본 적이 없습니다. 전에는 사람이 살았지만 병으로 모두 죽었다, 어떤 부자가 탈세하려고 별장을 지었다가 방치해둔 거다, 별의별 소문이 돌았지만 무엇도 확실하진 않습니다."

"언제부터 있던 집입니까?"

"글쎄요." 남자는 팔짱을 끼며 대답했다. "적어도 최근 십 년 사이에 지은 집은 아닐 겁니다. 그 이전이죠. 이십 년은 안 됐을 것 같은데, 잘 모르겠네요."

"사람이 있는 걸 본 적이 없다고 하셨죠."

"그렇습니다. 그래서 다들 무섭다고 하는 거죠. 애당초 이 근처에 그런 건물이 한둘이 아니긴 하지만요. 파산한 기업의 별장도 얼마 전까지 있었거든요. 건물뿐 아니라 수영장부터 테니스 코트까지 오랫동안 폐허로 방치됐죠."

남자는 사장을 보며 웃더니 다시 우리를 보며 물었다.

"그 집 관계자입니까?"

"아뇨, 직접적인 관련은 없습니다. 그 주변 지질조사를 하려는데, 집주인에게 일단 연락을 해둘까 했거든요."

"지질조사요?"

"대학에서 그쪽 연구를 하고 있습니다."

나는 지갑에서 명함을 꺼내 내밀었다. 이학부 물리학과라고 적혀 있었지만, 남자는 딱히 수상히 여기는 것 같지 않았다.

"호오, 대학 선생들도 고생이 많네요. 연구 목적이면 연락할 필요 없이 그냥 해도 될 겁니다. 정말 아무도 없거든요."

"그렇군요. 그럼 그래야겠네요."

"걱정 마요."

남자는 연신 고개를 끄덕였다.

더는 유익한 정보는 얻어낼 수 없을 것 같았고, 커피도 다 마셨기에 나는 지갑에서 돈을 꺼내며 일어나려 했다. 그때 남자가 뭔가 생각난 듯 입을 열었다.

"맞다. 한 번이지만 전에 사람을 본 적이 있다는 얘기를 들었습니다."

"그게 언제죠?"

"벌써 사오 년 전인가. 일하던 초밥 가게 배달 직원이 길을 잘못 들어서 그쪽으로 빠진 적이 있어요. 그때 집 앞에 누가 있었다고 하더군요."

"어떤 사람이었습니까?"

"꽤 연배가 있는 남자였다고 했던 것 같아요."

"남자…… 집 앞에 있었다고 집주인이라고 할 수는 없겠죠?"

"그건 그렇지만. 분명 청소를 하고 있었다고 했어요."

"청소요?"

"네, 빗자루를 들고."

이때 옆에 있던 사야카가 불쑥 말문을 열었다.

"그분을 만날 수 있을까요?"

그 목소리가 어찌나 절박했는지, 남자는 살짝 당황한 기색이었다.

"아르바이트 직원이라 지금은 없습니다."

"그렇군요……."

사야카가 나를 보았다. 그녀가 무슨 생각을 하는지 전해졌다.

나는 두 사람에게 인사를 한 뒤에 계산을 마쳤다.

"아마 아빠였을 거야."

차 안에서 사야카는 그렇게 말했다.

"그렇겠지. 이걸로 수수께끼가 하나 풀렸어."

"무슨 수수께끼?"

"집 안이 생각보다 깨끗했던 의문. 먼지가 쌓이기는 했지만, 만일 그 집 주민들이 정말 이십삼 년 전에 떠났다면 그보다 더했겠지."

"아빠가 청소를 하려고 정기적으로 그 집에 드나들었다는 거야?"

"목적은 따로 있었을지도 모르지만, 간 김에 청소도 하신 게 아닐까."

사야카는 연신 눈을 깜빡거렸다.

"아빠는 그 집과 대체 무슨 관계인 걸까."

"특별한 의미가 있던 것만은 분명해." 나는 그렇게 말했다. "그러니까 청소는 해도 물건의 배치를 바꾸지는 않았겠지. 책상 위의 노트도, 뜨다 만 스웨터도, 그 집의 가족이 없어졌을 때 그대로 둔 게 아닐까."

"아빠와 그 가족의 관계를 알아낼 방법이 없을까……."

"네가 가져온 앨범을 보자. 어쩌면 옛날 사진 속에 그 집이 찍혀 있을지도 모르잖아."

나는 그렇게 말하며 차 시동을 걸었다.

회색 집으로 돌아온 우리는 아까처럼 지하실을 통해 안으로 들어갔다. 이번에는 등유 탱크 옆에서 양초와 성냥이 든 상자를 발견했다. 일단 그걸 챙겨서 계단을 올라갔다.

아직 해가 저물 시간은 아니었지만 날씨가 심상치 않았기 때문에 창문을 열어둬도 별로 환하지 않았다. 초를 켜야 할 시간이 되기 전에 서둘러 이곳에서 나가야겠다고 생각했다.

거실 소파에 차에서 가져온 비닐 시트를 깔고 앉았다. 별로 편하지는 않았지만, 먼지 바닥에 앉는 것보다는 낫다고 생각했다. 마찬가지로 먼지를 덮어쓴 테이블을 휴지로 대충 닦은 뒤 앨범을 내려놓았다.

앨범은 두 권이었다. 하나에는 동물 그림이, 다른 하나에는 여자아이의 그림이 그려져 있었다. 첫 장을 펼치니 예전에 사야카가 말한 것처럼 초등학교 입학식 사진이 눈에 들어왔다. 하얀 블라우스에 짙은 남색 치마를 입고 빨간 란도셀을 맨 사야카가 눈이 부신 표정으로 정면을 보고 있었다.

사야카의 손을 잡고 있는 건 어머니이겠지. 고도경제성장기에 유행한 정장 차림의 가녀린 여성이었다. 그녀의 어머니가 초등학교 때 병으로 세상을 떠났다는 사실을 떠올렸다. 이때부터 이미 몸이 좋지 않았는지 딸의 입학식인데도 표정이 썩 밝지 않았다. 미용실에서 손질하고 온 듯한 머리 스타일만이 묘하게 상기돼 있었다.

"난 잘 안 웃는 애였어."

사야카가 그렇게 말했다.

"안 웃었다고? 왜?"

"그 이유를 잘 모르겠어. 웃고 있는 사진이 하나도 없어."

앨범을 뒤로 넘겨봤다. 어린 사야카의 모습이 공원이며 유원지를 배경으로 찍혀 있었다. 얼굴에 비해 눈이 큰 사야카는 다른 아이들보다 눈에 띄는 아이였으리라.

하지만 본인의 말대로 웃고 있는 사진은 전무했다. 어느 사진에서도 사야카는 불안한 눈빛을 띠고 있었다. 마치 낯선 세상에 홀로 남겨진 것처럼.

"잘 모르겠네."

나는 그렇게 말했다.

"그래⋯⋯?"

"우리 어릴 적 이야기를 한 적이 한 번도 없지?" 나는 고개를 들어 말했다. "육 년이나 사귀었는데. 그래서 너한테 어릴 적 기억이 없다는 것도 몰랐어."

"그런 이야기가 나온 적이 없었잖아. 너도 어릴 적 이야기를 한 적이 없고. 그래서 나도 네 어릴 적에 대해 아무것도 모르고."

"옛날이야기는 안 한다는 게 암묵의 규칙이었는지도 몰라."

"미래 이야기도."

사야카는 다소 싸늘한 목소리로 말했다.

그래서 다른 남자한테 간 거야? 그런 말이 튀어나오려 했다. 장래 계획을 확실히 세운 남자로 갈아탄 거냐는 말도. 물론 입 밖으로 내지는 않았다.

다시 앨범을 보았다. 이 집이 찍혀 있는 사진이 없는지 한 장씩 넘겨가며 살펴봤다. 사야카도 나머지 한 권의 앨범을 펼쳐서 살펴보기 시작했다.

하지만 이 집이 찍힌 사진은 한 장도 없었다. 이 부근으로 추정되는 배경도 없었다.

"역시 네가 초등학교 입학하기 전까지 거슬러 올라가지 않으면 이 집과 너희 아버지의 관계는 밝혀내지 못할 것 같아."

"나와 이 집의 관계도."

"맞아."

다시 처음부터 앨범을 살펴보기로 했다. 사야카의 아버지는 세 번째 페이지부터 등장하기 시작했다. 반팔 셔츠에 운전기사 모자를 비스듬하게 쓴 복장이 트레이드마크였던 것 같았다. 현관 앞에서 아빠와 딸이 나란히 서 있는 사진이 있었다. 어머니가 찍은 사진일까. 현관이 낯이 익었다. 사야카의 집은 오기쿠보에 있었다. 데이트한 날에는 종종 집까지 바래다줬는데, 그 시절 보았던 광경과 거의 비슷했다. 다른 점이라면 새집 느낌이 난다는 정도일까.

아니, 나는 부정했다. 다른 점이 하나 더 있었다.

"소나무가 없네."

"어?"

"그 큰 소나무 말이야. 현관 옆에 있었잖아. 지금도 기억이 나."

사야카는 그 사진을 보고 고개를 끄덕였다.

"그 나무는 내가 초등학교에 다닐 때 심었어. 뒷장을 넘겨보면 있을 거야."

뒤로 넘겨보니, 그해 겨울로 추정되는 사진에 소나무가 찍혀 있었다. 그렇다면 여름에서 가을 사이에 심은 건가.

"어떤 심경의 변화가 있어서 소나무를 심은 걸까?"

"모르겠어."

사야카는 고개를 갸웃했다.

"너희 가족은 예전부터 오기쿠보에 살았지?"

내 물음에 사야카는 잠시 침묵하다 고개를 저었다.

"아냐?"

내가 거듭 물었다.

"아니었던 것 같아."

자신 없는 목소리였다.

"다른 데 살다가 오기쿠보로 이사 온 거야?"

"그렇게 들었어. 예전에는 요코하마에 살았다고."

"언제까지?"

"자세한 건 몰라. 막연히 내가 어릴 때였을 거라고만 생각했지."

"하지만 어쩌면……." 나는 집게손가락으로 앨범을 톡톡 두드렸다. "이 집으로 이사 온 건 네가 초등학교에 들어가기 직전이었을지도 몰라. 새집으로 옮긴 기념으로 나무를 심었을 수도 있지."

사야카는 허를 찔린 표정을 지었다.

"그렇게 생각해본 적은 없는데……."

"다른 곳에서 전입한 거라면 주민표에 기록이 남아 있을 텐데."

"본 적이 있긴 한데, 몇 년 몇 월이었는지까지는 자세히 안 봤어. 관심도 없었고."

그럴 수 있다고 생각하며 나는 고개를 끄덕였다.

"어쩌면 전에 살던 곳에서 무슨 일이 있었을지도 몰라."

"내 기억이 사라질 만한 일?"

"응."

사야카는 미간을 찡그리며 생각에 잠겼다. 불쾌함과 불안함이 뒤섞인 표정이었다.

"요코하마 어디 살았는지 몰라?"

"미도리 구라고 했던 것 같은데 아닐 수도 있어."

"거기 살았을 때 이야기를 부모님께 들은 적은 있어?"

"없어." 그렇게 말하더니 사야카는 한숨을 쉬었다. "바보 같지. 이렇게 아무것도 모르면서 여태까지 어떻게 살았는지 몰라."

"신경 쓰지 마. 나도 우리 집 일은 모르는 게 많으니까. 믿기지 않겠지만 할아버지와 할머니 이름도 몰라."

"나도 몰라. 만난 적도 없거든."

"우리 할머니는 내가 중학생이 될 무렵까지 살아 계셨어. 그런

데 이름을 알려고도 안 했어. '할머니'라고 부르면 대답하셨으니까."

별생각 없이 한 농담이었지만 사야카는 미소를 지었다.

"친척들도 없어?"

"없는 것 같아. 결혼식 때 친척들하고 같이 사진을 찍으려고 했는데 사람이 없어서 친구들이 자리를 채워줬어."

"그래." 나는 다시 앨범을 보았다. 사야카의 웨딩드레스 차림을 상상하니 뭔가 갑갑해졌다. 내 심정을 알아챘는지 그녀도 어색한 얼굴로 입을 다물었다. 고개를 들어 애써 밝은 표정으로 말했다. "식은 교회에서 올렸어?"

"응."

"그럴 것 같았어. 웨딩드레스가 잘 어울렸을 것 같네."

"별로 그렇지도 않았어."

사야카는 웃으며 대답했다.

"친척들이 없다고 시댁에서 이상하게 여기지 않았어?"

"그게 그렇지 않더라고. 시댁에서는 오히려 우리 집에 친척이 별로 없다고 좋아했어. 친척 중에 까다로운 사람이 있으면 가풍이 다르니 어쩌니 신경전을 벌일 수도 있잖아. 그럴 걱정이 없으니까."

"그렇구나."

그렇게 생각할 수도 있겠다며 두 번째 앨범에 손을 뻗었다. 첫

장은 정월에 찍은 사진이었다. 사야카가 갑갑해 보이는 기모노 차림으로 신사의 도리이_{신사 앞에 있는 두 기둥의 문} 앞에 서 있었다. 하지만 그 옆에 있는 건 처음 보는 인물이었다. 칠십대로 보이는 노부인은 광택이 도는 회색 기모노를 입고 있었다.

"이 사람은 누구야?"

나는 사진을 가리키며 물었다.

"아, 이 할머니." 사진을 본 사야카의 얼굴이 순간 밝아졌다. "예전에 자주 집에 놀러 오셨는데, 아빠가 옛날에 신세를 졌던 분이래."

"지금은?"

"돌아가셨어. 아마……" 사야카는 살짝 고개를 갸웃하며 말을 이었다. "내가 중학교 1학년 때였을 거야. 장례식에 간 기억이 나."

뒤로 넘기자 같은 노부인이 드문드문 등장했다.

"이분 이름이 뭐야?"

사야카는 고개를 저었다.

"기억이 안 나는 게 아니라, 들은 적이 없는 것 같아. 아까 네가 했던 얘기랑 똑같아. 할머니, 그렇게 부르면 됐으니까."

"할머니라……"

노부인은 어느 사진이든 고급스러운 기모노 차림이었다. 윤기 흐르는 은색 머리카락은 항상 깔끔하게 틀어 올리고 있었다. 근처에 사는 이웃이라기보다는 멀리서 일부러 찾아온 손님처럼 보였다.

"이 할머니는 어디 사셨는지 알아?"

"모르겠어……."

"장례식에 갔었다며. 어디였어?"

"그게, 아빠 차를 타고 가서 정확한 위치를 모르겠어." 사야카는 침울한 목소리로 말했다. "미안해."

"미안할 게 뭐가 있어." 쓴웃음을 지으며 앨범을 넘겼다. 세일러복 차림의 사야카가 현관 앞에서 어색한 자세로 찍은 사진이 마지막이었다. 중학교에 입학했을 무렵이겠지. "세일러복도 제법 잘 어울리네." 농담처럼 말하며 앨범을 덮었다.

"어쩌면……." 사야카가 말문을 열었다. "이 집에는 그 할머니가 사셨는지도 몰라. 아빠가 정기적으로 청소를 하러 왔다는 건 그만큼 가까운 사람의 집이었다는 거잖아. 그런 사람이 할머니 말고는 없었어."

"흐음." 나는 고개를 끄덕였다. "타당한 추리일지도 몰라."

"확인할 방법이 없을까?"

"2층에 올라가보자."

나는 자리에서 일어났다.

먼저 2층의 큰방을 살펴보기로 했다. 만일 사야카의 추리가 들어맞았다면, 그 사진의 노부인은 유스케의 어머니일 것이다.

89

흔들의자에 앉아 아들의 스웨터를 짜던 사람도 그 부인이리라. 이십삼 년 전에 유스케가 초등학교 6학년이었다면 아들을 상당히 늦은 나이에 낳은 셈이지만, 사야카가 발견한 돋보기안경과 부합하는 전개이다.

사야카는 돋보기안경과 회중시계가 들어 있던 서랍을 다시 뒤적였다. 만년필과 돋보기 등을 책상 위에 늘어놓고 있었다.

벽에 걸린 정장에 눈을 돌렸다. 먼지를 뒤집어쓰고 있었고 좀 먹은 자국도 군데군데 보였지만, 원래는 광택이 도는 짙은 갈색의 원단 같았다. 상의의 안주머니 밑에 '미쿠리야'라는 이름이 붓글씨 풍으로 수놓아져 있었다.

다음으로 아담한 장롱 안을 열어봤다. 밖에 걸려 있는 것과 비슷한 낡은 정장 두 벌과 중년 여성이 입을 것 같은 수수한 원피스 한 벌이 걸려 있을 뿐이었다. 양복 상의의 안쪽을 보았지만 '미쿠리야'라는 이름은 없었다.

장롱 아래에 달린 서랍을 열어봤다. 성경책 한 권이 들어 있었다. 페이지를 넘기다 보니 그 사이에 껴 있는 작은 종이 두 장이 눈에 들어왔다. 입장권 같았다. 인쇄된 글자가 흐릿했지만, 동물원이라는 글자는 읽을 수 있었다. 한 장에는 '어른', 나머지 한 장에는 '어린이'라고 적혀 있었다. 아이와 함께 동물원에 갔을 때의 입장권인 모양이다.

장롱을 살펴본 뒤에는 옷장을 보았다. 한 평 남짓한 공간을 차지한 작은 옷장이었다. 방 전체의 넓이에 비해 수납공간이 얼마 안 되는 느낌이었다.

옷장 속에는 작은 상자와 종이봉투가 여럿 들어 있었다. 하나씩 살펴봤지만 모두 안은 비어 있었다.

상자와 종이봉투를 하나씩 꺼내다 보니 그 안쪽으로 뭔가가 있는 게 보였다. 금속제의 녹색 상자였다. 나는 두 손을 뻗어 상자를 들어 올리려 했다. 하지만 작은 상자의 중량은 나의 예상을 뛰어넘었다.

앞을 가린 상자와 봉투를 치우자, 그 금속제 상자가 작은 금고라는 사실을 깨달았다. 작은 상자와 봉투로 이 금고를 숨기려 한 게 틀림없었다. 나는 사야카를 불러 금고를 보여줬다.

"열 수 있을까?"

사야카가 물었다.

문을 당겼지만 꿈쩍도 하지 않았다.

"잠겨 있어." 간단한 다이얼식 자물쇠였지만, 아무 번호나 입력한다고 열릴 것 같지는 않았다. "열려면 부숴야겠는데. 차 트렁크에 있는 공구로 열 수 있을지는 미지수지만."

"비밀번호가 필요한 거야?"

"응. 아버지한테 들은 적 없어?"

"없어."

"그렇겠지."

나는 한숨을 내쉬며 금고를 열 방법을 생각했다.

사야카는 옆에서 벽에 걸린 정장 상의에 손을 대며 "낡은 옷이네"라고 하더니, 이내 "아" 하고 작게 소리쳤다.

나는 고개를 돌렸다.

"왜?"

"뭔가 들어 있어."

사야카는 안주머니에 손을 넣어 뭔가를 꺼냈다. 검은 가죽 지갑이었다. 그 안에서 지폐를 여러 장 꺼내 내밀었다. 쇼토쿠타이시_{일본 아스카 시대의 정치가이자 사상가}가 인쇄된 일만 엔권 두 장에, 이토 히로부미가 인쇄된 천 엔권 세 장이었다.

"구권이네."

"신권으로 교체된 게 언제지?"

"십이삼 년 전 아냐?"

"그럼 적어도 그전부터 이 지갑은 사용하지 않은 거겠네."

"그렇게 봐야겠지."

"아, 또 뭔가 있어."

사야카는 지갑의 다른 칸에서 명함 절반 크기의 종이를 꺼냈다. 흑백사진이었다. 그 사진을 뚫어져라 들여다보더니 이내 나에게 건넸다.

다섯 살쯤 되어 보이는 남자아이의 사진이었다. 사진 속 아이는 흙장난을 하며 초롱초롱한 눈으로 똑바로 정면을 바라보고 있었다. 무척 똘똘해 보이는 인상이었다.

"이 아이가 유스케일까."

사야카가 말했다.

"그런 것 같네. 아는 사람이야?"

"몰라. 하지만……." 사야카는 다시 사진을 보더니 고개를 갸웃했다. "본 적이 있는 것 같아."

"어릴 때가 아니라, 어른이 되어서 만났을 수도 있어. 아는 남자 중에 이 아이를 닮은 사람은 없어?"

내 말에 사야카는 한동안 사진을 바라보았다. 하지만 결국 고개를 저었다.

"짚이는 게 없어……."

"그래. 그 지갑에 동전은 들어 있어?"

"동전? 없어. 왜?"

"동전이면 제조 연도가 새겨져 있잖아. 이 집에 사람이 살던 연대를 추정할 수 있을지도 모르잖아." 그렇게 말하며 장롱에 있는 정장의 주머니를 뒤졌다. 지갑이나 동전지갑은 없었다.

순간적으로 든 생각에 양복바지를 몸에 대봤다. 나보다 체구가 훨씬 작은 사람이 입었던 옷 같았다. 허리둘레는 표준이었다.

"유스케의 방에 동전이 있을지도 몰라."

사야카가 말했다.

"그것도 그러네. 그럼 일단 여기는 정리하고 건너편 방을 둘러보자."

우리는 방을 나와 소년의 방으로 향했다.

"너무 들쑤시지는 말자. 이 상태로 시간이 정지되어 있는 것에 뭔가 의미가 있을지도 모르잖아."

"응, 그러자."

사야카도 고개를 끄덕였다.

우리는 다시 소년의 책상과 책장 위를 살펴봤다. 저금통 같은 것이 있을 법도 한데, 그 비슷한 것도 없었다.

"나갈 때 있는 돈을 전부 가져간 걸까."

"그럼 아까 찾은 지갑은 왜 두고 간 건데."

"단순히 잊어버린 거 아냐?"

"그런가……." 사야카는 책장에 꽂힌 책의 등을 손가락으로 만졌다. "돈만 챙겨서 온 가족이 자취를 감췄다는 거야? 좋아하던 증기기관차 책도 버려놓고?"

"특별히 좋아하는 책은 챙겨갔을지도 모르지."

하지만 사야카의 표정은 여전히 석연치 않았다. 이내 동화책 한 권을 꺼냈다. '왕자와 거지'라는 제목의 책이었다.

"출간일이 이십삼 년 전이야." 책 마지막 페이지를 펼쳐 내밀며 사야카는 말을 이었다. "교과서하고 같아."

"다른 책은?"

다른 책을 두세 권 꺼내서 살펴봤다. 역시 같은 시기에 출간된

책 같았다. 잡지도 펼쳐봤지만 그 이전에 발행된 것이었다. 이십 삼 년 전의 책이 가장 최신이었다.

"이걸로 확실해졌지? 이 집 사람들은 이십삼 년 전에 사라졌 어."

"하지만 1층 식당에 있던 잡지는 발행일이 이십 년 전이었고 헌책이었어. 그렇다는 건 그 잡지가 이 집에 온 건 훨씬 나중이 잖아."

"하지만……."

사야카는 엄지손가락을 물어뜯었다.

꺼낸 책들을 제자리에 돌려놓으며 생각을 정리했다. 만일 사 야카의 말처럼 미쿠리야 일가가 자취를 감춘 게 이십삼 년 전이 라면, 식당에 있던 잡지는 다른 누군가가 가져온 것이다. 다른 사람이라면 사야카의 아버지밖에 없다. 하지만 무엇 때문에 그 런 것일까.

마지막 책을 책장에 꽂고 있는데 책등에 아무것도 인쇄되어 있지 않은 작고 하얀 책이 눈에 들어왔다. 안쪽에 있어서 지금까 지는 있는 줄 몰랐다.

꺼내보자 아무래도 보통 책이 아닌 것 같았다. 표지에도 아무 것도 적혀 있지 않았다. 의아해하며 책을 펼친 나는 무의식적으 로 작게 소리쳤다.

첫 장의 첫 줄에 이렇게 적혀 있었다.

5월 5일 맑음. 오늘부터 일기를 쓰기로 했다.

글씨는 상당히 미숙했지만, 책상 위 노트 속 글씨체와 일치했다.

❖

2
장

❖

むかし僕が死んだ家

1

아빠가 일기장을 사주셨다. 글자도 익히고, 여러 가지로 도움이 된다고 하셨다. 열심히 써야지. 오늘은 어린이날이라 정원에서 고이노보리일본에서 남자아이의 성장과 출세를 기원하는 의미로 어린이날에 매다는 잉어 깃발를 달았다. 밤에는 엄마가 맛있는 음식을 만들어주셨다. 참 재미있었다.

이상이 미쿠리야 유스케의 첫 번째 일기의 내용이었다. 이 내용에서 그의 나이를 정확히 추정하기는 어려웠다. 하지만 산수 공책에 적힌 6학년보다는 조금 어린 것 같았다.

나는 페이지를 넘겼다.

5월 6일 맑음. 오늘은 학교에서 노래 시험을 봤다. 〈푸른 목장〉을 불렀다. 체육 시간에 후지모토가 뜀틀을 하다 다칠 뻔했다. 아빠가 책을 사다주셨다.

5월 7일 흐림. 선생님이 안 오셨다. 그래서 오늘은 공부를 안 했다. 좋았다. 하지만 집에서 그 얘기를 하니까, 그럴 때 공부를 열심히 해야 한다고 아빠에게 혼났다. 저녁을 먹다가 배가 조금 아파서 약을 먹었다.

5월 8일 흐림. 오늘은 선생님이 오셨다. 감기에 걸렸다고 하셨다.

여기까지는 꼼꼼하게 적혀 있었다. 하지만 귀찮아졌는지, 아니면 쓸 내용이 없었는지, 사흘간은 일기를 쓰지 않았다. 다음 일기는 5월 12일이었다.

5월 12일 흐린 뒤 맑음. 오늘은 너무 더웠다. 친구들도 덥다고 했다. 청소하고 손을 씻을 때 발도 씻었더니 시원했다. 다들 바다에 가고 싶다고 했다. 나는 수영하는 게 좋다. 집에 왔더니 엄마도 반팔을 입고 있었다.

다음 일기는 그로부터 다시 사흘 건너뛰어 5월 16일이었다.

<u>5월 16일 맑음.</u> 야마다가 학교에 프라모델을 가져왔다. 별로 잘 만들지 않았다.

그리고 이다음 일기는 6월 1일이었다. 약 보름 동안 빼먹은 것이다. 그 사실을 본인도 반성하는지 다음과 같은 문장이 적혀 있었다.

<u>6월 1일 흐림.</u> 오늘부터는 꼭 일기를 쓸 거다. 많이 안 써도 되니까, 날씨라도 상관없으니 일기를 꼭 쓰라고 아빠가 말씀하셨다. 매일 쓰지 않아도 된다고 하셨다. 최소한 토요일과 일요일 밤에는 꼭 쓰라고 하셨다. 그 정도는 힘들지 않으니 그래야겠다고 생각했다.

이 선언대로 이다음부터는 최소 일주일에 한 번, 토요일에 일기를 썼다. 날씨만 적어놓은 날도 꽤 많았다.

"이 집에 대한 얘기는 없나?"

옆에 있던 사야카가 일기장을 들여다보며 말했다.

"지금 찾아보는 중인데." 나는 대충 훑어보며 페이지를 넘겼다. "아무래도 부모님과 유스케, 3인 가족인 게 분명한 것 같아. 다른 등장인물이 없어."

새로운 등장인물은 8월에 들어서자 나타났다.

<u>8월 2일 맑은 뒤 소나기.</u> 물총을 가지고 놀고 있는데 다이 씨가 수박을 주셨다. 다이 씨는 맛있는 수박을 잘 찾는다. 엄마하고 셋이서 수박을 먹었다. 다이 씨는 아이를 재우고 왔다면서 황급히 돌아갔다. 나팔꽃 줄기가 자라지 않아서 그림일기는 못 그렸다.

이 '다이 씨'라는 사람은 이웃에 사는 주부인가.

"'다이 씨'라는 이름을 들어본 적 있어?"

사야카에게 물었지만 그녀는 말없이 고개를 저었다.

나는 페이지를 넘겼다. 자주는 아니었지만 '다이 씨'라는 이름이 이따금 일기에 등장했다. 이웃 주민이라고 하기에는 스스럼없이 집에 드나드는 것 같았다. 게다가 집안일도 돕는 것 같았다. 읽다 보니 다음과 같은 내용이 눈에 들어왔다.

<u>10월 5일 맑음.</u> 다이 씨가 여자아이를 데리고 왔다. 인형처럼 작다. 지금은 유치원에 다닌다고 했다. 더 커서 초등학교에 들어가면 전처럼 다이 씨가 온다고 했다. 다이 씨가 만든 음식은 맛있다. 빨리 오면 좋겠다.

내용을 보아하니 이 여성은 예전에 미쿠리야 집안에서 가정부로 일했던 모양이었다. 하지만 아이가 태어나서 잠시 일을 쉬고

있는 것 같았다. 종종 찾아오는 걸 보면 집이 근처인 걸까.

유스케는 일주일에 한두 번 일기를 썼기 때문에, 페이지 수에 비해 시간의 경과가 빨랐다. 눈 깜짝할 사이에 연말이 되었다. 크리스마스였다.

<u>12월 24일 맑고 이따금 흐림.</u> 오늘은 정말 추웠다. 종업식 때도 덜덜 떨었다. 2학기 성적이 조금 올라서 엄마가 칭찬하셨다. 올해도 크리스마스 선물이 도착했다. 올해는 레이싱 카 프라모델이었다. 작년에는 증기기관차였다. 아빠는 장난감만 보내는 건 좋지 않다고 하셨다. 책이 좋다고 하셨다. 전화를 걸어서 화를 냈다. 밤에 눈이 조금 내렸다.

고개를 들어 사야카를 보았다.

"선물이 도착했다니, 이게 무슨 뜻이지? 누가 보낸 걸까?"

"아는 사람이 보낸 거 아냐? 친척이나."

"그 아는 사람이나 친척에게 전화해서 화를 낸다고? 장난감만 보내지 말라고."

"음······." 사야카는 그 부분을 다시 읽더니 고개를 들었다. "그럼 누가 보낸 건데?"

"그걸 모르겠으니까 물어보는 거잖아." 의자를 가져다 먼지를 털어내고 앉았다. 아동용이라 조금 낮았다. "일부러 아들에게 선물을 보내줬는데 불만을 직접 말했다는 건, 가족이겠지. 형제나 부모."

"부모일 가능성이 큰 것 같아." 사야카는 고개를 숙이더니 속삭이듯 말했다. "남편도 딸에게 너무 오냐오냐하지 말라고 시부모님에게 자주 뭐라고 하거든."

"그래?" 나는 무심코 사야카의 얼굴을 바라보았다. "그럴 수 있겠네. 평범한 가정이네."

저도 모르게 야유하듯 말이 나갔다.

심기가 불편했는지 사야카의 표정이 어두워졌다. 나는 살짝 당황하며 비꼬려는 게 아니었다고 말하려 했지만 그보다 먼저 사야카가 입을 열었다.

"평범하지 않아."

목소리는 가라앉았지만 말투는 단호했다.

허를 찔린 나는 사야카를 보았다. 그녀는 나를 보며 힘없는 목소리로 말을 이었다.

"미안. 마음대로 상상하는 게 싫어서."

잠시 입을 다물었다. 갑자기 찾아온 어색한 분위기에서 빠져나가기 위해 나는 다시 일기장을 넘겼다.

"이 일기를 전부 읽으려면 꽤 오래 걸릴 것 같은데."

"일단 마지막 날짜를 보자."

조금 전까지의 말투로 돌아가 사야카가 말했다.

"그러면 되겠네."

타당한 지적이라 생각하고 뒤에서부터 일기장을 넘겼다. 뒷부분은 공백이었다. 이 일기장을 다 쓰지 못한 채 유스케는 집을 떠난 것일까.

그래도 뒤에서 십수 장 언저리까지는 일기를 쓴 것 같았다. 마지막 일기의 날짜는 2월 10일이었다. 건국기념일 전날이다.

대충 훑어보려 했지만, 읽다 보니 어쩐지 마음에 걸려 처음부터 다시 읽었다. 표정이 굳는 게 느껴졌다.

"왜 그래?" 사야카가 물었다. "뭐가 적혀 있는데?"

"잘 모르겠지만 뭔가 분위기가 달라졌어."

나는 그렇게 대답했다.

"분위기가 달라졌다고?"

"일단 읽어봐."

나는 사야카에게 일기장을 건넸다.

그곳에는 다음과 같이 적혀 있었다.

<u>2월 10일 맑음.</u> 배가 아팠지만 학교에 갔다. 집에 있기 싫었다. 선생님에게 말할까 했지만 어른은 믿을 수 없다. 분명 그 녀석 말을 믿을 게 틀림없다. 아무도 우리가 하는 말을 믿지 않는다. 그리고 나중에 녀석에게 보복을 당할 것이다.

집에 왔더니 녀석은 소파에 누워 있었다. 녀석에게 들키기 전

에 얼른 방에 들어갔다. 침대에 차미가 있었는데 얼마 전처럼 낑낑 울고 있었다. 또 그 녀석이 몹쓸 짓을 한 것이다.

더는 못 참겠다. 저런 녀석은 죽어버렸으면 좋겠다.

사야카가 고개 들기를 기다렸다 나는 입을 열었다.

"새로운 등장인물이 나타났네."

"여기서 말하는 녀석은……."

"누군지는 모르지만 당시 이 집에 산 건 분명한 것 같아. 그 인물이 소파에서 자고 있는 걸 유스케는 이상하게 여기지 않은 것 같으니까."

"친척일까?"

"그럴 수도 있지. 하지만 이 일기를 봐서는, 유스케는 그 인물을 별로 좋아하지 않은 것 같아."

"뭔가 심한 일을 당한 것 같지? 그 일을 학교 선생님에게 말하려고 했을 정도잖아."

"뭔가 깊은 사정이 있는 것 같은데. 그리고 차미라는 이름도 나왔는데, 고양이 같아."

"고양이, 차미……."

사야카는 미간을 찡그리더니 시선을 비스듬히 아래로 떨어뜨렸다.

"왜 그래?"

"아니…… 왠지 어디서 들어본 적 있는 것 같아서."

"그 고양이를 너도 아는 건가?"

"그럴지도 모르지만, 뭔가 아닌 것 같아. 고양이라는 게 좀……" 사야카는 쓴웃음을 지었다. "아까부터 계속 이런 소리만 하네. 기억은 하나도 못하면서."

"조바심내지 마. 처음부터 일이 술술 풀릴 거라고는 생각 안 했으니까. 이 일기를 더 꼼꼼하게 읽어보면 뭔가 힌트를 얻을 수 있을지도 몰라."

"읽어보자."

사야카는 방금 읽은 일기의 앞 페이지를 펼쳤다. 날짜는 2월 3일이었다.

2월 3일 흐림. 오늘은 절분입춘 전날로, 액을 물리치고 복을 부르는 의미로 콩을 던지는 등의 풍습이 있다이다. 예전에는 콩 던지기를 했지만 이제는 하지 않는다. 녀석은 오늘도 잔뜩 취해 있었다. 귀신은 밖으로 콩을 던지며 '귀신은 밖으로 복은 안으로'라고 외친다.

"모르겠네." 나는 그렇게 말했다. "대체 누구를 말하는 거지? 그리고 부모도 전혀 등장하지 않아."

"역시 앞에서부터 차례대로 읽는 게 좋을 것 같아." 사야카는 작게 한숨을 내쉬었다. "시간이 꽤 걸릴 것 같아. 책 한 권 분량은 되겠지?"

"이 일기를 가져갈까? 도쿄에 돌아가서 찬찬히 읽어보면 어때?"

그렇게 제안한 건 너무 늦은 시간까지 여기에 머물고 싶지 않았기 때문이었다. 적어도 밤이 되기 전까지는 이곳을 떠나고 싶었다.

사야카도 내 심정을 알아챈 듯 "그것도 그러네"라고 대답했다. "달리 뭔가 단서가 될 만한 게 없을까?"

"다른 방을 다시 살펴볼까? 도움이 될 만한 건 챙겨가야지."

"그러자."

사야카도 동의했다.

방에서 나가려던 순간, 멀리서 뭔가가 번쩍거렸다. 이어서 우르릉 소리가 났다.

"큰일이네. 네 말대로 날씨가 심상치 않아."

"한바탕 쏟아지겠어."

사야카의 말이 끝나기도 전에 후드득 빗방울 쏟아지는 소리가 들렸다. 그 소리의 간격이 금세 짧아지더니 이내 쏴아 하는 본격적인 빗소리로 변했다.

"서두르자. 어두워진 뒤에 이 빗속을 달리는 건 좀 위험하니까."

우리는 계단을 내려와 다시 꼼꼼히 1층의 방을 둘러봤다. 그

과정에서 기묘한 사실을 몇 가지 발견했다.

예를 들면 이 집 어디에도 텔레비전이 없다는 점이다. 이십삼
년 전이면 이미 컬러텔레비전이 널리 보급된 시절이다. 물론 시
대가 시대이니만큼 없어도 이상할 건 없다. 하지만 이 정도 규모
의 집이라면 한 대쯤은 있을 법도 한데.

텔레비전뿐 아니라 가전제품도 거의 없는 것 같았다. 세탁기
도 청소기도 없었고 전화기조차 없었다.

"가족이 집을 떠날 때 전부 가져간 게 아닐까? 혹은 중고로 팔
았거나."

내 의문에 사야카는 이렇게 대답했다.

"더 값을 받을 수 있는 물건은 그대로 있잖아. 피아노 같은 거."

"피아노는 사겠다는 사람이 없었을지도 모르지. 가전제품은
사겠다는 사람이 많았고."

"그런가. 난 아무래도 이 집에 처음부터 그런 물건은 없었을지
도 모른다는 생각이 들어. 이를테면 텔레비전 같은 게 있었다면,
어디 두었을 것 같아?"

"아마 이 방 아닐까."

거실 소파 옆에 서서 사야카는 말했다.

"여기 어디?"

"음……."

내 질문에 사야카는 실내를 둘러보았지만, 이내 벽난로에 시

선을 고정한 채 입을 다물었다.

"놓을 곳이 없지?" 나는 그렇게 말했다. "만일 이 방에 텔레비전이 있었다면, 그 공간은 비어 있을 거야. 하지만 그런 공간은 없어."

"그러네……."

사야카는 선 채로 팔짱을 꼈다.

"뭐, 가전제품이 얼마 없다는 건 그다지 중요한 일이 아닐지도 몰라. 집주인의 방침일 수도 있으니까. 그보다 내가 이상하다고 생각한 건, 달력이 하나도 없다는 점이야. 어느 집이든 벽에 하나는 걸려 있는 법이잖아."

"듣고 보니 그러네. 이상해."

"시계가 전부 같은 시각에 멈춰 있는 것도 그렇고, 아무래도 이 집의 시간의 흐름이 일그러져 있는 듯한 느낌이야. 물론 의도적이겠지. 그 의도가 대체 뭘까?"

사야카는 잠시 생각하다 고개를 저었다.

"모르겠어. 짐작도 안 가."

나는 그녀의 얼굴을 바라본 뒤, 들고 있던 일기장을 다시 보았다. 뭔가 중요한 사실을 간과한 듯한 기분이 들었다.

빗소리가 한층 커진 것 같았다. 나는 창밖을 보았다. 빗줄기가 세차게 유리창을 때리며 무수한 선을 그리고 있었다.

"제법 많이 내리네." 나는 그렇게 말했다. "빨리 출발하는 게 좋겠어."

번쩍, 저 멀리 하늘에 빛이 번뜩였다. 사야카가 흠칫 어깨를 움츠렸다. 이내 큰북을 치는 듯한 소리가 들렸다.

"괜찮아. 멀리서 나는 소리니까."

나는 웃으며 말했다.

사야카는 시선을 살짝 떨어뜨린 채 연신 눈을 깜빡였다. 그러더니 뺨에 손을 대고 주위를 두리번거렸다. 눈에 초점이 없었다.

"왜?"

내 물음에 사야카는 천천히 오른손을 들어 한 곳을 가리켰다.

"피아노 밑……."

"피아노 밑?" 그녀가 가리킨 방향을 보았다. 피아노가 놓여 있었다. "피아노가 왜?"

"그 밑에…… 숨었어."

"숨었다고? 누가?"

대답 없이 사야카는 힘없는 걸음으로 피아노 쪽으로 걸어갔다. 그리고 그 자리에 주저앉아 피아노 밑에서 실내를 살피는 듯한 자세를 취했다.

"왜 그래? 피아노 밑에 뭐가 있어?"

나는 다시 물었다.

"이 밑에 숨었어."

"그러니까 누가?"

목소리에 짜증이 섞였다.

사야카는 입술을 핥고 침을 삼키듯 목울대를 움직이더니 말했다.

"내가······."

"네가?" 무슨 뜻인지 이해가 가지 않아서 나는 그녀의 얼굴을 들여다보았다. "언제?"

"아주 오래전에."

"오래전에?" 되묻고 나서 가슴이 철렁했다. 그 말뜻이 그제야 이해가 갔다. "기억이 나? 이 피아노 밑에 숨었던."

사야카는 시선을 돌리더니 피아노 다리를 손끝으로 긁었다. 먼지가 벗겨진 그 부분만 까만 선이 생겼다.

"그날도 빗소리와 번개 소리가 엄청났어."

사야카는 혼잣말처럼 중얼거렸다.

2

소파에 사야카를 앉히고 나도 그 옆에 앉았다. 비는 여전히 내리고 있었지만 그 덕에 사야카의 기억이 되살아났으니 꼭 나쁘다고만 할 수는 없을까.

사야카는 팔꿈치를 무릎에 올리고 두 손을 깍지 낀 자세로 한

동안 말없이 생각에 잠겨 있었다. 나도 그녀가 말문을 열 때까지
는 가만히 기다렸다.

"번개가 무서워서 피아노 밑에 숨어 있었어. 번개를 맞을까 봐
얼마나 걱정했는지 몰라. 부들부들 떨었던 것도 희미하게 기억
이 나."

"이 방이 분명해?"

"단언할 수는 없지만⋯⋯." 사야카는 다시 실내를 둘러보았다.
"이 방이 맞다고 생각해. 피아노 밑에서 올려다본 풍경이 어렴풋
이 기억이 나."

나는 고개를 끄덕였다. 아무래도 이제야 한 걸음 진전한 것 같
았다.

사야카의 아버지뿐 아니라 그녀 역시 이 집과 무관하지 않았
던 것이다. 그리고 사야카와 이 집의 연결고리가 아마 그녀의 사
라진 기억 그 자체라고 해야겠지.

"그때 혼자였어? 아니면 누구와 같이 있었어?"

사야카는 눈을 감았다. 입술을 가늘게 움직이는 건 뭔가를 떠
올리려 할 때의 버릇이었다.

"한 명이 더 있었던 것 같아." 그녀는 그렇게 말했다. "같이 숨
었던 것 같아. 피아노 밑에."

"피아노 밑에? 그럼 그 사람도 아이였겠네."

"어른은 아니었어. 하지만 남자아이였는지 여자아이였는지는

모르겠어."

"남자아이가 아닐까. 미쿠리야 유스케."

"그럴지도 몰라."

사야카는 자신 없이 고개를 끄덕였다.

"그 밖에 생각난 건 없어?"

보채봤자 소용없다고 생각하면서도 나는 그렇게 물었다.

사야카는 한숨을 내쉬었다. "기억이 날 것 같으면서 안 나. 불쾌한 기분이야."

"갑자기 생각해내는 건 어렵겠지. 하지만 거기까지 생각해낸 것만 해도 큰 진전이야. 이제 이 일기를 읽으면 뭔가 알아낼 수 있을지도 몰라. 네 얘기가 적혀 있을지도 모르고."

나는 일기장을 들어 보이며 말했다.

사야카는 생각처럼 기억이 되살아나지 않는 상황이 답답한지 얼굴을 찌푸렸다.

"나와 이 집은 대체 무슨 관계일까. 무엇 때문에 나는 이 집에 온 걸까."

"근처에 살았던 게 아닐까."

"하지만 지금 집으로 이사 오기 전에는 요코하마에 살았다고 했는데……."

"그건 서류상 그렇게 되어 있는 거고, 사실은 이 부근에 살았을지도 몰라. 유스케하고는 소꿉친구 같은 관계라 자주 놀러 왔던 게 아닐까."

"소꿉친구······." 그렇게 중얼거리더니, 사야카는 그 말을 음미하듯 엄지손톱을 깨물고 다리를 꼬았다. 그러다 뭔가 생각났는지 허리를 곧게 펴고 나를 보았다. "나하고 유스케가 소꿉친구라 내가 이 집에 놀러 왔다는 건 좀 이상해."

"왜?"

"나이 차이가 너무 나잖아. 이십삼 년 전에 유스케는 초등학교 6학년이었어. 나는 여섯 살이었고. 아직 초등학교 입학도 안 했을 때였어."

"그 정도 나이 차이는 이상할 게 없지."

"어린아이들에게는 큰 차이야. 고등학생이라도 1학년과 2학년은 완전히 다르잖아."

그도 그렇다고 생각하며 나는 고개를 끄덕였다. 일기장을 뒤적이다 덮었다. 어느샌가 주변이 어두워져서 작은 글자는 읽기 어려웠다.

"오늘은 이쯤하고 돌아가자."

"그래."

내 말에 사야카도 하는 수 없다는 듯 고개를 끄덕였다.

창문을 전부 원래대로 닫은 뒤, 우리는 들어왔을 때처럼 지하실을 통해 밖으로 나갔다. 빗줄기는 약해질 기미가 없었다. 차가 있는 곳까지 달려가는 잠깐 사이에 옷이 흠뻑 젖었다.

"난리가 났네. 아까 전하고는 딴판이야."

손수건으로 얼굴을 닦으며 그렇게 말했지만, 사야카는 대답이 없었다. 그녀는 차창 너머로 집을 바라보고 있었다. 쏟아지는 비 때문에 집은 조금 흐릿하게 보였다.

"본 적이 있어."

사야카는 그렇게 말했다.

"무슨 소리야?"

"본 적이 있어. 이렇게 저 집을 바라본 적이. 오래전, 아주 오랜 옛날에." 그녀는 나를 돌아보며 말했다. "틀림없어. 나, 이 집에 와본 적이 있어."

나는 집을 보고 나서 사아캬에게 말했다. "혼자서?"

"아니, 아니었던 것 같아. 누군가의 손을 잡았던 기억이 나."

"그게 누구지? 부모님인가?"

"그럴지도 몰라." 그렇게 말하더니 사야카는 이마에 손을 대고 눈을 감았다. 하지만 이내 눈을 뜨고 쓴웃음을 흘렸다. "미안해. 이만 출발하자."

"정말 괜찮겠어?"

"응. 여기 이러고 있어도 더 생각나지 않을 것 같아."

나는 고개를 끄덕이고 시동을 걸었다.

포장되지 않은 길은 질퍽하게 변해 있었다. 게다가 시야도 확보하기 어려웠다. 헤드라이트를 켜고 신중히 핸들을 꺾으며 액셀을 밟았다.

마쓰바라 호수 옆에 자리한 주유소까지 왔을 때, 사야카가 "잠깐 저기 좀 들르자"라고 말을 꺼냈다. 나는 이유를 묻지 않고 고개를 끄덕이며 브레이크를 밟았다. 화장실에 다녀오려는가 보다 싶었다. 그 집의 화장실은 쓸 수 없었으니까.

들른 김에 기름을 넣기로 했다. 젊은 종업원이 살짝 놀란 표정으로 나왔다. 날씨가 이러니 오늘은 이제 손님이 없을 것이라 생각한 모양이었다.

사야카는 역시 화장실로 향했다. 그리고 돌아오는 길에 어딘가로 전화를 걸었다. 통화하는 그녀의 옆모습은 왠지 굳어 있는 것처럼 보였다.

"기다렸지."

사야카는 차에 올라타며 말했다.

"전화 통화했어?"

"어. 시댁에. 딸아이를 맡기고 와서."

"시댁 근처에 살아?"

"아니."

"그래도 오늘처럼 외출할 때 편하게 맡길 수 있나 보네."

그러자 사야카는 뭐라 말할 수 없는 복잡한 웃음을 지었다. 그리고 그 웃음은 이내 일그러졌다. 나는 숨을 삼켰다.

"아냐." 그녀는 그렇게 말했다. "계속 시댁에 맡겨놨어."

"계속 맡겨놨다고?"

사야카의 꼭 다문 입이 가늘게 떨렸다. 머리카락 끝에서 물방울이 떨어졌다.

"그게 아니라 데려갔어……."

"왜?"

"엄마 실격이라……."

"실격?"

"아이를 키울 자격이 없어. 난 결함이 있는 인간이야. 엄마로서 실격이야……."

그녀의 두 눈에 눈물이 맺히더니 뚝 떨어졌다.

3

도로를 끼고 있는 주유소의 길 건너 맞은편이 마쓰바라 호수의 무료주차장이었다. 그곳에 차를 대고 시동을 껐다. 거센 빗발이 앞 유리창을 때리고 있었다. FM라디오에서 케니지의 연주가 흘러나왔다. 〈GOING HOME〉이었다. 조금 볼륨을 줄인 뒤 사야카가 말문을 열 때까지 기다렸다.

음악이 끝난 뒤에야 그녀는 입을 열었다.

"딸 이름은 미하루야. 아름다울 미美에 맑을 청晴."

"미하루라." 나는 허공에 그 이름을 썼다. "좋은 이름이네."

"남편이 지었어. 옛날부터 딸을 낳으면 미하루라는 이름을 붙이려고 했대."

"그런 고집이 있는 남자들이 있더라." 나는 소리 없이 웃었다. "귀엽겠네."

"그럴 때도 많아."

사야카는 그렇게 말했다.

"많아?"

"하지만 불현듯 이런 생각이 들 때도 있어. 애가 없으면 얼마나 좋을까."

충혈된 눈이 나를 바라보았다.

핸들에 두 손을 얹었다.

"아이 키우느라 힘든 엄마라면 많든 적든 그런 생각이 들기도 한다고 들었어. 그 시기의 엄마들은 다들 힘드니까."

반론할 줄 알았는데, "힘든 건 사실이야"라고 순순히 긍정했다. 그렇겠지 하고 나도 고개를 끄덕였다.

"미하루가 자주 울거나 말썽을 피워?"

"응, 종일 그러지 뭐." 사야카는 힘없이 고개를 끄덕였다. "아이 뒤치다꺼리를 하다가 하루가 다 가는 느낌이지."

"그렇구나."

"하지만 그런 건 각오하고 있었어. 엄마가 되었으니까 당연하다고. 애정이 있으면 아무것도 아니라고."

"하지만 막상 닥치니 그렇지 않았다는 거야?"

"마음이 안 통해." 신음하듯 사야카는 말했다. "적어도 내가 가끔 그 애한테 가지는 감정은, 다른 엄마들에게는 없는 거야. 진심으로 아이가 미울 때가 있어. 믿어져?"

"안 믿기지만, 그런 경우가 있다는 걸 지식으로는 알고 있어."

"그렇겠지. 거기 실려 있었으니까."

"거기?" 그 말을 듣고 처음으로 깨달았다. 나는 눈을 크게 뜨며 물었다. "그걸 읽고 날 만나자고……."

"맞아."

사야카가 말하는 건 내가 졸문을 기고하는 과학잡지였다.

과학자의 입장에서 아동 학대에 대해 의견을 내달라. 담당 편집자는 여느 때처럼 무리한 청탁을 했다. 몇 달 전의 일이다. 부모나 보호자가 아동을 학대하는 사건은 미국에서만 일 년에 이백만 건 이상 일어나고 있으며, 사망사고로 이어진 것만 해도 매년 삼천 건 남짓이라고 들었다. 게다가 이 현상은 확실히 일본에서도 확산되고 있으며, 지금 이 주제를 다뤄야만 한다고 편집자는 역설했다.

일개 물리학자가 그런 중요한 주제를 가볍게 논할 수는 없다고 거절했지만, 편집장이 이 주제를 고집한다며 집요하게 졸라댔다. 결국 관계자를 인터뷰하고 그를 통해 얻은 지식을 나름대로 분석해 쓰는 선에서 합의를 보았다. 그나저나 왜 그렇게 열심인가 했더니 나중에 의문이 풀렸다. 편집장의 사촌 여동생이 유아교육 상담원으로 봉사활동을 하는데, 그 고생담을 듣고 어떻게든 본인의 잡지에 기사로 내야겠다고 생각한 모양이었다. 따라서 내가 인터뷰를 한 상대도 편집장의 사촌 여동생이었다.

이러한 경위가 있기는 했지만, 그 일은 나에게도 나쁜 경험은 아니었다. 현대사회가 낳은 정신병리의 실태를 접한 건 큰 수확이었다. 애초에 내 글은 스스로도 별 내용은 없다고 생각할 정도의 수준이었다. 이미 출판된 서적의 내용과 별다를 게 없었다. 독자들의 반응도 딱히 없었다.

그리고 글을 쓴 나조차 그 내용이 가물가물했다. 설마 그 글을 사야카가 읽었을 줄은 꿈에도 몰랐다.

"네 글에 밤에 안 자고 울어대는 갓난아기의 목을 저도 모르게 조를 뻔한 엄마 이야기가 나왔잖아. 그걸 읽고 가슴이 철렁했어. 내 얘기인 것 같아서."

"그런 적이 있어?"

"몇 번쯤. 미하루도 갓난아기일 때 밤마다 울어댔거든. 어느 날 밤에 아이가 울기 시작하려던 순간에 내가 어떻게 했는지 알아? 옆에 있던 수건을 순간적으로 아이 입에 쑤셔 넣었어. 제정신이 아니지." 그렇게 말하며 사야카는 자조하듯 웃었지만 눈에는 여전히 눈물이 고여 있었다. "이런 게 전형적인 신체적 학대지? 그렇게 적혀 있더라."

"에피소드 하나만 듣고 단정 지을 수는 없어."

나는 신중히 말했다.

아동 학대는 크게 네 가지 유형으로 분류된다. 신체적 학대, 보호의무 태만과 거부, 성적 학대, 심리적 학대. 폭력 등 위해를 가하는 것은 신체적 학대에 해당하니, 분명 지금 들은 이야기로만 두고 본다면 사야카의 행위는 거기에 포함된다.

"최근에는 어떤 일이 있었어?" 나는 그렇게 물었다.

"다리를 때렸어. 무릎 꿇려놓고, 맨 허벅지를 몇 번이나. 빨갛게 부을 때까지."

"이유가 뭔데?"

"밥을 안 먹어서. 군것질 그만하라고 했는데 몰래 숨어서 먹더니, 식사 때에 배가 불러서 못 먹겠다는 거야."

"그래서 혼을 냈구나."

"응."

"미하루가 우는데도 계속 때렸어?"

내 물음에 사야카는 순간 숨을 삼켰다. 그리고 로봇처럼 어색하게 고개를 저었다.

"그 애, 안 울어. 맞아서 아플 텐데도 꾹 참아. 아무 말도 안 하고. 꼭 지나가기를 기다리는 것처럼."

"지나간다고? 뭐가?"

"폭풍우가." 짧은 머리카락 속으로 오른손을 넣었다. "늘 그래. 아무 말도 없이. 내가 화를 내잖아? 그러면 그 애는 항상 돌처럼 꿈쩍도 안 해. 아무 반응도 안 하고, 이따금 힐끗 내 얼굴을 보기만 하지. 또 시작이네, 폭풍우가 몰아치네. 그런 표정이야. 그 눈을 보면, 스스로를 제어할 수가 없어져. 정신을 차려 보면 손찌검을 하고 있어."

"하지만 그러면 안 된다는 생각은 하는 거지."

"생각해. 하지만 컨트롤이 안 돼. 이상하다고 생각하겠지만 사실이야. 그 애 앞에서는 내가 나를 모르겠어. 자기가 때려놓고, 새빨갛게 부은 아이 다리를 보면 갑자기 겁이 나고……." 사야카의 뺨이 순식간에 젖어들었다. "정신이 이상한 거야."

"그렇게 생각하지 마. 그런 사람들이 생각보다 많아."

이 말은 사실이었다.

전화로 상담을 요청하는 이들의 약 70퍼센트가 학대하는 어머니라는 이야기도 취재를 통해 알았다. 상담을 요청할 거면 처음부터 학대하지 않으면 되지 않냐는 주장은, 학대하는 어머니의 심정을 전혀 이해하지 못하는 이들이 하는 말이라는 게 상담원의 주장이었다. 그만두지 못하니까 괴로워하고 전화를 거는 것이다. 개중에는 본인이 아이의 머리를 세게 때려놓고, 아이가 기절하자 황급히 병원에 데려가 치료를 받는 동안에 복도에서 울고 있던 어머니도 있다고 했다. 이대로는 아이를 해치게 될까 봐 겁에 질려서 상담을 요청한 모양이다.

나는 사야카가 진정될 때까지 기다렸다 물었다.

"네가 그런 상태라는 걸 남편은 알아?"

"모를 거야." 사야카는 손수건으로 눈물을 훔치며 말을 이었다. "아무 얘기도 안 했거든. 남편은 내가 말 안 하면, 집에 무슨 일이 일어나는지 아무것도 몰라. 몰라도 신경도 안 써. 모르니까 혼자 미국에 가버리지."

"왜 남편한테 얘기를 안 해."

"그거야, 당연……."

사야카는 그렇게 말하더니 입을 다물었다.

그녀의 심정은 대략 짐작이 갔다.

아이 하나도 제대로 못 돌보느냐는 소리를 듣는 걸 필요 이상으로 두려워하고 있는 것이다. 무능한 엄마로 보이고 싶지 않은 것이다. 자존심이 화근이었다.

"그래도 분위기가 이상하다고 느끼지 않을까? 미하루의 표정이나 행동을 보고."

"못 느낄 거야."

"왜?"

"그 애…… 미하루는 남편 앞에서 아주 착하게 굴거든. 말도 잘 듣고 장난도 안 쳐. 그리고 말이 많아져. 남편이 자주 얘기해. 직장 동료 중에 미하루 또래의 딸이 있는 사람이 몇 있는데, 다들 골치깨나 썩는 것 같다고. 자긴 미하루처럼 착한 딸을 둬서 다행이라고. 정말 아무것도 몰라, 남편은. 그 애의 본성을 모르니까 그런 소리가 나오는 거야."

사야카의 입매가 순간 일그러진 걸 보고, 딸이 미울 때가 있다는 말은 사실일지도 모른다고 생각했다.

"상의할 만한 사람이 없어?"

"없어. 나도 노력했어. 육아서도 얼마나 많이 읽었는데."

"그랬겠지."

학대하는 어머니의 경향 중에, 육아서를 맹신한다는 점이 있었다. 책에 적힌 내용은 단순한 예시에 불과한데, 그 내용을 그대로 자신의 육아에 적용하지 않으면 안 된다고 믿어버리는 것이다. 하지만 실제로는 프로그램대로 생활이 돌아갈 리도 없어서, 아이는 차례로 예상치도 못했던 난제를 요구받는다. 이러한 일이 반복되는 동안, 어머니의 내면에 공격성이 발현되고 제어하지 못하게 되면서 학대가 시작된다고 한다.

"미하루는 언제부터 시댁에 있어?"

"열흘 전부터."

"그럼 그때까지는 미하루랑 둘이 지냈어?"

"응."

"둘만 있으니 어땠어?"

"지옥이었어." 그녀는 그렇게 말했다. "근처에 아이를 돌봐주는 집이 있었는데, 거기 맡기고 그대로 도망칠까 말도 안 되는 생각을 하기도 했어. 매일 같이 그 애와 단둘이 생활하다 보면 정신이 이상해질 것 같았거든. 이러다 엄청난 일을 저지르는 게 아닐까, 내가 너무 무서웠어."

"그래서 시댁에 맡기기로 한 거야?"

"아니야." 사야카는 고개를 저었다. "애를 데려갔어."

"무슨 소리야?"

"방금 말한, 미하루를 종종 맡기던 집에서 시댁에 연락했어. 남편한테 전화번호를 물어봤대."

"그 집에서 왜 시댁에 연락한 건데?"

"미하루의 멍 자국을 보고."

"멍?" 말하고 나서 숨을 삼켰다. "설마 네가 그랬어?"

사야카는 손수건을 꺼내 눈가를 훔치며 코를 훌쩍였다.

"전부터 마음에 걸렸대. 미하루는 아무 말도 안 하는데 뭔가 이상했다고. 그래서 시댁에 연락한 거래."

"시댁에선 뭐라고 하면서 데려갔는데?"

"육아 노이로제인 것 같으니 한동안 시댁에서 돌보겠다고. 나를 배려하는 듯한 말투였지만 얼굴에 써 있었어. 너는 엄마 실격이라고."

"그래서 아이를 데려가게 됐어?"

"그럼 어떡해. 엄마 실격 맞는데."

126

뭐라 대꾸할 말이 없어서 나는 유리창 너머 전방을 보았다.

"시어머니가 미하루는 잘 지낸다고 했어. 지어낸 말이 아니라 사실일 거야. 엄마가 없으면 안 된다는 건 나만의 착각이었지. 그리고 나도 아이를 돌보지 않아도 되니까 해방된 것 같아. 아까 전화한 것도, 신경이 쓰여서가 아니라 하루에 한 번 전화하지 않으면 시부모님이 뭐라고 할지 모르기 때문이야."

"그렇게 따지면, 누구나 자기중심적인 부분이 있지."

하지만 이 말은 위로가 되지 않은 듯 사야카는 아무 말도 하지 않았다.

"그래서 내 글이 조금은 도움이 됐어?"

"참고가 됐어." 사야카는 그렇게 말했다. "특히 부모 자신의 어린 시절 체험이 크게 영향을 미치는 사례가 많다는 부분이."

"아……."

그것은 나 역시 취재하면서 놀랐던 사실이었다.

학대하는 어머니의 45퍼센트가 학대받은 경험이 있다는 것이다. 학대까지는 가지 않더라도, 어느 어머니든 어릴 적 아버지가 집을 나갔다든지, 어머니가 중병으로 집에 없었다든지 어떠한 형태로든 정신적인 외로움을 느낀 경험이 있다고 했다. 한마디로 사랑받지 못했던 것이다.

부모에게 사랑받은 적이 없으니까 아이를 사랑하는 법을 모른다. 생각해보면 당연한 일이다. 인터뷰이였던 상담원은 그렇게 말했다.

"그 글을 읽고 난 뒤로, 내 과거에 대해 생각하기 시작했어. 기억에 없는 어린 시절을."

"그랬구나……."

"하지만 나 혼자 힘으로는 분명 아무것도 못 할 것 같았어. 그래서 너한테 부탁한 거야. 너라면 이해해줄 것 같았고, 속내를 털어놓을 수 있고, 무엇보다 나를 잘 아는 사람이니까."

"더 일찍 얘기해줬으면 좋았겠지만 쉽지 않았겠지."

"미안해. 아무것도 묻지 않고 이런 데까지 같이 와줘서 정말 고맙게 생각해."

"뭔가 괴로운 일이 있는 것 같아서."

사야카의 왼쪽 손목을 보았다. 그녀는 그 상처 자국을 오른손으로 쓰다듬었다.

"시댁에서 아이를 데려간 뒤에 발작적으로……."

"그러지 마."

"하지만 사람이 이 정도 상처로는 안 죽더라. 피부에 상처가 났을 뿐이야. 수면제도 먹었는데, 눈을 떴을 때 피가 멎은 걸 보니 왠지 자신이 한심하더라고."

"어쨌든 그런 생각은 마."

그렇게 말하며 나는 사야카가 수면제를 갖고 있는 이유에 대해 생각했다.

"그래야지. 이제 안 그럴 거야."

"부탁이야." 나는 기어를 잡으며 말했다. "출발할까?"

"그래." 사야카는 그렇게 대답했지만, 주차장에서 나가려는 순간 "잠깐만" 하고 소리쳤다. 나는 브레이크를 밟았다.

잠시 생각한 뒤에 사야카는 말문을 열었다.

"차를 돌려줄래?"

"돌려달라고? 그 집으로?"

"그래."

사야카는 진지한 눈빛으로 고개를 끄덕였다.

"왜?"

"이대로 돌아갈 수 없어. 내 정신적 결함의 원인이 그 집에 있다면 그 정체를 파헤치고 싶어. 도쿄에 돌아가서 찬찬히. 그런 식으로는 해결되지 않을 것 같아. 그 집에 있으면서 그 집을 보지 않으면 분명 내 기억은 돌아오지 않을 거야."

사야카의 말도 일리는 있었다.

"그럴 수도 있지만, 오늘은 너무 늦었어."

"너까지 안 가도 돼. 집 앞에 내려만 줘. 그 뒤는 내가 알아서 해볼게." 한숨을 쉬더니 사야카는 혼잣말처럼 중얼거렸다. "넌 도쿄로 가."

핸들에 손을 올린 채 나는 생각에 잠겼다. 이렇게까지 말하는 걸 보면, 나름대로 결심이 굳은 모양이었다. 상식적인 조언으로 그 결심을 바꿀 수 있을 것 같지 않았다.

"그런 데서 혼자 밤을 새우려고?"

"하룻밤 정도는 괜찮아."

"밥은 어떻게 하려고."

"그거야 어떻게든 되겠지. 안 먹어도 돼."

"건강에 안 좋아. 편의점을 찾아보자."

그렇게 말하며 나는 브레이크에서 발을 뗐다.

일단 국도로 나가서, 길가의 편의점에서 샌드위치와 음료수 그리고 손전등을 산 뒤 다시 그 집으로 향했다. 빗줄기는 조금 약해진 것 같았지만, 멀리 보이는 하늘에서는 여전히 천둥소리가 울려 퍼지고 있었다.

손전등 불빛에 의지해 집 안으로 들어갔다. 지하실에서 찾은 양초에 불을 붙여서 일단 거실 테이블 위에 놓았다. 틈새로 바람이 들어오는지 촛불이 살짝 일렁였다. 그때마다 벽에 비친 그림자도 꿈틀거렸다.

"혼자 안 무섭겠어?"

내가 물었다.

"무섭지 않다면 거짓말이겠지만, 이쯤 신경이 곤두서 있는 게 좋을지도 몰라." 사야카는 소파에 앉으며 농담인지 진담인지 알 수 없는 투로 대답했다. "그 일기장은?"

"저기 뒀어." 나는 양초 옆을 가리켰다. "또 뭐 필요한 거 없어?

사 올게."

사야카는 살며시 고개를 저었다.

"괜찮아. 너무 걱정 마."

"그럼 난 가볼게."

"그래. 여러 가지로 고마워."

고개를 끄덕인 뒤 손전등을 들고 현관홀의 문을 열었다. 돌아보니 촛불 너머로 사야카가 손을 흔들고 있었다.

상투적인 표현을 빌리자면, 뭔가가 바짓가랑이를 붙들고 있는 느낌이라고 할까. 등을 돌렸지만 나는 이 집을 나가는 게 주저됐다. 하지만 여기 머무는 건, 그녀와 둘이서 밤을 보낸다는 것을 뜻한다. 그것만큼은 하지 않겠다는 게 오기 전부터 했던 결심이었다.

지하실로 내려가자 서늘한 공기가 살갗에 닿았다. 이 집에서도 특히 묘한 분위기가 감도는 곳이었다. 생명의 잔상이라는 것이 전혀 느껴지지 않았다. 그저 싸늘하게 자리하고 있을 뿐인 공간이랄까. 이렇게 있으니 불편해서 곧장 도망치고 싶어지는 것도 그 때문일지 모른다. 그나저나 왜 드나들 때 굳이 지하를 통하게 만들어놓은 것일까.

출입구에 다가가 손잡이를 잡았다. 그때 무심코 손전등으로 실내를 한 바퀴 비춰보았다. 문 바로 위에 붙어 있는 뭔가가 눈에 들어왔다. 먼지로 뒤덮여 있어서 정확히 무엇인지 알 수 없었다. 손을 뻗어 먼지를 닦았다.

작은 십자가였다. 나무를 깎아 만든 것 같았다.

그것을 본 순간, 뭐라 형언할 수 없는 불안한 감정에 휩싸였다. 누가 이런 걸 달아놓은 거지.

한동안 그곳에 머물다가 몸을 돌려 계단을 올라갔다. 현관을 지나 거실 문을 열자 일기장을 읽고 있던 사야카가 놀란 얼굴로 나를 보았다.

"왜 돌아왔어?"

잠시 망설이다 입을 열었다.

"나도 같이 있어도 될까."

사야카는 당혹스러운 듯 눈을 깜빡였다.

"내 걱정 안 해도 돼."

"그게 아냐." 나는 그렇게 말했다. "나도 알고 싶어. 예전에 이 집에서 무슨 일이 일어났는지."

사야카는 생각에 잠기듯 고개를 갸웃거렸지만 이내 싱긋 웃어 보였다.

"샌드위치, 더 많이 사 올 걸 그랬네."

"가끔은 다이어트도 나쁘지 않아."

그렇게 말하며 나는 그녀의 옆에 앉았다.

4

십자가에 대해 이야기하자 사야카는 보고 싶다고 했다. 함께 지하실로 내려갔다.

"정말이다, 십자가네." 손전등으로 문 위를 비추며 사야카는 그렇게 말했다. "기독교를 믿었나 봐. 하지만 이런 데 십자가를 달아놓는 건 처음 봐."

"진짜 기독교도라면 이것보다는 괜찮은 십자가를 달아놓을 것 같은데."

나는 고개를 갸웃거리며 말했다.

거실로 돌아와 유스케의 일기를 읽었다. 빛이 부족해서 양초 세 개를 더 가져다 불을 붙였다. 사야카는 건너뛰지 말고 앞에서 부터 읽자고 했다. 나도 같은 의견이었다. 시간은 많다.

일기를 읽다가 유스케가 이 일기를 처음 쓰기 시작한 5월 5일 은 초등학교 4학년 때라는 사실을 알게 되었다. 다음 해 4월에 '오늘부터 5학년이다'라는 문장이 있었다. 그리고 여기까지는 딱 히 걸리는 부분은 없었다. 유스케는 모범적으로 생활하고 있었 다. 가정도 평온했다.

하지만 이해 6월부터 사태가 급변했다.

<u>6월 15일 비.</u> 밤에 아빠가 쓰러졌다. 방에서 숙제를 하고 있는데

엄마가 비명을 질렀다. 아빠 방에 가니까 아빠가 의자 옆에서 아기처럼 기면서 신음하고 있었다. 엄마는 나에게 방에 가 있으라고 했지만, 걱정이 돼서 그냥 있었다. 엄마는 아빠에게 구급차를 부르겠다고 했다. 하지만 아빠는 손을 내저으며 쓸데없는 짓을 하지 말라고 했다. 다들 나가라고 했다. 그렇게 소리 지르는 아빠를 본 건 처음이었다. 그래서 엄마는 내 손을 잡고 아래층으로 가자고 했다. 아빠가 편찮으세요, 라고 묻자 엄마는 넌 걱정하지 않아도 된다고 했다. 부엌 식탁에 엄마와 있는데 아빠가 내려오셨다. 머리카락이 땀에 젖어 있었다. 아빠는 나에게 이 일을 누구에게도 얘기해선 안 된다고 했다. 왜 말하면 안 되냐고 물었다. 아무 일도 아니니까, 라고 아빠는 대답했다. 나는 왠지 가슴이 울렁거려서 아무것도 물을 수 없었다.

6월 20일 흐린 뒤 비. 학교 갔다 돌아오자 현관에 아빠의 구두가 있었다. 오늘은 회사가 쉬는 날이 아니라 조금 놀랐다. 책가방을 두고 엄마아빠 방을 들여다보니 아빠는 옷을 입은 채 침대에서 자고 있었다. 내가 다가가자 아빠는 눈을 떴다. 학교 다녀왔습니다, 라고 인사했다. 아빠는 작은 소리로 그래, 하고 대답했다. 그리고 다시 눈을 감았다. 집에 온 엄마에게 아빠에 대해 물었다. 조금 피곤하신 거야, 엄마는 그렇게 말했다. 걱정이 돼서 견딜 수 없었다. 저녁에 야마모토가 올챙이를 보여주러 왔다. 올챙이는 좋아하지만 별로 재미가 없었다.

이 두 일기를 통해 당시 유스케 아버지의 건강이 좋지 않은 걸 알 수 있었다.

"본인 건강이 좋지 않은 걸 외부에 알리지 말라고 당부한 점이 마음에 걸려." 나는 사야카에게 말했다. "정말 아무 일도 아니거나 아니면……."

"아주 나빠서거나." 사야카는 내 의도를 알아채고 말을 받았다. "이 일기만 봐서는, 아버지는 본인의 병을 전부터 알고 있던 것 같은데."

"부인이 구급차를 부르겠다는 걸 호통을 치며 막은 것도 이상해."

"하지만 중병에 걸린 상태였다면 그 전조가 더 겉으로 드러나지 않을까." 그렇게 말하더니 사야카는 지금까지 읽었던 내용을 다시 읽기 시작했다. 그리고 "여기 좀 봐" 하고 한 페이지를 가리켰다.

<u>5월 15일 맑음.</u> 오늘 저녁은 소고기 전골이었다. 내가 좋아하는 음식이다. 고기만 먹었더니 엄마가 채소도 먹으라고 혼을 냈다. 하지만 파는 싫어서 안 먹었다. 아빠는 머리가 아프다며

바로 방으로 올라가서, 아빠 고기도 내가 먹었다. 배가 너무 불러서 죽을 것 같다.

나는 고개를 들었다.
"머리가 아프다는 말이 있네."
"그 말만이 아냐. 여기도 있어."
그곳에는 이렇게 적혀 있었다.

<u>4월 29일 흐림</u>. 오늘은 학교에 안 가는 날이라 집 앞에서 피구를 하며 놀았다. 야마모토와 가나이와 시미즈가 왔다. 피구만 하니까 지겨워서 축구도 했다. 하지만 우리가 너무 시끄럽게 해서 엄마에게 혼이 났다. 아빠가 편찮아서 주무시니 조용히 하라고 했다. 그래서 가나이의 집에 갔다. 가나이의 집에는 금붕어를 많이 키운다. 눈퉁이 금붕어가 신기했다.

이전 일기를 훑어보니, 아버지의 건강이 좋지 않다는 내용의 문장이 드문드문 보였다. 하지만 유스케는 그 사실을 그다지 심각하게 받아들이지 않은 모양이었다. 처음으로 아버지의 건강을 걱정하는 내용이 드러난 것이 6월 15일의 일기였다.

그다음 일기를 읽어봤다. 6월 20일 이후로는 한동안 아버지에 관한 기술이 없었다. 이상이 없었던 것인지, 유스케가 일부러 쓰지 않았던 것인지는 모른다.

변화가 일어난 건 8월 들어서였다.

8월 10일 맑음. 엄마와 수박을 먹는데 아빠 회사에서 전화가 왔
다. 아빠가 병원으로 실려 갔다고 했다. 엄마는 황급히 병원으
로 출발했다. 나도 같이 가겠다고 했더니, 집에 있으라고 했다.
나는 혼자 집에서 기다렸다. 밤에 엄마가 돌아왔다. 내가 아빠
는 괜찮으시냐고 물었더니 걱정하지 말라고 했다. 하지만 엄
마는 무척 피곤한 것 같았다. 정말 괜찮은 걸까.

8월 11일 맑음. 엄마와 병원에 갔다. 아빠는 어제부터 계속 잠들
어 있다고 했다. 우리를 보고 아빠는 침대 위에서 싱글벙글 웃
었다. 별일 아니라고 했다. 건강해 보여서 안심했다. 하지만 집
에 가려고 하니 엄마가 아빠는 한동안 입원해 계셔야 할지도
모른다고 했다. 무슨 병이냐고 물었다. 엄마는 큰병이 아니라
고 했다.

8월 12일 맑음. 아침에 여름방학 숙제를 하고 나서 점심에 엄마
와 병원에 갔다. 하지만 아빠를 만나지 못했다. 엄마가 의사
선생님과 이야기를 했다. 아빠는 자고 있어서 만날 수 없다고
했다. 집에 와서 엄마는 여기저기에 전화를 걸었다. 우는 것

같아서 깜짝 놀랐다.

8월 13일 맑음. 엄마 혼자 병원에 갔다. 나는 집에서 기다리라고
했다. 점심에 다이 씨가 와서 국수를 만들어주었다. 아빠 얘기
를 꺼내자 괜찮을 거라고 곧 퇴원할 거라고 말해주었다. 하지만
엄마가 울었다고 하자 다이 씨는 입을 다물었다. 저녁에 엄마가
돌아왔다. 내가 아빠에 대해 물어도 아무런 대답이 없었다.

이 무렵부터 유스케는 거의 매일 일기를 썼다. 내용은 대부분
아버지에 관한 것이었다. 가벼운 병이라고 생각했는데 뜻밖에
심각한 병인 것 같아 차츰 불안이 커지는 심리적 변화가 그대로
드러났다. 어머니가 아무 말도 하지 않는 것이 오히려 그를 더
괴롭게 만드는 듯했다.

그래도 9월이 되자 2학기가 시작되어서인지 아버지에 관한
기술이 줄었다. 여전히 입원은 계속되는 듯 보였지만 집에 아버
지가 없는 상황에 유스케도 점차 익숙해지는 듯했다.

그래도 아버지를 잊은 건 아니었다. 일주일에 두세 번은 문병
을 갔다. 아버지는 자고 있을 때가 많았지만, 깨어 있으면 건강
할 때와 마찬가지로 아들을 상대해준 모양이다.

9월 20일 흐림. 오늘도 아빠를 만나러 병원에 갔다. 아빠는 침대

에서 책을 읽고 있었다. 어려운 법률 책이었다. 책 같은 건 읽지 않는 게 좋다고 했지만, 아빠는 책을 읽을 때가 아프지 않다고 했다. 아빠가 얼마나 책을 좋아하는지 잘 알기 때문에, 아마 그 말이 맞을 거라고 생각했다. 아빠는 인간은 항상 공부해야 한다고 했다. 게으름은 인간을 망하게 한다고도 했다. 나는 게으름뱅이가 되고 싶지 않다. 아빠처럼 열심히 공부해서 훌륭한 법조인이 되고 싶다. 산수 시험에서 90점을 맞았다고 했더니 예상대로 혼이 났다. 다음에는 꼭 100점을 맞아야지.

상당히 엄한 아버지였던 모양이다. 몸이 아플 때에는 마음도 약해지는 법이라던데.

아버지의 병명이 무엇인지는 여전히 아무 말도 듣지 못한 모양이었다. 그래서 유스케 나름대로 추측하는 장면이 10월의 일기에 나왔다.

<u>10월 9일 맑음.</u> 학교 갔다 오는 길에 병원에 들렀더니 아빠는 자고 있었다. 나는 잠시 침대 옆에서 책을 읽었다. 그랬더니 아빠가 눈을 떴다. 일어나셨어요, 라고 나는 인사했다. 하지만 아빠는 대답하지 않았다. 눈은 내 쪽을 보고 있었지만 내가 보이지 않는 것 같았다. 내 목소리도 들리지 않는 것 같았다. 멍하니 공중을 바라보고 있었다. 마치 혼이 나간 사람 같았다. 하

지만 영혼 같은 건 없다고, 전에 아빠가 말했다. 인간은 뇌로 움직인다고 가르쳐줬다. 아빠의 뇌에 이상이 있는 걸까.

뇌⋯⋯.

이 추측은 타당하다고 생각했다. 일기에는 아버지가 두통을 호소했다는 언급이 많았다.

"뇌에 관련된 질병이 뭐가 있지?"

사야카가 물었다.

"한두 가지가 아니지만 뇌종양일지도 몰라."

"뇌종양⋯⋯." 사야카가 숨을 삼켰다.

"뇌종양이었으면 예후가 좋지 않았을 것 같지만, 아무튼 끝까지 읽어보자."

우리는 다시 일기장을 보았다.

<u>10월 24일 흐림.</u> 아빠가 잠든 지 오늘로 오 일째다. 엄마는 매일 병원에 가지만 아빠는 여전히 깨어나지 않았다. 언제까지 잠들어 있을지는 의사 선생님도 모른다고 했다.

<u>10월 26일 비 온 뒤 흐림.</u> 오늘은 나도 병원에 갔다. 아빠가 깨어났다고 했다. 하지만 면회는 못 했다. 엄마만 병실에 들어갔다. 엄마는 아빠가 건강해 보인다고 했지만 사실일까.

<u>10월 30일 맑고 때때로 흐림.</u> 오랜만에 아빠를 만났다. 엄마와 과일을 가지고 아빠를 만나러 갔다. 아빠는 전처럼 일어나 앉지 못하고 계속 누워 있었다. 몸이 너무 말랐다. 엄마 말로는 잠들어 있는 동안 제대로 먹지 못했기 때문이라고 했다. 사과를 잘게 썰어서 입에 넣어줬다. 아빠는 소처럼 천천히 씹었다. 맛있다고 한 것 같은데 목소리는 들리지 않았다.

이 무렵부터 유스케 아버지의 상태가 급격히 나빠졌다. '갑자기 정신을 잃었다'나 '잠든 채 깨어나지 않는다'는 표현이 자주 등장했다. 모두 혼수상태를 뜻하는 것이리라.

그리고 11월 중순, 유스케는 어머니에게 결정적인 소식을 듣게 된다.

<u>11월 10일 비.</u> 저녁을 먹은 뒤에 엄마가 아빠의 병에 대해 이야기했다. 무척 중한 병이라 낫기 힘들 것 같다고 했다. 그럼 아빠는 이제 돌아가시는 거냐고 물었다. 엄마는 그렇다고 대답했다. 울고 있었다. 나도 눈물이 나왔다. 하지만 엄마는 아빠 앞에서는 씩씩하게 굴어야 한다고 했다. 나는 그러겠다고 약속했다.

<u>11월 11일 맑음.</u> 종일 머리가 아팠다. 어젯밤에 한숨도 못 자서

그런 걸지도 모른다. 아빠가 돌아가시다니 믿을 수 없다.

11월 12일 맑음. 엄마와 병원에 갔다. 아빠는 깨어 계셨지만, 우리가 보이지 않는 것 같았다. 인형처럼 누워 있을 뿐이었다. 말을 걸었지만 답은 없었다. 엄마는 아빠의 기저귀를 갈았다.

11월 20일 흐림. 국어 수업 중에 젊은 선생님이 교실 문을 열고 담임 선생님을 불렀다. 담임선생님은 나에게 이리 오라고 손짓했다. 그러고는 아빠가 위독하시니 곧바로 병원에 가라고 했다. 나는 책가방도 두고 학교에서 나왔다. 병원에 가보니 엄마가 울고 있었다. 하지만 아빠는 아직 살아 계셨다. 간신히 버티고 계시다고 의사 선생님이 말했다. 그 말이 너무 기뻤다. 그런데도 엄마는 울고 있었다.

이때 유스케는 아빠가 언제 돌아가실지 날마다 두려움에 떨고 있었던 것 같다. 그리고 12월에 들어서 그날이 찾아왔다. 그날에도 일기는 썼다. 한 줄뿐이었지만.

12월 5일 맑음. 오늘 아빠가 돌아가셨다.

이만큼 소년의 슬픔을 간결하게 표현한 문장은 없을 것이다.

이후 약 한 달 동안 일기는 쓰지 않았다. 장례식을 치렀을 테지만, 유스케는 당시의 상황을 기록할 기력이 없었던 걸지도 모른다.

한 장의 공백을 두고, 해가 바뀌어 1월 7일부터 다시 일기를 쓰기 시작했다. 그리고 그 내용은 그때까지와 판이하게 달랐다.

<u>1월 7일 맑음.</u> 녀석이 집에 왔다. 엄마는 앞으로 같이 살지도 모른다고 했다. 나는 싫다고 했다. 아빠는 녀석을 싫어했다. 그런 녀석을 닮으면 안 된다, 그런 인간이 되면 안 된다고 했다. 방에 있는데 녀석이 노크도 없이 들어왔다. 그리고 친한 척 말을 걸었다. 나는 공부하는데 방해하지 말라고 했다. 녀석은 밖으로 나갔다. 앞으로도 이 방법으로 쫓아내야지.

'녀석'이라는 인물이 여기서 처음으로 등장했다.

"이 '녀석'이라는 인물이 혹시 크리스마스 선물을 보낸 사람과 동일인물이 아닐까?" 사야카가 말했다. "선물을 보냈을 때도 유스케 아버지가 불평을 했잖아. 여기에 '그런 녀석을 닮으면 안 된다'는 말이 있고, 아버지가 탐탁지 않게 생각했다는 점에서 일치하는 것 같은데."

"일리 있어. 그런데 왜 이 인물과 같이 살게 된 거지?"

"그 속사정은 전혀 안 적혀 있네." 사야카는 일기장을 뒤적이며 말했다. 그리고 아, 하고 살짝 입을 벌렸다. "여기 좀 봐. 이사를 했나 봐."

그 페이지를 훑어봤다. 1월 15일 성인의 날이었다.

1월 15일 맑음. 큰 트럭에 짐을 싣고 녀석이 왔다. 녀석은 1층 방을 쓸 모양이다. 마음대로 짐을 넣고 있었다. 나는 엄마에게 왜 저런 녀석과 같이 살아야 하냐고 물었다. 엄마는 그게 날 위해서 좋을 거라고 했다. 무슨 말인지 이해할 수 없었다. 저런 녀석이 집에 있는 게 싫다. 하지만 차미는 귀여우니까 같이 살면 재미있을 것 같다. 차미만 오면 좋은데.

읽고 나서 나는 고개를 갸웃거렸다.

"유스케의 어머니가 '녀석'과 사는 게 유스케를 위해 좋다고 한 게 이해가 안 가. 무슨 뜻이지?"

"지금 든 생각인데, 분위기로 보아하니 이 '녀석'은 유스케의 새아버지가 아닐까?"

"새아버지? 어머니의 재혼 상대라고? 설마 그럴 리가. 남편이 죽고 한 달밖에 안 지났는데?"

"그건 나도 아는데 왠지 그런 생각이 들어."

"그건 아닐 것 같아."

"그런가……."

사야카는 석연치 않은 표정이었다.

"아무튼 이 일기에서 확실한 건, 차미라는 고양이를 데리고 온 게 이 '녀석'이라는 사실이야."

그렇게 말하며 나는 다시 페이지를 넘겼다.

그 뒤로 한동안 일기에 '녀석'은 등장하지 않았다. 주로 학교에서 있었던 일이 적혀 있었다. 하지만 차미는 종종 등장하는 걸 보면, 의도적으로 '녀석'에 대해 쓰지 않았는지도 모른다.

3월 말까지의 일기를 읽은 다음, 뭉친 어깨를 풀려고 고개를 돌렸다.

"조금 쉴까. 힘들지?"

"그래. 뭐 마실래?"

"그래."

사야카가 편의점 봉투에서 꺼낸 건 캔 커피와 병 콜라였다. 특유의 왕관 모양 뚜껑의 병 콜라를 보는 건 오랜만이었다. 그 이야기를 하자 사야카는 얼굴을 찡그렸다.

"나 바보인가 봐. 병따개도 없는데 병 음료를 사고."

"부엌에 있을지도 몰라."

"찾아볼게."

사야카는 손전등을 들고 부엌으로 갔다가 일이 분 뒤 다시 돌아왔다.

"찾았어?"

"어, 찾았는데……." 사야카는 손에 든 병따개를 가리키며 말을 이었다. "그보다 마음에 걸리는 게 있어. 이리 와봐."

"뭔데?"

나도 자리에서 일어났다.

"이것 좀 열어봐." 부엌에서 그녀가 가리킨 건 작은 냉장고였다. 이십여 년 전에는 이 정도 크기의 냉장고가 일반 가정의 표준형이었을지도 모른다. 둥그스름한 디자인에서 시대가 느껴졌다.

손잡이를 잡고 문을 열었다. 전기가 끊겼으니 물론 작동할 리가 없었다. 하지만 놀랍게도 냉장고 안은 비어 있지 않았다. 통조림과 캔 음료가 있었다. 콘비프와 과일 통조림 그리고 카레, 음료는 전부 과일 주스였다.

"왜 먹을 게 들어 있을까?"

사야카가 물었다.

"여기 살던 사람들이 나갈 때 깜빡하고 두고 간 거 아냐?"

"하지만 날짜를 봐."

"날짜?" 캔 음료를 들고 제조 일자를 확인했다. 지금으로부터 이 년 전 날짜였다. "아버지가 넣어둔 게 아닐까. 그리고 지금까지 방치된 거고."

"가능성은 있지. 그때에는 아직 전기가 끊기지 않았을지도 몰라."

"아빠가 둔 거라면, 이 식품들은 왜 여기 둔 걸까? 다 통조림뿐

146

인데."

"음……."

사야카의 질문에 적확한 답이 떠오르지 않아서 나는 나직이 신음을 흘렸다.

"분명한 건 아빠가 먹으려고 둔 건 아니라는 점이야."

"그걸 어떻게 알아?"

"아빠는 이런 콘비프, 입에도 안 댔거든."

자신만만한 말투로 사야카는 딱 잘라 말했다.

거실로 돌아와 간단히 저녁을 먹었다. 사야카는 콜라를, 나는 커피를 마시며 샌드위치를 먹었다. 냉장고 안의 통조림에 대해서는 결국 우리 둘 다 타당한 의견을 내지 못했다.

"다시 일기로 돌아가서." 사야카는 콜라병을 한 손에 든 채 말했다. "녀석은 1층 방을 쓴다고 했다'고 적혀 있잖아. 그 1층 방이 어디인 것 같아?"

"그야 그 다다미방이겠지."

"하지만 거긴 응접실이지, 평소에 누가 방으로 쓰는 공간처럼 보이지는 않던데."

"그건 그런데, 일기에 거짓말을 쓰진 않았을 거 아냐. 뭔가 사정이 있어서 그 방을 쓰게 된 거 아냐?"

"그런가?" 사야카는 여전히 납득이 가지 않은 표정으로 병을 입에 가져다 댔지만, 마시지 않고 나를 보았다.

147

"2층 방도 좀 이상해. 유스케의 아버지는 돌아가셨잖아. 그런데 왜 양복이 걸려 있고, 책상도 그대로 둔 거지?"

"추억 때문 아냐? 망자의 방을 그대로 남겨두는 건 드문 일도 아니잖아."

"그래도…… 뭔가 마음에 걸려."

"이 일기를 다 읽으면 이유를 알 수 있겠지."

마지막 남은 샌드위치를 커피와 함께 넘긴 뒤, 다시 일기장을 잡았다. 일기 속 유스케는 드디어 6학년이 되었다. 그리고 이 무렵부터 다시 '녀석'에 관한 기술이 등장했다. 하지만 그때까지와는 그 양상이 크게 달랐다.

<u>4월 15일 흐림.</u> 밤에 방에 있는데 녀석이 들어왔다. 그리고 이웃에 자기 욕을 했느냐고 소리를 질렀다. 나는 사실을 말했을 뿐이라고 대답했다. 녀석은 얼굴이 시뻘게져서 내 뺨을 때렸다. 뺨에 녀석의 손자국이 빨갛게 남았다. 얼음찜질을 했지만 계속 지끈거렸다.

<u>4월 30일 비 온 뒤 흐림.</u> 학교에서 돌아오자 녀석이 소파에서 신문을 읽고 있었다. 모르는 척 부엌으로 가려고 했는데 갑자기 화를 냈다. 내가 무시하는 눈으로 쳐다봤다고 했다. 그런 적 없다고 했더니 내 배를 찼다. 전화가 와서 멈췄지만 전화가 아니

었다면 더 심하게 때렸을 것이다. 요즘 엄마도 모른 척하는 것 같다.

5월 5일 맑음. 집에 있기 싫어서 아침부터 친구 집에 놀러 갔다. 저녁에 왔더니 엄마가 울고 있었다. 왜 그러냐고 물어도 대답이 없었다. 밤에 녀석이 술에 취해 돌아왔다.

읽으면 읽을수록 '녀석'이 누구인지 짐작도 가지 않았다. 유스케에게 일상적으로 폭력을 휘두르면서도, 이 집에 사는 데 아무 거리낌도 없는 모양이었다. 단순한 친척은 아닌 것 같았다.

"아까 네 추리가 아무래도 맞는 것 같아. 이 남자의 행동은 어머니의 재혼 상대가 서서히 난폭해지는 패턴 그 자체야."

"그렇지?"

"하지만 역시 이해가 안 가. 이렇게 빨리 재혼하다니."

"그건 그런데……." 사야카는 일기장을 집어서 다음 장을 펼치더니 미소를 지었다. "유스케가 차미를 좋아하는 마음은 변함없는 것 같아."

"뭐라고 적혀 있어?"

"응, '5월 7일 비. 종이를 구겨서 차미와 캐치볼을 하며 놀았다. 처음에는 어설펐지만 점점 잘하게 되었다'래."

"고양이하고 캐치볼을 할 수 있나?"

"할 수 있어. 앞발로 공을 받더라고. 친구 고양이가 하는 걸 봤어."

"그래? 아무튼 좋은 의미로든 나쁜 의미로는 유스케는 새로운 동거인에게 상당히 영향을 받은 것 같네. 일기에 다른 등장인물도 거의 등장하지 않고."

"그런 것 같아. 아, 하지만 여기에 '다이 씨'가 오랜만에 등장했어." 사야카는 그렇게 말하더니, 일기를 든 채 뻣뻣하게 굳었다. 눈은 한 곳에 고정되어 있었다.

"뭐라고 적혀 있는데?"

그녀는 나를 보더니 천천히 일기장을 내밀었다. 나는 일기장을 받아 그 페이지를 보았다. 5월 11일의 일기였다.

5월 11일 맑음. 저녁에 다이 씨가 아이를 데려왔다. 차미에게 소개하고 싶다고 했다. 나는 차미를 데려왔다. 다이 씨의 아이는 혀 짧은 소리로 '안녕하세요, 사야카예요'라고 했다. 귀여운 목소리였다.

나는 숨을 삼키며 사야카를 보았다.

3
장

むかし僕が死んだ家

1

한동안 우리는 말없이 서로를 바라보았다. 먼저 눈을 돌린 건 사야카였다.

"여기 네가 나오네." 나는 그렇게 말했다. "사야카라는 이름의 동명이인이 우연히 등장한 것 같지는 않아. 이건 너야."

사야카는 말없이 소파에서 일어났다. 그리고 주변을 둘러보며 힘없는 걸음으로 실내를 돌아다녔다. 창문 앞에서 걸음을 멈추더니 나를 보았다. 창밖에는 여전히 세차게 비가 내리고 있었다.

"역시 난 옛날에 여기 왔던 적이 있었던 거구나."

"그렇다고 봐야겠지."

"그래서……." 사야카는 작게 한숨을 내쉬었다. "이 기묘한 감각은 데자뷰가 아니었어."

"아까 누가 이 집에 널 데려온 것 같다고 했지? 그 누군가가 '다이 씨'였네."

사야카는 이마에 손을 가져갔다. 복잡한 생각을 정리하듯 얼굴을 찡그리다 말문을 열었다.

"그럼 '다이 씨'가 우리 엄마라는 거야?"

"그렇겠지. 어머니 성함이 어떻게 돼?"

"다미코. 시민 할 때 민民에 아들 자子를 써."

"다미코 씨라." 나는 고개를 끄덕였다. "아마 사람들은 다미 씨라고 불렀겠지. 하지만 어린 유스케에게는 '다이 씨'로 들렸던 게 아닐까. 아니면 발음하기 편하게 그런 식으로 불렀을지도 모르고. 가능성은 많지."

"다미 씨……." 그렇게 중얼거리더니 사야카는 고개를 들었다. "엄마가 이 집에 드나들었다는 거야?"

"그렇게 보는 게 타당하겠지. 그것도 지금까지 읽은 내용으로 봐서는 가정부로 일했을 가능성이 커."

사야카는 고개를 살짝 갸웃하더니 양초 불빛에 시선을 고정했다. 사라진 기억의 끝자락을 어떻게든 붙잡아보려고 애쓰는 것 같기도 했다.

"어머니가 가정부로 일했다는 이야기를 들은 적 있어?" 나는 그렇게 물었다.

"아니. 애초에 엄마에 대해서 거의 몰라." 사야카는 그렇게 말하더니 엷게 웃으며 말을 이었다. "나에 대해서도 아는 게 없으니 그럴 만도 하지."

나는 대답하지 않고 다시 일기를 보았다.

"어쨌든 역시 아까 생각한 것처럼, 너희 가족은 한때 이 근처에 살다가 요코하마로 이사한 것 같아."

"아빠는 왜 이 집 이야기를 나에게 해주지 않은 걸까. 무척 중요한 의미가 있는 것 같은데."

"중요한 의미가 있으니까 숨기셨겠지."

"그건 그런데······." 사야카는 천천히 일기장에 손을 뻗었다. "다이 씨라······." 그렇게 중얼거리더니 지금까지 읽었던 내용을 다시 훑어보기 시작했다. "이건 전부 우리 엄마 이야기였구나. 맛있는 수박을 고르는 선수라는 것도, 유스케를 위해 음식을 만들러 온 것도, 우리 엄마였어."

사야카의 옆모습에서는 어릴 적 세상을 떠난 어머니의 기록을 접한 기쁨과, 일기에 적혀 있는 내용을 전혀 기억하지 못하는 자신에 대한 짜증이 한데 배어 있는 것처럼 느껴졌다. 나는 한동안 입을 다물고 사야카가 '다이 씨'에 관한 부분을 읽는 모습을 바라보았다.

처음 장까지 다시 읽고 나서 사야카는 일기를 테이블에 내려놓았다. 그리고 다시 작게 한숨을 내쉬었다.

"밝은 사람이었나 봐. 엄마는······."

"네가 기억하는 것과 다르네."

"그러게." 사야카는 살며시 웃었다. "내 기억 속 엄마는 병약했거든."

"이 일기만 봐서는 딱히 그런 것 같지도 않은데."

"나도 그 생각이 들었어."

그렇게 말하더니 사야카는 꼰 다리 위에 팔을 얹고 턱을 받쳤다.

나는 일기를 다시 펼쳤다. '사야카'라는 이름은 그 뒤로도 종종 등장했다.

5월 20일 흐리고 때때로 비. 학교 갔다 오니까 집에 사야카가 있었다. 차미와 술래잡기를 하는 것 같았다. 차미도 같이 놀 친구가 생겨서 좋은 것 같았다.

6월 1일 비. 방에서 공부를 하는데, 갑자기 문을 열고 사야카가 들어왔다. 사야카는 미안하다고 했다. 차미를 찾고 있다고 했다. 다이 씨가 장을 보러 가는 길에 사야카를 맡기고 갔다. 사야카가 오면 집이 환해진다. 녀석도 사야카에겐 손찌검하지 않는다.

"네가 유스케와 이 집에 중요한 존재였던 건 분명하네."

나는 사야카에게 일기장을 내밀며 말했다.

"우리 가족에 관한 언급은 없어?"

"있을지도 몰라. 순서대로 읽어보자."

하지만 '사야카'의 가족에 대해서는 거의 언급이 없었다. 읽다 보니 유스케의 일기 내용은 대부분 집에서 일어난 일이라는 사실을 깨달았다. 특히 아버지가 세상을 떠난 뒤로 그러한 경향이 강해진 것 같은 느낌이었다. 그리고 그 원인이 '녀석'에게 있는 게 틀림없었다.

6월 26일 비. 녀석은 종일 술을 마셨다. 나는 되도록 방에서 나가지 않았다. 방문도 잠가두었다. 어두워지자 술에 취한 녀석이 밖에서 문을 두드렸다. 열어, 얼른 열지 못해 하고 소리쳤다. 열면 무슨 짓을 할지 모른다. 무섭다. 잠잠해진 뒤에도 무서워서 화장실에 갈 수 없었다.

7월 10일 흐림. 저녁을 먹는데 녀석이 왔다. 취한 것 같아서 나는 바로 방으로 가려고 했다. 녀석은 날 보고 왜 도망치느냐고 하면서 밀쳤다. 조금 더 참고 있을 걸 그랬다. 엄마가 말리려고 하니까 녀석은 더 난리를 피우며 식탁을 엎어버렸다. 미친 것 같다.

점점 강도가 심해지고 있었다. '녀석'의 폭력은 일기에 등장할 때마다 더욱 심해졌다.

8월 12일 비. 녀석이 없었으면 좋겠다. 지금까지 행복했는데 녀석이 나타나고 모두 엉망이 됐다. 이 집은 이제 끝이다.

8월 31일 맑음. 오늘로 여름방학도 끝이다. 다행이다. 학교에 있는 동안에는 녀석의 얼굴을 안 봐도 된다. 일요일도 휴일도 없어졌으면 좋겠다.

9월 8일 맑은 뒤 비. 또 녀석이 깽판을 부렸다. 대체 왜 화를 내는지 알 수가 없다. 소리를 지르며 물건을 던지고 창문을 깼다. 내가 도망치려고 하니까 뒤에서 재떨이를 던졌다. 너무 아팠다. 만져보니 혹이 생겼다. 내가 노려보자 다시 난동을 피우며 옆구리를 발로 찼다. 엄마는 울기만 할 뿐이었다.

유스케가 폭행을 당하는 부분을 읽다 보니 문득 떠오르는 생각이 있었다. 사야카를 보며 물었다.

"이런 장면을 네가 목격한 적이 있는 게 아닐까?"

"이런 장면이라니?"

"남자가 소년에게 폭력을 휘두르는 장면. 기억에 없어?"

사야카는 살짝 미간을 찌푸리며 눈을 몇 번 깜빡거리다 고개를 저었다.

"본 적이 있는 것 같기도 한데, 잘 모르겠어. 텔레비전에서 본 걸지도 모르고……."

"그런 기억이 딱히 남아 있는 건 아니라는 거지?"

"응." 사야카는 고개를 끄덕이더니 의아한 표정으로 나를 보았다. "무슨 말이 하고 싶은데?"

나는 잠시 망설이다 침을 삼키며 입을 열었다.

"유스케는 영유아라 할 나이는 아니지만, 아직 어린애야. 어린애가 '녀석'이라는 성인에게 폭행을 당했어. 한편 사야카 즉 너는 이 무렵 자주 이 집에 드나들었지. 당연히 폭행 장면을 목격했을 가능성도 있고."

"그게 내 기억에 깊이 각인되었고, 성격에 영향을 끼쳐서 내가 아이를 사랑하는 법을 모르는 인간이 되었다……." 책을 읽듯 말하더니 사야카는 진지한 눈으로 나를 보았다. "그 말이 하고 싶은 거구나?"

"네가 직접 학대를 받지 않았더라도, 그런 장면을 여러 차례 보았으면 어떠한 영향을 받았어도 이상할 게 없어."

내 말에 사야카는 생각에 잠겼다. 그대로 몇 분 동안 말이 없었다. 나도 침묵을 지켰다. 다시 먼 곳에서 천둥소리가 울려 퍼졌다.

"잘 모르겠어." 고개를 숙인 채 사야카는 말했다. 목소리가 조금 잠겨 있었다. "조금 더 생각할 거리가 필요해."

"그렇게 해." 나는 고개를 끄덕였다. "내 생각을 강요하려는 건 아냐. 그런 가능성도 있다는 걸 말하고 싶었을 뿐이야. 참고하라고."

"그럴게." 사야카는 다시 일기장으로 손을 뻗었다. "이제 얼마 안 남았네."

"그러게. 뭔가 단서가 될 만한 게 있어야 할 텐데."

그 후에도 유스케의 일기에는 '녀석'에게 받은 학대와 그를 향한 증오가 매일 기록되어 있었다. 그리고 그해 말, 소년은 결심한다.

<u>12월 10일 흐림.</u> 더는 못 참는다. 이런 집에는 더 못 있겠다. 나갈거다. 어디로 가지. 어디든 상관없다. 이 집에서 더 살기 싫다. 저금한 돈을 전부 찾아 열차를 타고 멀리 떠나자. 어떤 일이든 할 수 있다. 이런 집에 있는 것보다 낫겠지.

하지만 가출 계획은 실행되지 못한 것 같았다. 그 이유를 자세히 적어놓지는 않았다. 하지만 충동이 사그라진 것 같지는 않았다. 유스케는 그 뒤로도 종종 가출에 대한 강한 의지를 피력했다.

<u>12월 30일 맑음.</u> 하루가 지나면 올해도 끝난다. 나에게는 최악의 한해였다. 내년에도 이런 날들이 계속된다고 생각하니 정신이 이상해질 것 같다. 어디든 멀리 떠나고 싶다. 목장 같은 데가 좋겠다. 소나 말을 돌보며 살고 싶다. 하지만 내가 떠나면 분명 모두 곤란해지겠지. 제멋대로 굴고 싶지 않다. 어떡하면 좋지.

<u>1월 1일 흐린 뒤 비.</u> 녀석이 모두를 불러서 새해맞이를 하자고 했다. 어차피 술을 마실 구실이겠거니 했는데, 역시 와인이며 위스키를 마시기 시작했다. 그래도 오늘은 난동을 피우지 않고, 기분 나쁠 정도로 실실거렸다. 세뱃돈이라며 천 엔을 주었다. 나는 그 돈을 가출 자금으로 써야겠다고 생각했다. 녀석이 아무리 자상한 척해도 절대로 속지 않는다.

<u>1월 3일 맑음.</u> 너무 추운 하루였다. 밖에 나갈 때 엄마가 떠준 하늘색 장갑을 처음으로 꼈다. 따뜻했다. 그나저나 녀석이 얌전했던 것도 단 이틀뿐이었다. 오늘 친척들이 돌아간 뒤에 녀석은 갑자기 난동을 부렸다. 자기를 무시했다고 했다. 그리고 내 머리를 때렸다. 엄마도 밀쳤다. 이렇게 된 이상 집을 나가야만 한다. 하지만 역시 망설여진다. 나만 도망칠 수는 없으니까.

보아하니 유스케가 가출을 감행하지 못한 건 남겨질 어머니가 걱정돼서인 것 같았다. 그 심정은 충분히 헤아릴 수 있었다. 오히려 이해할 수 없는 건 어머니의 태도였다. '녀석'의 행동을 왜 말리지 않는 걸까. 말릴 수 없는 이유가 있다면 왜 집을 나가지 않는 걸까.

마지막 일기인 2월 10일까지 계속 이런 상태였다. 가출하고픈 욕망과 혼자서는 도망칠 수 없다는 마음 사이에서 유스케의 마음은 갈등을 거듭하고 있었다.

한 부분만 다른 글들과 분위기가 달랐는데 다음과 같았다.

<u>1월 29일 맑음.</u> 어제 일이 마음에 걸려서 오늘은 종일 아무 일도 손에 잡히지 않았다. 너무나도 기분이 나쁘다. 오늘 밤에도 그런 일이 일어날까. 혹시 지금까지 계속 그랬는지도 모른다. 어젯밤에는 내가 자다가 화장실에 가려고 일어났다가 우연히 그 소리를 들은 거지만, 지금까지 들리지 않았던 것뿐인지도 모른다. 만일 그런 거라면 너무 싫다. 토할 것 같다. 오늘 학교 갔다 오는 길에 정원에서 마주쳤는데 도망쳐버렸다. 내일부터 어떻게 해야 할지 모르겠다.

나는 이 전날 무슨 일이 있었나 해서 앞장을 봤지만, 1월 28일의 일기는 없었다.

"대체 무슨 일이 있었던 거지. 유스케는 뭘 본 걸까."

나는 사야카를 보며 물었다.

"목소리를 들었다고 했잖아. 게다가 밤중에. 그런 시간에 이상한 소리를 들으면 보통은 겁을 먹겠지."

"하지만 유스케는 너무 싫다고 했어."

"그 일이 매일 일어날지도 모른다고 상상하고 토할 것 같다고도 했지."

"그렇다면……."

"응."

그녀는 나를 힐끗 보더니 눈을 내리깔았다.

나는 한숨을 쉬었다. 유스케가 성행위를 목격한 것을 부정할 이유는 없었다. 그렇다면 '녀석'은 역시 유스케의 새아버지라는 걸까.

일기를 끝까지 읽고 나서 나는 일기장을 덮었다. 소년의 심정이 전염되었는지 나까지 마음이 무거웠다.

"그럼……." 나는 무릎을 살짝 치며 말했다. "일단 이 일기는 다 읽었는데, 다음은 뭘 하면 되지?"

"그러게……." 사야카는 일기의 뒤표지를 보더니 "왜 이 일기는 여기서 끝났을까? 아직 페이지가 이렇게 남았는데"라며 의문을 던졌다.

"여기까지 쓰고 나서 집을 나갔는지도 몰라."

163

"가출했다고?"

"가능성이 있지."

"너무 갑작스럽지 않아? 집을 나가고 싶다는 얘기를 여러 차례 쓰기는 했지만, 그때마다 무척 갈등한 것 같은데."

"결심을 굳히게 한 계기가 생긴 게 아닐까?"

"그렇다면 그걸 간략하게나마 일기에 썼을 것 같은데? 그리고 내 생각에는, 만일 집을 나갔다면 일기장을 두고 가진 않았을 것 같아. 어떤 짐보다 제일 먼저 챙겼을 것 같은데? 아니면 태워버리든지."

"그건 그런데……." 나는 말을 이으려다 입을 다물었다. 반박할 말이 떠오르지 않았다. 분명 일리 있는 말이었다.

"하지만 이 무렵 무슨 일이 있던 것만은 분명해." 사야카는 혼잣말처럼 말했다. "유스케의 방은 초등학교 6학년 당시 그대로 멈춰 있는 느낌이야. 이 일기가 끝난 시기와 일치하지."

"다시 유스케의 방에 가볼까? 어쩌면 다른 일기장이 있을지도 몰라."

"그래, 가보자."

사야카는 손전등을 들고 자리에서 일어났다.

우리는 양초를 들고 유스케의 방에 들어가 수색을 시작했다. 먼저 책장의 책을 한 권씩 꼼꼼하게 살펴본 뒤에 책상 서랍을 보았다. 하지만 일기장은 없었다. 작은 수납장의 서랍도 열어봤다.

안에는 포장도 뜯지 않은 속옷이며 양말이 들어 있을 뿐이었다.

"없네."

"그런 것 같아."

책상 서랍을 살펴보던 사야카도 지친 목소리로 침대 가장자리에 앉았다. 스프링이 녹슬었는지 귀에 거슬리는 소리가 났다.

"그럼 이제……." 나는 유스케의 작은 의자에 앉아 다리를 꼬았다. "어쩌지. 이 방에서는 더 나올 게 없을 것 같은데. 남은 건 부부 침실……. 역시 그 금고가 수상해. 그걸 열 방법이 없을까."

"별거 아니더라도 나하고 엄마에 관련된 뭔가를 찾을 수 있으면 좋을 텐데……."

사야카가 혼잣말처럼 중얼거렸다.

"사야카와 다이 씨……."

나는 관자놀이를 긁적였다.

유스케의 일기를 봐서는 사야카와 어머니는 미쿠리야 집안의 제삼자일 뿐이었다. 그렇지만 역시 사야카의 어린 시절 기억이 사라진 원인은 이 집과 뭔가 관련이 있는 것일까.

사야카는 한숨을 쉬더니 두 눈을 눌렀다.

"피곤하지." 나는 그렇게 말했다. "어두우면 눈에 부담이 가니까."

"조금." 사야카는 쓴웃음을 지었다. 그리고 진지한 표정으로 말했다. "아까 그 얘기 말인데, 네 말이 맞을지도 몰라."

"아까 얘기?"

"유스케가 폭행당하는 장면을 여러 번 목격한 탓에 내 성격이 삐뚤어졌을지도 모른다는……."

나는 얼굴을 찡그렸다.

"성격이 삐뚤어졌다고 말하지는 않았어. 영향을 받았을지도 모른다고 했지."

"아니, 삐뚤어졌어. 너도 그렇게 생각하잖아."

"그렇게 생각 안 하는데." 나는 대답했다. "그런 얘기를 듣지 않았다면 어딜 어떻게 봐도 보통 여자야."

"옛날부터 그렇게 생각했어?"

"당연하지. 그렇지 않으면 사귀었겠어?"

"그래……."

사야카는 앞머리를 쓸어올리더니, 무릎 위의 손전등을 계속해서 껐다 켰다 했다. 스위치를 켰을 때는 스커트 안쪽까지 빛이 닿았다.

불현듯 사야카가 싱긋 웃더니 입을 열었다.

"그럼 역시 내 착각이었나 봐."

"무슨 소리야?"

"이번 일로 새삼 널 떠올렸어. 예전에 너랑 사귀었을 때의 일을. 이런 생각이 들더라고. 넌 전부터 내 결함을 알아챘던 게 아닐까. 그런데도 나를 이해하려고 했어. 너 말고 날 이해하려던

166

사람은 없었어. 그래서 나는 너한테 끌렸던 게 아닐까."

나는 쓴웃음을 지었다.

"날 너무 과대평가했네. 뭐, 대체로 연인들은 그렇게 생각하기 마련이지. 우리는 다른 사람들과 다르다고."

"그게 아냐. 뭐라고 해야 할까." 사야카는 그렇게 말하더니 자조하듯 웃으며 어깨를 으쓱했다. "나도 참. 이제 와서 이런 소리를 한들 무슨 소용이라고. 그만할게. 기분 나빴다면 미안해."

"안 나빠."

나는 팔짱을 끼며 괜히 눈을 감았다.

2

고등학교 2학년 때 같은 반이 된 인연으로 우리는 처음 만났다. 그때까지 나는 사야카의 존재를 몰랐다. 눈에 띄지 않는 평범한 여자아이였다. 적어도 나에게는 그렇게 보였다. 하지만 옆자리에 앉게 되어 대화를 나누면서 그 인상은 실제와 다르다는 사실을 깨달았다.

사야카는 다른 여자애들처럼 이유도 없이 시끄럽게 떠들거나 깔깔거리지 않았다. 늘 남들 뒤에 숨어 조용히 상황을 지켜보는 느낌이었다. 처음에는 내향적인 성격 때문이라고 생각했지만 오

래지 않아 그게 아니라는 걸 깨달았다. 태평하게 웃어대는 동급
생들을 바라보는 사야카의 눈빛은 흡사 실험동물을 관찰하는 학
자 같았다. 혹은 '고등학교 2학년'이라는 연극을 관람하는 관객
같았다고 해도 좋다. 즉 스스로는 절대로 무대에 오르려 하지 않
았던 것이다. 그러한 개성은 사야카의 앳된 외모와 어울리지 않
았다.

그런 사야카가 내 눈에는 무척 신선하게 비쳤다. 이 애라면 이
야기를 나눠도 재미있을 것 같다고 생각했다. 그 시절 나는 겉으
로는 모두와 원만하게 지냈지만, 남들보다 조금 성적이 좋다는
이유로 속으로는 '이놈이고 저놈이고 유치해서 못 봐주겠군'이
라는 재수 없는 생각을 하고 있었다.

"넌 늘 지루해 보이네." 어느 날, 나는 이렇게 말을 걸었다. "한
계단 높은 곳에서 다른 사람들을 내려다보는 느낌이야."

이 말에 사야카는 딱히 반론하지 않고 나에게 물었다.

"그러는 넌 어떤데? 너야말로 그런 면이 있는 것 같은데."

하지만 나는 별로 기분이 나쁘지 않았다.

"나? 맞아…… 좀 지루하긴 해."

내 대답에 사야카는 의미심장한 미소를 지으며 고개를 끄덕
였다.

"그래. 나도 좀 지루해. 하지만 어쩔 수 없다고 생각해."

"왜?"

"왜냐면……." 그녀는 그렇게 말하더니 어깨를 으쓱했다. "다들 아직 어리니까."

이 말은 나를 설레게 했다.

'국제화 시대, 학생의 대응과 역할'이라는 강연이 학교 근처 시민센터에서 개최된 적이 있었다. 대학생 대상의 강연이었다. 나는 사야카에게 같이 가자고 했다.

"혼자 가도 상관없지만 이런 행사는 누구랑 같이 가서 들은 뒤에 같이 토론하는 게 좋을 것 같아서. 그리고 너라면 끝까지 졸지 않고 들을 것 같아. 다른 애들은 '서밋'이 뭔지도 모를걸."

그러자 사야카는 엷은 웃음을 지으며 "그럴지도"라고 대답했다. 그리고 같이 가자고 했다.

그날부터 우리 사이는 급속히 가까워졌다. 카페에서 이야기를 나누는 사이가 되었고, 그다음에는 휴일에 만나 데이트하는 사이가 되었다. 우리는 정말 다양한 이야기를 나눴다. 장르에 구애받지 않았다. 쓸데없는 대화로 시간을 낭비하지 않는다는 규칙만 지키면 상관없었다.

"이런 대화를 나눌 수 있는 상대를 줄곧 찾고 있었어."

나는 그렇게 말했다.

"나도야."

사야카도 그렇게 대답했다.

이내 사야카의 집 근처의 으슥한 곳에서 입을 맞췄고, 첫 데이

트로부터 거의 일 년 뒤에 그녀의 방에서 관계를 가졌다. 첫 경
험이었다. 사야카도 그렇다고 했다.

"이게 뭐라고." 나는 그때 그렇게 말했다. "누구나 하는 행위잖
아. 의식주와 마찬가지인데 거기에 중대한 의미를 부여하다니
참 이상도 하지."

그 말을 들은 사야카가 말했다.

"이 일을 빌미로 상대를 너무 귀찮게 하지는 말자."

"당연하지."

사야카를 진정으로 이해했기에 나온 말이었는지는 모르겠다.
오히려 사야카가 나를 이해해준 게 아닐까. 그 시절의 내가 그런
사람을 원했던 건 분명하다.

"자?"

목소리에 눈을 떴다. 사야카가 아래에서 올려다보는 자세로
묻고 있었다.

"아니. 그냥 아무 생각 없이 있었어."

"저쪽 방 좀 둘러보고 올게."

"같이 가."

나는 의자에서 일어났다.

사야카도 침대에서 일어났다. 순간 체크무늬 침대 커버 사이
로 하얀 뭔가가 보였다. 종이 같았다.

"이게 뭐지?"

침대 커버를 들춰봤다. 종이 한 장이 베개 옆에 놓여 있었다. 작은 글씨가 촘촘하게 적혀 있었다. 롤링페이퍼 같았다. 손전등으로 비춰봤다.

한 문장이 눈에 확 들어왔다. 순간적으로 온몸이 돌이 된 듯 꼼짝도 할 수 없었다.

"왜 그래?"

사야카가 물었다.

천천히 종이를 그녀에게 내밀며 그 문장을 가리켰다. 동시에 사야카 역시 눈을 부릅뜨며 말을 잇지 못했다.

미쿠리야 유스케, 편히 잠들기를.

3

이 가능성을 고려하지 않은 건 아니었다. 이 방이 초등학교 6학년 당시에서 멈춰 있는 것과, 일기가 도중에 부자연스럽게 끊긴 것 등 그럴 수도 있겠다는 상상이 머리 한구석에서 피어올랐던 건 사실이다. 하지만 그 상상이 너무나도 음산하고 불길한 것이었기에 섣불리 입 밖으로 내지 못한 것이다.

나는 종이를 든 채 의자에 다시 앉았다. 그리고 거기 적힌 문장을 하나씩 읽었다.

미쿠리야, 천국에서 행복하게 지내. _야마모토 히로미.
잘 가. 제로센_{일본 해군의 주력 함상전투기} 프라모델은 소중히 간직할
게. _후지모토 요이치.
믿을 수 없어. 너무 슬퍼. 더 많이 같이 놀고 싶었어. _오노 히
로시.

색색의 사인펜으로 친구의 죽음을 애도하는 마음이 적혀 있었
다. 장례식 날 담임교사가 유족에게 건네주었겠지. 여기에 적힌
한마디, 한마디가 유족의, 특히 어머니의 가슴을 뒤흔들었으리
라는 건 쉬이 짐작할 수 있었다.
　그중에서도 내 눈길을 끈 건 이 두 문장이었다.

조금만 있으면 졸업인데, 슬프다. _오타 야스코.
앞으로 매년 2월 11일이 되면 유스케를 떠올릴 겁니다. _다도
코로 오사무.

　조금만 있으면 졸업이라는 건, 유스케는 역시 6학년 때 세상
을 떠났다는 뜻이리라. 그리고 2월 11일이라는 건 마지막 일기
를 쓴 다음 날이다. 유스케는 일기를 쓰지 않았던 게 아니라, 쓰

지 못하게 된 것이다.

"어떻게 생각해?"

나는 종이를 사야카에게 건네며 물었다.

"어떻게 생각하느냐니?"

"유스케가 죽은 이유 말이야. 대체 왜 갑자기 죽은 거지? 일기에 적힌 내용이 사실이라면 딱히 아픈 데가 있던 것 같지도 않은데."

"병이 아니면 사고였겠지. 교통사고라든지."

"상식적으로 생각하면 그렇겠지. 초등학생이 사고로 죽는다면 보통 교통사고니까."

"상식적으로 생각하면……? 넌 다르게 생각한다는 거야?"

종이를 보던 사야카는 고개를 들고 의아스러운 표정으로 물었다.

"아니, 나도 딱히 근거가 있는 건 아냐. 하지만 단순한 사고는 아니었을 것 같아. 유스케의 마지막 일기 내용 기억나? '녀석'을 향해 이렇게 말했어. 저런 녀석은 죽어버리면 좋겠다. 그때까지 증오심을 드러낸 적은 많지만 죽으라는 말을 쓴 건 처음이자 마지막이었어. 그리고 그다음 날, '녀석'이 아니라 유스케가 죽었지. 이 사실을 단순한 우연으로 넘겨도 되는 걸까."

내 말에 사야카의 표정이 약간 굳어졌다.

"무슨 소리가 하고 싶은데?"

"이거다 하는 생각이 있는 건 아닌데 그냥 마음에 걸려. 그뿐이야."

"말하는 투를 보면 유스케의 죽음에 필연성이 있다는 것 같은데?"

"유스케의 죽음을 우연의 산물로 단정 지을 근거도 없지."

"우연의 산물이 아니면 뭔데? 유스케를 누가 죽이기라도 했다는 거야?" 사야카는 똑바로 선 채 나를 노려보았다. 그 모습은 마치 화가 난 것 같아서 조금 당황했다. 그 일기를 끝까지 읽은 탓에 유스케에게 감정이입한 것일지도 모른다.

살며시 웃으며 대답했다.

"꼭 살인만이 필연성이 있는 죽음은 아니지."

"그럼……."

"자살일 수도 있어." 나는 즉답했다. 사야카는 숨을 삼켰다. 그 표정을 관찰하며 말을 이었다. "'녀석'의 정체는 잘 모르겠지만, 그 인물 때문에 유스케가 심한 갈등을 겪었던 건 확실해. 괴로워하던 끝에 자살을 결심했을 가능성도 없지는 않다는 소리야."

"하지만 그렇게 약한 아이 같지는 않았는데……."

이 말을 듣고 나는 역시 사야카가 유스케에게 감정이입했다고 확신했다.

"자살하는 사람이 반드시 약하다는 법은 없어. 하지만 처음에 말했듯이 나도 근거가 있어서 하는 소리는 아니야. 그런 가능성

174

도 있다는 걸 고려해야 한다는 거지."

하지만 사야카는 그렇게 받아들이지 않은 듯 불만스러운 표정으로 입을 다물었다.

"좌우지간 부부 침실에 가보자."

나는 다시 의자에서 일어났다.

사야카는 들고 있던 종이를 베개 옆에 놓아두고 원래대로 침대커버를 씌웠다.

부부 침실로 간 우리는 분담해서 방을 구석구석 샅샅이 뒤졌다. 사야카는 유스케 아버지의 일기가 있을지도 모른다고 했다. 아들에게 일기를 쓰라고 권한 걸 보면, 아버지 본인도 그런 습관이 있었을지도 모른다는 것이었다. 일리 있는 주장이었다.

하지만 설령 아버지의 일기를 발견한다 해도 얼마나 참고가 될지는 알 수 없었다. 유스케가 죽었을 때 아버지는 이미 세상을 떠난 뒤였으니까.

나는 금고에 도전하기 위해 옷장으로 다가갔다. 낡았지만 튼튼했다. 부수는 것도 쉽지 않을 듯했다.

방법을 고민하고 있는데 사야카가 말문을 열었다.

"이게 뭐지?"

사야카 쪽을 보았다. 바닥에 무릎을 꿇고 책상 밑에 손을 넣고 있었다. 이내 사야카의 손에 잡힌 건 갈색 봉투였다.

"안에 뭐가 들어 있어."

사야카는 봉투 안을 들여다보며 "편지지야, 편지 같아"라고 말했다.

그리고 실내를 둘러보더니 결국 침대 위에 편지를 늘어놓았다. 가지런히 접힌 편지지가 십수 장 있었다. 편지지가 들어 있었을 봉투는 보이지 않았다. 나는 편지 한 장을 펼쳤다. 변질되어 탄력을 잃고 갈라진 고무 조각이 붙어 있었다. 원래는 고무줄로 편지를 묶어놓았던 것 같았다.

처음에 펼친 편지는 모두 세 장이었다. 내용을 읽기 전에 마지막 장을 보았다. 누가 누구에게 보낸 편지인지 궁금했다.

편지 끝에는 파란 잉크로 쓴 달필로 이렇게 적혀 있었다.

8월 30일. 미쿠리야 게이치로.
나카노 마사쓰구 님.

이 부분을 보고 나는 허를 찔린 기분이었다. 당연히 미쿠리야 가족 중 누군가가 받은 편지인 줄 알았는데 그 반대였다. 나는 사야카에게 그렇게 말했다.

"이 편지도 그런 것 같아." 다른 편지를 읽어보던 사야카가 말했다. "이것도, 저것도 모두. 미쿠리야 게이치로라는 사람이 나카노 마사쓰구라는 사람에게 보낸 편지야."

"미쿠리야 게이치로면 유스케의 아버지일지도 몰라. 나카노 마사쓰구는 누구지?"

"이 이름, 아까 어디서 본 것 같아. 어디였지."

그렇게 말하더니 사야카는 책장 쪽으로 걸어갔다.

나는 들고 있던 편지를 보았다. 계절 인사 뒤에 다음과 같은
내용이 적혀 있었다.

지난번에는 저희 큰애 일로 신세를 졌습니다. 얼마 전에 학교
로부터 채용하겠다는 연락을 받았습니다. 이로써 장래 계획도
없이 그저 인생을 낭비하는 꼴사나운 모습을 더 보지 않아도
될 것 같습니다. 정말 감사합니다.

솔직히 큰 짐을 내려놓은 기분입니다. 조금 더 시켜보라고 조
언해주시는 분도 있지만, 저는 이걸로 됐다고 생각합니다. 인
간에게는 저마다 타고난 그릇이 있으니까요. 그 녀석 그릇이
그 정도밖에 되지 않는다고 생각하고 포기했습니다. 선생님께
도 걱정을 끼쳐서 죄송하게 생각합니다.

무슨 소리지? 나는 고개를 갸웃거렸다. 여기 나오는 '큰애'가
미쿠리야 유스케를 가리키는 것 같지는 않았다. 뒤에 나오는 내
용과 아귀가 맞지 않았기 때문이었다. '채용'이라니, 이게 무슨
소리일까.

"아, 여기 있어." 사야카가 두툼한 낡은 책 한 권을 가져왔다.

"이 책의 지은이랑 이름이 같아."

사야카가 내민 것은 '법학체계'라는 책이었다. 감수자의 이름이 나카노 마사쓰구였다.

나는 책을 펼쳐 감수자 소개가 실려 있는지 살펴봤다. 맨 마지막 장에 간략히 경력이 적혀 있었다. XX대학 법학부 교수였는데 생년월일을 보아하니 현재 살아있다면 아흔이 넘었을 것이다.

"미쿠리야 게이치로는 나카노 마사쓰구의 제자가 아닐까. 아니면 후배거나." 읽던 편지를 사야카에게 내밀자, 그녀는 의아한 표정을 지었다.

"여기 나오는 큰애가 누구지? 유스케?"

"그렇다고 하기엔 이상한데." 그렇게 말하며 나는 '법학체계'의 판권 페이지를 보았다. 삼십 년도 전의 날짜가 적혀 있었다. 하지만 그보다 내 눈길을 잡아 끈 건 그 옆에 있었다. "어……?"

"왜?"

"이것 좀 봐. 이 책도 헌책방에서 산 책이야."

판권 옆에 연필로 가격이 적혀 있었다. 사야카는 미간을 찌푸렸다.

"이상하지? 은사인지 선배인지는 모르겠지만 그런 사람의 책을 헌책방에서 사다니."

사야카는 내 얼굴과 책을 번갈아 보더니 답을 모르겠다는 듯 고개를 저었다.

"아무튼 편지를 더 읽어보자."

편지 끝에는 모두 날짜가 적혀 있었지만 연도까지는 적지 않아서 오래된 순서대로 읽을 수는 없었다. 우리는 침대에 나란히 앉아 손전등 불빛에 의지해 각자 편지를 읽었다. 어느샌가 천둥소리는 들리지 않았고 비도 멎은 것 같았다. 대신 바람이 세게 부는지 휘휘, 불길한 휘파람소리 같은 소리가 들렸다.

지난번에 보내주신 소중한 물건은 감사히 받았습니다. 저도 좋아합니다만, 아내가 무척 좋아하는 것이어서 저보다 더 기뻐하더군요.

그 멍청이는 역시 올해도 떨어졌습니다. 선생님께서 귀한 조언을 해주셨는데도 정말 부끄러울 따름입니다. 아들의 일상을 보고 있으면 요즘 젊은이들은 다 저런가 하는 생각이 드는 한편, 아니다, 이놈이 특히 더 한심한 게 틀림없다는 비관적인 감정에 빠져서 아무튼 두통이 멎지 않습니다. 이런 생활이 앞으로 일 년 더 이어진다고 생각하니 한숨이 나옵니다. 그리고 내년에 이 문제가 해결된다는 보장도 없습니다. 요즘은 저희 때보다 더 어려워진 걸까요.

하소연만 늘어놓았군요. 죄송합니다. 선생님께서는 무탈하신 것 같아 마음이 놓입니다. 앞으로 본격적으로 추워진다고 합니다. 건강에 유의하십시오.

이 편지는 12월 20일에 보낸 것으로 되어 있다. 미쿠리야 게이치로는 나카노 마사쓰구에게 뭔가 선물을 받은 모양이었다. 연상의 지인이 손아랫사람에게 연말 선물을 먼저 보내지는 않을 테니, 미쿠리야 게이치로가 먼저 선물을 보냈고 그에 대한 답례로 뭔가를 받았다고 봐야겠지.

그보다 여기서 마음에 걸리는 건 게이치로의 아들이 어떠한 시험에 떨어졌다는 부분이었다. 무슨 시험이었을까. 내용을 보아하니 매년 시행되는 시험 같았다.

"이것 좀 봐." 나름대로 추리하고 있는데 옆에서 사야카가 말을 걸었다. "여기 유스케의 이름이 나와."

사야카가 내민 편지를 받아 내용을 훑었다.

지난번에는 축하해주셔서 감사합니다. 전에는 아들이든 딸이든 상관없다고 했습니다만, 아들이라는 소식을 듣고 잘됐다는 생각에 내심 쾌재를 불렀습니다. 저도 참 주책이지요.

이름은 유스케佑介라고 지었습니다. 하룻밤 고민해서 지은 이름입니다. 이 아이만큼은 사람들 앞에 나설 수 있는 'ㅅ+右'로 구성된 '佑'의 풀이로, 이때 '右'는 오른쪽 즉 우월을 의미한다 뛰어난 사람이 되기를 바라는 마음을 담았습니다.

유스케가 더 크면, 아내와 함께 찾아뵙고 인사를 드리겠습니다. 그때 다시 연락드리겠습니다. 거듭 감사드립니다.

나는 내용을 두 번 읽고 나서 고개를 들었다.

"이 아이만큼은……."

"나도 그 부분이 걸렸어." 사야카는 그렇게 말했다. "꼭 유스케 말고 부모의 기대에 부응하지 못한 자식이 또 있는 것 같은 투인데?"

나는 아까까지 읽었던 편지를 다시 집었다.

"유스케는 장남이 아니었어. 여기 나오는 한심한 아들이 장남이야. 미쿠리야 부부에게는 아들이 둘 있었어."

"그럼 가족이 네 명이었던 거야?"

"그렇게 생각하면 앞뒤가 맞지."

"유스케가 늦둥이라는 건 아까도 말했잖아. 그 앨범의 사진 속 할머니가 유스케의 어머니라 생각해도 어색하지 않지."

"그렇구나……." 사야카는 고개를 끄덕이더니 내가 들고 있던 사진을 들여다보았다. "여기 적힌 '시험'은 뭐지?"

"생각해봤는데…… 사법고시가 아닐까. 문맥으로 봐서는 대학 입시는 아닌 것 같아. 미쿠리야 게이치로가 이만큼 힘을 쏟은 시험이라면 사법고시밖에 없을 것 같은데."

"미쿠리야 씨도 법조인이었던 것 같으니까 아들에게 뒤를 잇게 하려던 걸까."

"그랬던 것 같아. 하지만 아들은 연속해서 낙방했어. 그래서 결국 게이치로 씨는 장남을 법조인으로 만드는 걸 포기하고 교사를 시키기로 했어."

"교사?"

"이 편지를 봐." 나는 처음 읽은 편지를 건넸다. "학교에서 채용 연락이 왔다는 내용이 적혀 있어. 교사로 채용됐다는 뜻이 아닐까. 사법고시 준비생이었으니 사회과목 교사라든지."

"인간에게는 저마다 타고난 그릇이 있다……." 사야카는 어깨를 움츠리며 말을 이었다. "그래서 미쿠리야 씨는 둘째인 유스케에게 기대를 걸기로 한 거구나."

"그런 것 같아. 안타깝게도 게이치로 씨는 유스케의 장래를 지켜보지 못한 채 세상을 떠났지만, 어떻게 생각하면 그게 다행일지도 몰라. 살아있었다면 아들의 죽음을 목격했을 테니까."

"흐음……." 뭔가 생각난 듯 사야카의 속눈썹이 파르르 떨렸다. "미쿠리야 씨의 기대가 유스케에게 옮겨 갔다면 내놓은 자식이 된 큰아들은 어떤 기분이었을까?"

"나하고 같은 생각을 하는 것 같네."

내 말에 사야카의 눈이 휘둥그레졌다.

"너도 그렇게 생각했구나? 일기에 나오는 '녀석'은 이 큰아들을 말하는 게 아닐까?"

"그렇다고 봐야겠지. 유스케가 그 일기를 처음 썼을 때는 큰아들과 같이 살고 있지 않았어. 하지만 아버지의 죽음을 계기로 다시 집으로 돌아온 거겠지."

"그리고 유스케를 괴롭힌 거구나."

"그렇지 않을까?"

사야카는 불쾌하다는 듯 얼굴을 찡그렸다.

"아무튼 남은 편지도 읽어보자. 판단을 내리는 건 그다음으로 미루고."

"그러자."

사야카는 편지지 다발에 손을 뻗었다.

하지만 우리의 추측은 빗나가지 않은 것 같았다. 편지의 내용을 통해 당시 미쿠리야 집안의 사정을 대략 알 수 있었다.

편지 감사합니다. 우노가 드디어 귀국하는군요. 그 친구 활약상은 동기들 사이에서도 소문이 자자합니다. 귀국하면 한번 자리를 마련해야겠군요.

그나저나 곧 둘째가 태어난다는 소식을 선생님이 아시는 줄 몰랐습니다. 굳이 호들갑을 떨 일도 아니다 싶어서 연락드리지 않았습니다. 죄송합니다. 첫째가 아들이었으니 둘째는 아들이든 딸이든 상관없습니다.

이건 유스케가 태어나기 전에 쓴 편지이리라. 이 편지에서는 '남자든 여자든 상관없다'고 했지만 역시 아들이 태어나자 기뻐하고 있었다.

아들 결혼식이 탈 없이 끝나서 한숨 돌렸습니다. 그날은 인사도 제대로 못 드리고 죄송했습니다. 아들 부부는 얼마 전에 신혼여행에서 돌아와 인사를 왔습니다. 이 기회에 조금이라도 인간이 되어야 할 텐데요. 소개가 부족한 듯해 몇 말씀 덧붙입니다. 며늘아기는 집사람의 먼 친척인데 부모는 식료품점을 경영하고 있습니다. 자매 중 둘째이고, 상고를 졸업하고 집안일을 도우며 지냈다고 합니다. 성격은 싹싹하지만 몸이 좀 약한 것 같아서 걱정입니다. 그놈 짝으로는 야무진 아이가 들어왔으면 해서, 다소 눈에 차지 않는 구석도 있지만 불초 자식에게 시집 와준 것만으로도 고마워해야겠죠.

앞으로도 선생님의 조언을 구할 일이 있을 것 같습니다. 잘 부탁드립니다.

한동안 변덕스러운 날씨가 계속될 것 같습니다. 건강 조심하십시오.

이 편지의 내용을 보아하니, 게이치로는 여전히 아들의 장래를 불안해하는 것 같았다. 하지만 그것은 놀라운 통찰력이었다. 다음 편지에는 이렇게 적혀 있었다.

연락이 늦었습니다만 얼마 전에 아들이 재혼했습니다. 상대는 피아노 연주를 생업으로 하는 여성인데, 양친이 안 계신다고 합니다. 피아노 연주라 했지만, 제대로 된 음악가는 아니고 취객들이 모이는 가게에서 연주합니다. 거기서 처음 만났다고 하더군요.

아시다시피 첫째 며늘아기는 결혼한 지 이 년 만에 병으로 세상을 떠났습니다. 그 뒤로 많은 분들이 재혼을 권하셨지만 생각이 있어 계속 거절해왔습니다. 그놈은 아직 제 가정을 꾸릴 그릇이 아니었습니다. 저는 먼저 간 며늘아기가 아들에게 희생된 것 같다는 생각이 머리에서 떠나지 않았습니다.

그로부터 그놈이 조금이라도 성숙했는지 저는 잘 모르겠습니다. 좌우지간 빨리 제구실을 하기를 바랄 뿐입니다.

이럴 수가, 큰아들의 첫 번째 아내는 세상을 떠났다고 했다. 큰병을 앓은 모양이다.

그리고 이 재혼도 결국 실패로 끝났다.

지난번 일로 심려를 끼쳐드려 죄송합니다. 간신히 금전 문제는 해결했습니다. 학교도 사직서를 내는 걸로 마무리될 것 같습니다. 이번 일로 화도 나고 실망도 커서 심신이 지쳤습니다. 얼마 전에도 친척 모임에서 그놈을 어떻게 할지 상의했습니다. 그런 한심한 짓을 저질렀으니 당연하겠지만, 동정하는 이는 아무도 없더군요. 선생이라는 놈이 도박에 손을 댄 것만 해도 기가 막히는데, 막대한 빚을 지고 주변 사람에게 다대한 폐를 끼치고서도 반성하려 하지 않는 정신머리라니. 즉각 금치산 신청을 해야 한다고 호통을 치는 친척도 있었습니다. 그리고 슬프게도 저는 그런 말들에 반박조차 할 수 없었습니다.

이렇게 된 이상 제 곁에 두고 처음부터 다시 시작하게 해야 하나 생각도 했지만, 저도 나이가 들어서 예전 같지 않습니다. 괜히 집에 들였다가 유스케에게 나쁜 영향이라도 끼치면 큰일입니다. 솔직히 이번 일로 제가 가장 걱정한 건 큰애가 아니라 유스케의 장래였습니다. 다행히도 그 아이는 아무것도 모르는 것 같습니다.

둘째 며늘아기도 집을 나간 지금, 아들이 앞으로 어떻게 살지 부모인 저도 모르겠습니다. 일단 눈을 떼지 않고 제대로 살 생각이 있는지 지켜보려 합니다.

선생님 건강은 어떠십니까. 지인 중에 실력 좋은 의사가 있습니다. 필요하시면 연락 주십시오.

연도가 적혀 있지 않아서 큰아들의 두 번째 결혼생활이 얼마나 지속됐는지는 알 수 없었다. 하지만 어떻게 파국에 이르렀는지는 편지 내용을 보아 충분히 짐작이 갔다.

"유스케의 형은 답이 없는 사람이었나 봐."

사야카가 한숨 섞인 목소리로 말했다.

"이걸로 대략적인 윤곽이 드러났네. 역시 '녀석'은 큰아들이었어. 문제는 유스케가 왜 죽었느냐인데."

"맞아." 고개를 끄덕이더니, 사야카는 초점 없는 눈으로 벽 쪽을 보았다. "그 이유가 밝혀지면 내 기억도 돌아올까."

"글쎄. 잘 모르겠네. 넌 우연히 이 집에 놀러 왔을 뿐일 수도 있으니까."

나는 솔직하게 대답했다.

하지만 사야카는 모르겠다는 표정으로 고개를 끄덕이더니 나에게 물었다.

"편지는 이게 다야?"

"아직 한 통 더 있어."

나는 마지막 편지를 펼쳐 내용을 훑어보았다. 그 편지에는 유스케나 큰아들에 대한 내용은 적혀 있지 않았다. 업무와 관련된 상담이 주된 내용이었다. 상관없겠다 싶어서 사야카에게 그렇게 말하려던 순간, 한 문장이 눈에 들어왔다. 추신이었다. "아" 하는 소리가 흘러나왔다.

"왜?"

나는 말없이 그 편지를 건넸다. 편지를 읽는 사야카의 얼굴이 점점 굳어졌다. 편지를 다 읽은 사야카의 눈가가 붉어져 있었다.

"여기 적힌 사람이 우리 아빠일까?"

그녀가 물었다.

"그런 것 같아."

나는 고개를 끄덕였다.

추신에는 다음과 같은 내용이 적혀 있었다.

추신: 저희 집 운전기사와 가정부가 결혼하기로 했습니다. 운전기사는 예전에 선생님께 말씀드렸던, 우리 집에 침입하려고 했던 도둑입니다. 그 친구가 개심해서 새 삶을 사는 모습을 보고 있으면 역시 처벌만이 저희 소임은 아니라는 걸 절실히 느낍니다.

사야카는 또 한 번 편지를 읽었다. 손이 가늘게 떨리고 있었다.

"아빠도 역시 이 집에 있었구나. 여기에 살았어."

"생각해보면 가정부를 둘 정도의 집이니 전속 운전기사가 있었다 해도 이상할 건 없지. 그걸 생각 못 했네."

"아빠가 도둑질을 하려고 했다니⋯⋯."

"모두 힘들게 살았던 시대잖아. 너무 신경 쓰지 마. 그리고 그 문장으로 봐서는 미수였던 것 같고 경찰에 신고하지도 않은 것 같던데."

"신고하기는커녕 운전기사로 채용해줬어⋯⋯."

"미쿠리야 씨는 너희 아버지의 성품을 믿었던 거야. 도둑질은 순간적인 실수였던 걸 꿰뚫어본 거지."

"아빠는 운이 좋았다는 거야?"

"그렇다고 봐야지."

내 대답에 사야카는 편지를 든 채 침대에서 일어나 방 안을 돌아다녔다.

"은인이었어." 사야카가 입을 열었다. "미쿠리야 게이치로 씨는 아버지의 은인이었어."

"아마도."

"그럼 역시……." 사야카는 나를 보며 말을 이었다. "여긴 그 할머니의 집이었어. 할머니가 미쿠리야 부인이야. 아버지는 할머니가 은인이라고, 자주 그런 말을 했어."

사야카의 추리를 부정할 근거는 없었다. 나는 천천히 고개를 끄덕였다.

"그런데……." 사야카의 표정이 어두워졌다. "아빠는 왜 그런 얘기를 안 해줬을까."

"과거의 과오를 자식에게 들려주고 싶어하는 부모는 없을걸."

"그런가." 사야카는 고개를 갸웃하더니 편지를 내밀었다. "이거, 가져가도 괜찮을까?"

"괜찮지 않을까. 너 말고 갖고 싶어할 사람도 없을 텐데."

사야카는 희미하게 웃더니 편지를 곱게 접어서 주머니에 넣었다.

나도 자리에서 일어났다.

"이제······."

"어쩌지?"

사야카가 물었다.

"트렁크에 있는 공구를 가져올게. 저기 도전해야지." 나는 금고를 가리켰다. "안에 뭐가 들어 있을지는 모르겠지만."

"열 수 있을까?"

"해보는 수밖에."

밖으로 나왔다. 집 밖에는 비가 추적추적 내리고 있었다. 주위의 풀과 나무가 어둠에 녹아들어 있었다. 땅이 질척거려서 세워놓은 차까지 가는 동안에 운동화가 진흙투성이가 되었다.

왜 이런 데 집을 지었을까. 그런 의문이 떠올랐다. 별장 용도라면 이해가 안 가는 것도 아니다. 하지만 법조인 가족이 일상을 보내기에는 너무나도 불편하지 않은가.

기묘한 점이 너무 많아. 새삼 그런 생각이 들었다.

공구라 했지만 트렁크에 있는 건 기본적인 공구 세트보다 조금 나은 수준의 물건들이었다. 이걸로 어디까지 가능할지는 알 수 없었지만 일단 집으로 가지고 돌아왔다.

방에 들어가니 사야카는 침대에 누워 새우잠을 자고 있었다. 몸도 마음도 모두 지쳤을 테니 무리도 아니지. 나는 소리가 나지 않도록 주의하며 공구함을 바닥에 내려놓고 흔들의자에 앉았다. 나무가 삐거덕거리는 소리에 흠칫했지만, 사야카는 여전히 잠들어 있었다.

실내를 둘러보며 아까 읽었던 편지와 유스케의 일기에 대해 생각했다. 편지와 일기에 적혀 있는 내용을 정리해보니 대략적인 흐름을 파악할 수 있었다.

먼저 이 집에는 세 식구가 살고 있었다. 미쿠리야 부부와 큰아들. 그리고 가정부인 '다이 씨' 즉 구라하시 다미코가 드나들었다. 다미코는 출산을 이유로 일시적으로 휴가를 냈다.

남편 게이치로는 큰아들도 자신처럼 법조인의 길을 걷게 하려 했지만 생각처럼 되지 않았다.

이내 부부에게 둘째 아이가 태어났다. 유스케다. 게이치로는 둘째 아들에게 기대를 걸었다. 법조인의 꿈을 포기한 큰아들은 교사가 되어 결혼했지만, 아내는 이 년 만에 세상을 떠났다. 그로부터 얼마만큼의 세월이 흘렀는지는 알 수 없지만 큰아들은 피아니스트와 재혼했다.

그 후 큰아들은 도박에 빠져 막대한 빚을 졌다. 그 일이 탄로 났는지 그는 학교를 그만두게 되고 아내는 집을 나갔다.

유스케가 초등학교 5학년이던 겨울, 게이치로가 세상을 떠났다. 뇌종양 때문이었으리라. 그리고 큰아들이 본가로 돌아왔다.

그로부터 약 일 년, 큰아들은 망나니처럼 행동했다. 유스케가 '저런 녀석은 죽어버렸으면 좋겠다'고 할 정도로.

그리고 2월 11일, 유스케는 죽었다.

이렇게 생각해보니, 이 집에 감도는 불길한 기운의 정체를 알 것 같았다. 비과학적인 표현이었지만 저주와도 같은 어떤 기운이 느껴졌다. 그리고 우리에게 중요한 건, 사야카의 기억이 사라진 것에도 그 저주가 영향을 끼친 것 같다는 사실이었다.

사야카가 외마디 비명을 지른 건 바로 그때였다. 갑작스러운 비명에 생각에 빠져들던 나는 저도 모르게 의자에서 벌떡 일어났다.

사야카는 신음을 흘리며 몸을 두어 번 뒤척였다. 뱀이 몸부림치는 듯한 자세였다. 나는 곁으로 다가가 그녀의 어깨를 잡아 흔들었다.

"왜 그래, 일어나봐."

뺨을 살짝 때려도 봤다.

사야카가 게슴츠레 눈을 떴다. 뭔가를 찾듯 눈동자를 굴리더니 나를 보았다. 어깨가 가늘게 떨렸다.

"왜 그래? 무서운 꿈이라도 꿨어?"

사야카는 창백한 뺨에 손을 대고 주변을 두리번거렸다.

"검은 꽃병, 초록색 커튼……."

그녀는 초점 없는 눈동자로 중얼거렸다.

"뭐라고?"

"있었어, 분명. 기다란 검은 꽃병하고 초록색 커튼. 나, 그 방에 들어갔어."

"어떤 방?"

"저기······."

사야카는 그렇게 말하더니 일어나 힘없이 문 쪽으로 걸어갔다. 나는 손전등을 들고 뒤를 따랐다.

1층으로 내려간 사야카는 거실을 지나 식당으로 향하는 듯하더니, 도중에 있는 짧은 복도에서 걸음을 멈췄다.

"왜?"

내 물음에 사야카는 벽을 가리켰다.

"여기 있었어."

"여기? 뭐가?"

"문."

"문?"

"여기 있던 문으로 들어갔어. 방에는 검은 꽃병하고 초록색 커튼이 있었어. 거기서 나······."

거기까지 말하고 사야카는 쓰러졌다.

4

피아노 위의 인형이 여전히 우리 둘을 내려다보고 있었다.

거실 소파에 눕히자 머지않아 사야카가 눈을 떴다. 하지만 정말 정신을 차렸는지는 바로 판별할 수 없었다. 눈을 뜨고는 있었지만 사야카는 아무 말 없이 천장만 바라보고 있었다.

"사야카."

나는 이름을 불러보았다. 그제야 그녀의 검은 눈동자가 천천히 내 쪽으로 움직였다. 사야카는 눈을 몇 번 깜빡였다.

"미안해."

사야카는 쉰 목소리로 속삭이듯 말했다.

"괜찮아?"

"응, 이제, 괜찮아."

그렇게 말하더니 몸을 일으켰다. 하지만 아무렇지도 않은 건 아닌지, 눈을 감고 그대로 한동안 움직이지 않았다.

"갑자기 쓰러져서 놀랐어."

내 말에 사야카는 입으로만 웃었다.

"그랬겠다. 나도 이런 적은 처음이야. 머리 중심이 마비된 느낌이 들더니 갑자기 어지럼증이 너무 심해졌어. 나중엔 뭐가 뭔지 모르겠더라고."

"어디 아픈 덴 없어?"

"괜찮은 것 같아."

사야카는 제 몸을 대충 살펴보더니 그렇게 대답했다.

나는 그 옆에 앉았다.

"쓰러지기 전에 이상한 소리를 했는데."

사야카는 왼손으로 오른 팔을 쓰다듬으며 말했다.

"맞아, 이상한 소리지."

"꿈꿨어?"

"응, 비슷해. 하지만 꿈하고는 조금 달라. 그건 내가 직접 본 기억일 거야."

"그거?"

"말했잖아, 꽃병하고 커튼이 있는 방." 사야카는 후들거리는 다리로 일어나 아까 자신이 쓰러진 곳으로 돌아갔다. 나도 뒤를 따랐다. "여기 문이 있어서, 그 방으로 들어갈 수 있었어." 복도 벽을 가리키며 아까와 같은 소리를 반복했다.

"문이 없는데? 그런 방도 없고. 이 벽 너머는 다다미방이야."

"그렇지……." 사야카는 관자놀이를 눌렀다. "하지만 분명 여기 있던 문으로 안에 들어갔던 기억이 나. 이상해. 이상하네. 왜 문이 없지?" 그렇게 말하며 자조하듯 웃음을 터뜨렸다. "바보 같지? 없는 건 없는 거니 무슨 소리를 해도 소용없는데."

"어디 다른 방과 헷갈린 게 아닐까?"

내 의견에 순간 동의했는지 사야카는 생각에 잠긴 표정을 지었다. 하지만 오래가지 않았다. 더욱 확신에 찬 표정으로 고개를 가로저었다.

"틀림없이 여기야. 이렇게 식당을 보며 문을 열었단 말이야."

나는 한숨을 내쉬며 손전등으로 벽을 비춰보았다. 하지만 과

거 이곳에 문이 있었던 흔적은 찾아볼 수 없었다.

대신 그 옆의 기둥이 내 눈길을 끌었다.

"이게 뭐지?"

내 눈높이쯤 되는 위치에 수평 3센티미터쯤 되는 선이 그어져
있었다. 볼펜 자국 같았다.

"그 밑에도 있는데?" 사야카가 말했다.

사야카의 말대로 그 아래에도 표시가 있었다. 내가 발견한 선
보다 몇 센티미터 아래에 같은 모양의 선이 그어져 있었다. 더
고개를 숙이자 비슷한 선이 여러 개 보였다.

"키 표시가 아닐까?"

"키?"

"그런 동요도 있잖아. 기둥에 키를 표시해두는."

"아, 그거."

어릴 적에 한 번도 그렇게 해본 적이 없는 나는, 막연히 노래
속에 나오는 이야기인 줄만 알았다. 실제로 기둥에 키 표시를 하
는 사람들이 있다니 사소한 발견이었다.

손전등 불빛을 비추며 기둥 아래로 내려갔다. 맨 아래에 있는
표시는 바닥에서 80센티미터쯤 되는 높이에 있었다. 선 말고도
글자 같은 것이 적혀 있었다.

"뭐라고 적혀 있어?"

사야카의 물음에 나는 눈을 부릅뜨고 흐릿한 글자를 읽었다.

"유스케, 세 살, 5월 5일."

"아, 그럼 역시 키 표시가 맞네. 이건 유스케의 성장 기록이야."

"하지만 그렇다고 하기엔 이상한데?"

"뭐가?"

"맨 위의 표시를 봐. 이건 아무리 봐도 170센티미터 이상이야."

"그게 뭐……." 사야카는 입을 벌린 채 굳었다. 그리고 다시 입을 다물더니 눈을 크게 뜨며 말을 이었다. "유스케는 6학년 때 죽었지."

"6학년이면 열두 살이야. 성장이 빠른 아이라도 170센티미터보다 더 크지는 않지."

"그럼 이 표시는 누구 거지?"

"유스케가 아니면 그 형이겠지." 나는 다시 기둥의 표시를 하나씩 손전등으로 비추었다. "그러면 동생처럼 어디에 이름을 적어놨을 것 같은데."

"그것도 그러네……."

적확한 답을 찾지 못한 채 우리는 입을 다물었다.

"아까 하던 얘기로 돌아가자. 분명 여기 있는 문으로 방에 들어갔다는 거지?"

내 말에 사야카는 말없이 끄덕였다.

"그 방에 대해 더 기억나는 거 없어? 꽃병하고 커튼 말고."

"그거 말고……."

사야카는 흐릿한 눈을 돌려 손전등 불빛이 닿지 않은 어둠을 보았다.

"어두웠어…… 아주 어두웠던 것 같아."

"너는 그 방에서 뭘 하고 있었는데? 무슨 일이 있었어?"

"뭔가…… 있었나. 모르겠어. 기억이 안 나."

사야카는 두 손으로 머리를 감싸더니 내 얼굴을 올려다보았다. 두 눈에 겁먹은 기색이 역력했다.

"왜 그래?"

"무슨 일이 있었는지는 기억나지 않는데 뭔가 무척 무서웠던 것 같아."

"무섭다고?"

"그래. 그 방을 떠올리려고 하면 한없이 불안해져. 내 안에 있는 또 하나의 내가 더는 들어가면 안 된다고 경고하는 것 같아. 떠올리는 걸 내 자신이 거부하는 것처럼……." 한계라는 듯 사야카는 벽에 몸을 기댔다. "머리가 아파."

"잠깐 쉬는 게 좋겠어."

나는 사야카를 다시 거실 소파에 앉혔다. 그녀는 허리를 깊이 굽힌 자세로 가지런히 모은 무릎 위에 두 팔을 얹고 그 사이에 얼굴을 묻었다. 어깨가 희미하게 떨리고 있었다.

사야카의 모습을 보고 있으려니, 어설프게 기억해내서 하는 소리가 아니라는 건 잘 알 수 있었다. 하지만 현실은 그와 달리 그녀가 가리키는 곳에는 문도 방도 없다. 이 상황을 어떻게 설명해야 할까. 역시 사야카의 착각이라 생각하는 게 타당하겠지만, 어째서 그런 착각을 하게 된 걸까.

이 역시 쉽게 답이 나올 것 같지 않았다. 우리는 수많은 수수께끼에 직면해 있었다. 불가사의한 문제가 산더미처럼 쌓여서 더는 도망칠 곳이 없을 지경인데, 우리는 아직 아무것도 해결하지 못했다.

무력감에 휩싸인들 달라지는 건 없기에 사야카를 1층에 두고, 2층 부부 침실로 돌아갔다. 우선 할 수 있는 것부터 하나씩 처리해야겠다고 생각했다.

바닥에 놓은 공구함에서 망치와 드라이버를 꺼내서 금고가 든 옷장 앞에 섰다.

낡은 금고였지만 만듦새는 튼튼해 보였다. 문과 본체 사이의 틈새도 거의 없었다. 그 좁은 틈새에 일자드라이버 끝을 끼워서 억지로 비틀어보았다. 희미하게 삑, 소리가 났지만 문이 부서진 것 같지는 않았다. 위치를 바꿔서 다시 돌려봤지만 결과는 마찬가지였다. 드라이버가 먼저 부러질 것 같았다.

잠금장치를 부수는 게 손쉬운 방법이라 생각했지만 다이얼식의 잠금장치 또한 만만치 않게 튼튼했다. 틈새에 드라이버를 쑤셔 넣고 망치로 두들겼다. 요란한 소리에 비해 진전은 거의 없었다. 그렇지만 달리 묘안이 떠오르지 않아서 한동안 그 방법을 시도했다.

삼십 분쯤 그렇게 두들겨댔을까. 금고 문과 잠금장치 모두 조금 흠집이 난 정도로, 상태는 내가 손대기 전과 거의 달라지지 않았다. 진절머리가 나서 공구를 내팽개치고 아까처럼 흔들의자에 앉았다.

금고를 부수는 방법을 찾기보다 비밀번호를 알아내는 게 더 빠를지도 모른다는 생각이 들기 시작했다. 금고를 잠근 사람이 비밀번호를 잊어버리지 않도록 어디다 적어놓았을 가능성도 충분히 고려할 수 있었다.

나는 자리에서 일어나 미쿠리야 게이치로의 책상에 다가갔다.

딱히 눈에 띄는 것은 없다는 사야카의 말 대로였다. 쓰던 책상이니 여기서 필기도 했을 터인데, 수첩이나 서류 같은 게 전혀 없었다. 아니, 수첩이 한 권 있기는 했는데 내용이 백지였다. 아무것도 적혀 있지 않은 새것이었다.

나는 책상에서 물러나 손전등으로 방 구석구석을 비춰봤다. 어딘가에 금고 번호를 숨겨두었을까 기대했는데, 집주인에게 그런 장난기가 있었을지는 아직 의문이었다.

불현듯 창가에 놓인 천체망원경이 눈에 들어왔다. 그 옆에 망원경에 딸린 액세서리를 넣어두는 것으로 보이는 나무 상자가 있었다. 나는 상자 뚜껑을 열어봤다. 교환용 렌즈와 필터가 천에

싸여 있었다.

그리고 관측기록용지라는 종이도 같이 들어 있었다. 검은 잉크로 '7월 25일 새벽 수성 관측'이라 적혀 있었다. 편지의 필적과 같은 것으로 보아 미쿠리야 게이치로가 쓴 것 같았다.

하지만 이 메모가 뭔가 도움이 될 것 같지는 않았다. 나는 포기하고 금고 앞으로 돌아와 드라이버와 망치로 다시 작업을 시작했다.

드라이버 손잡이를 열 번쯤 두들겼을 때, 뒤에서 문이 열리는 기척이 나서 돌아봤다. 사야카였다.

"시끄러워서 깼어?" 내가 물었다.

"아냐. 왠지 진정이 안 돼서."

"그럴 만도 하지."

사야카는 침대에 앉으며 말했다.

"아빠 생각을 했어."

"그래."

"아빠는 왜 나한테 아무것도 말해주지 않은 걸까. 이 집이나 미쿠리야 씨에게 신세 진 얘기 같은 거."

"그러니까 그건 아까도 말했듯이 옛날의 과오까지 말해야 하니까……."

"그런가? 그런 건 얼마든지 둘러댈 수 있을 것 같은데."

"그럼 넌 어떻게 생각하는데."

"잘 모르겠지만 날 생각해서인 것 같아."

"널 생각해서? 그건 무슨 소리야?"

"어쩌면 아빠는 내가 옛날 일을 떠올리는 걸 두려워했던 게 아닐까. 내가 이 집의 존재를 알게 되어서 여길 찾아오면, 옛날 기억이 돌아올지도 모른다고 생각해서 아무것도 가르쳐주지 않은 게 아닐까."

나는 손에 쥔 망치와 드라이버를 만지작거렸다.

"그렇다면 우리는 지금 잘못하고 있는 걸까?"

사야카는 모르겠다는 듯 고개를 저었다. 그리고 아까 읽던 편지 다발을 다시 집었다.

"이 편지 말인데 왜 여기 있는 걸까? 받는 사람이 보관했다면 이해가 가지만, 보낸 사람이 가지고 있는 건 이상하지 않아?"

"어떤 이유가 있어서 나카노 마사쓰구 씨에게 돌려받은 게 아닐까. 이를테면 게이치로가 세상을 떠난 뒤에 고인을 추모하기 위해서."

"그렇게까지 해서 돌려받았다면 왜 이 집을 나갈 때 가져가지 않은 걸까? 유스케의 일기장도 마찬가지고."

나는 끙 소리를 내며 생각에 잠겼다. 이 집에 살던 이들이 홀연히 자취를 감춘 수수께끼를 풀 힌트는 아직 하나도 찾아내지 못했다.

"그리고……." 사야카는 말을 이었다. "봉투는 어디 가고 편지지만 남아 있는 걸까?"

"버린 거 아냐?"

"무엇 때문에?"

"글쎄……." 나는 고개를 갸웃거렸다. "무슨 말이 하고 싶은 거
야?"

"딱히 하고 싶은 말이 있는 건 아닌데……." 사야카는 편지지
다발을 만지작거리며 말을 이었다. "이 집 주소는 뭘까 하는 생
각이 들어서."

"주소?"

"응."

"주소는 아마 나가노 현 고우미마치……."

내가 거기까지 말했을 때 사야카는 고개를 저었다.

"그게 아니라, 보통 집 주소를 나타내는 물건이 하나쯤은 있잖
아. 집으로 온 엽서나 명함 같은 거. 그런데 이 집에는 그런 게 하
나도 없는 것 같아서."

"듣고 보니 그러네." 나는 허리에 손을 올리고 주변을 둘러보
았다. "넌 그게 의도적이라고 생각하는 거야?"

"그렇게 생각할 수밖에 없는 상황이잖아. 보통 이런 일은 잘
없지. 무엇 때문에 그렇게 했는지……."

우리는 잠시 침묵했다. 이번에도 답이 나오지 않았다. 나는 금
고 쪽으로 돌아서서 드라이버를 다이얼 틈새에 넣었다.

"그 금고, 열 수 있을 것 같아?"

사야카가 걱정스레 물었다.

"잘 모르겠어. 포기하고 싶어졌어."

"그렇게 쉽게 열리면 금고가 아니겠지."

농담으로 한 소리는 아니었겠지만, 사야카의 그 말에 마음이 조금 가벼워졌다.

"지당하신 말씀."

웃음을 터뜨린 순간 드라이버 끝이 미끄러졌다. 아차 한 순간에는 이미 날카로운 드라이버가 왼팔에 상처를 냈다. 손목과 팔꿈치의 중간 부분이었다. 피가 났다.

"아, 어떡해."

"괜찮아, 살짝 긁힌 거야."

나는 주머니에서 손수건을 꺼내려 했다.

"기다려. 구급함을 가져올게."

"구급함?"

"아까 부엌에 있는 걸 봤어."

이삼 분 뒤에 사야카가 갈색 상자를 들고 돌아왔다. 상자 겉면에 빨간 십자가 마크가 달려 있었다.

"부엌에 이게 있었어?"

"응. 식기장 맨 밑의 칸에 있던데."

구급함 안에는 두통약과 위장약, 연고 등이 들어 있었다. 모두 개봉한 흔적은 없었다.

"상처에 바르는 약도 있는데?"

사야카는 기다란 작은 상자를 꺼냈다. 튜브식의 연고 같았는데 이 역시 뜯지 않았다.

"언제 만든 약인지도 모르는데 써도 돼?"

"제조일이 십 년 전이네."

상자 옆을 보며 사야카가 대답했다.

"사양할게."

"그럼 붕대만 감자."

사야카는 뜯지 않은 거즈를 꺼내 상처에 얹고 능숙한 손놀림으로 붕대를 감았다. 그런 말을 건네자 붕대를 상자에 넣으며 대답했다.

"미하루 때문에 익숙하거든."

"미하루가 자주 다쳐서 와?"

"아니, 내가 낸 상처지."

사야카의 대답에 나는 말문이 막혔다. 자신의 무신경한 발언에 화가 났다.

얼버무리듯 사야카는 어깨를 으쓱했다.

"병 주고 약 주는 꼴이지. 한심하지?"

나는 말없이 사야카가 감아준 붕대를 만졌다. 그리고 다른 화제를 찾으려 구급함 쪽으로 눈을 돌렸다.

뚜껑 안쪽에 서류를 넣어두는 포켓이 달려 있었다. 진찰권이나 보험증을 넣어두는 용도 같았다. 나는 안에 손을 넣어봤다. 작은 카드 한 장이 나왔다. 진찰권도 보험증도 아니었다.

가족건강카드라고 적힌 그 종이에는 주치의 연락처와 개인의 지병, 상비약 등을 기록하는 칸이 있었다. 모두 빈칸이었지만 가족의 이름은 적혀 있었다.

미쿠리야 게이치로, 후지코, 유스케의 이름이 적혀 있었다. 후지코는 유스케의 어머니 즉 사야카가 '할머니'라 부르던 여성의 이름인 것 같았다.

혈액형을 적는 칸에는 게이치로의 것만 적혀 있었다. O형이었다.

"아버지는 O형이네."

나는 그렇게 말하며 카드를 사야카에게 건넸다.

"O형이라고?"

그녀는 어찌된 영문인지 석연치 않은 표정으로 잠시 카드를 바라보더니 "이상하네" 하고 작게 중얼거렸다.

"뭐가?"

"유스케의 일기에도 혈액형 얘기가 나오는데, 내 기억이 정확하다면……." 거기까지 말하더니 그녀는 손전등을 들고 방을 나갔다. 나도 황급히 뒤를 따랐다.

거실로 간 사야카는 테이블 위의 일기장을 펼쳤다. 한동안 페이지를 넘기더니 이내 표정이 험악해졌다.

"여기 있어."

사야카는 일기장을 내밀었다.

아까 별생각 없이 대충 넘겼던 부분이었다. 유스케가 학교에서 신체검사 받은 일을 적어놓은 일기였다.

<u>5월 19일 맑음.</u> 오늘 신체검사를 했다. 키가 좀 큰 것 같아서 기뻤다. 체중은 전과 비슷한데 신기하다. 신체검사를 하고 나서 혈액검사도 했다. 혈액형을 조사했다. A와 B, AB와 O형이 있다고 했다. 그 밖에 Rh플러스와 마이너스가 있다고도 했다. 마이너스는 몇천 명 중에 한 명 있는 희귀한 혈액형이라고 했다. 나는 AB형이고 Rh플러스였다. 곤도가 혈액형으로 성격을 알 수 있는 책이라는 걸 가져왔는데 하나도 안 맞았다. 집에 가서 엄마한테 혈액형이 뭐냐고 물어봤다. 엄마는 혈액형을 모른다고 했다. 옛날 사람들은 그런 거 잘 모른다고 했다. 아빠한테도 물어보려고 했지만 오늘은 바빠서 집에 안 오셨다.

나는 사야카를 보았다.

"유스케는 AB형이었어."

그녀는 말없이 고개를 끄덕였다.

"이상하네." 나는 그렇게 말했다. "아버지가 O형인 이상, 어머니가 어떤 혈액형이든 자식의 혈액형이 AB형일 수가 없는데."

5

"미안한데 차 키 좀 줄래?"

사야카가 느닷없이 그런 말을 꺼냈다. 새로운 수수께끼에 빠져 있던 나는 조금 늦게 반응했다.

"키? 여기……." 나는 주머니에서 키를 꺼냈다. "차 키는 왜?"

그녀는 장난스러운 표정으로 키를 받았다.

"산책 좀 다녀올게."

"산책? 이 시간에?"

"금방 올게."

"아니, 왜 갑자기……."

말하던 중에 사야카의 의도를 알아챘다. 섬세하지 못한 질문임을 깨닫자 얼굴이 찌푸려졌다. "알았어. 같이 가. 혼자는 위험해."

"괜찮아."

"나도 가고 싶어서 그래. 나는 참으라는 거야?"

그렇게 대꾸하자 사야카는 겸연쩍게 웃으며 가만히 차 키를 내밀었다.

"유스케의 혈액형 말인데." 차에 타서 조금 가던 중에 사야카가 말문을 열었다. "어떻게 된 일 같아?"

"양쪽의 혈액형이 정확하다면……." 타이어가 질척거리는 지면을 피하도록 핸들을 움직이며 말을 이었다. "유스케는 게이치로의 자식이 아니라는 뜻이겠지."

"역시……." 사야카가 숨을 삼키는 소리가 들리더니 이내 조용히 숨을 내쉬었다. "양자일까?"

"아니, 그건 아닐 거야. 그 편지에 유스케가 태어났을 때의 일이 적혀 있었잖아. 아들이라 다행이라는 내용이었어."

"아, 그랬지. 하지만 양자도 아니고, 미쿠리야 씨의 친자식도 아니라면……."

사야카는 뭔가 말하려다 주저했다. 무슨 말을 하고 싶은지 알 것 같았다.

"어머니, 그러니까 후지코 부인이 다른 남자와 불륜을 저질러 생긴 아이일 가능성이 있지."

"믿을 수 없어. 일기에서는 그런 기색은 전혀 없었잖아. 하지만 그 가능성밖에 없는 걸까."

"아니, 나는 그 가능성도 희박하다고 생각해."

"왜?"

"유스케는 혈액검사를 받은 날에 집에 돌아와 어머니에게 혈액형 얘기를 했어. 만일 어머니의 불륜으로 생긴 자식이었다면

AB형이라는 말을 듣고 당황했겠지. 하지만 일기에서 그런 분위기는 느껴지지 않았어."

"그것도 그래. 그렇다면 미쿠리야 씨는 유스케가 자기 자식이 아니라는 걸 알고 있었지만 그런데도 유스케를 무척 아꼈다는 건데……." 사야카는 얼굴을 긁적였다. "모르겠어, 어찌된 영문인지 전혀 모르겠어."

"좌우지간 분명한 건, 또 하나의 등장인물이 필요하다는 거야. 유스케의 생부."

우리는 포장도로에 접어들었다. 아까에 비하면 빗줄기는 훨씬 약해졌지만, 와이퍼 속도를 늦출 정도는 아니었다. 길가에 가로등은 없었고, 덤으로 구불구불하기까지 한 길이라 시야 확보가 도무지 되지 않았다. 하지만 시간이 시간이니만큼 마주 오는 차는 없었다. 카스테레오의 시계를 보니 새벽 2시였다.

마쓰바라 호수 주차장에 차를 대고 호숫가의 공중화장실로 들어갔다. 금이 간 변기에 소변을 보며 내가 대체 여기서 뭐 하는 건가 하는 생각을 했다. 지금 내가 하는 일이 사야카의 고민 해결에 진정 도움이 될까.

화장실에서 나와 호숫가로 걸어갔다. 비가 많이 내리지는 않았지만 그래도 어두운 수면에는 무수한 파문이 번지고 있었다. 호수 건너편에는 울창한 숲이 있었고 한 무리의 안개가 그 앞을 가로막은 채 천천히 지나가고 있었다.

"악마가 살 것 같은 풍경이네."

어느샌가 옆으로 다가온 사야카가 말했다.

"밤에 호수를 보는 건 처음이야."

"밤바다도 무섭지만, 그와는 또 다른 분위기가 있네. 시간의 감각이 뒤틀린 것 같아."

사야카가 내 쪽을 보는 기척을 느끼고 나도 고개를 돌렸다. 눈이 맞자 사야카는 시선을 피했다.

"너한테 너무 폐만 끼치네."

"그런 소리 마. 적당한 지적 스릴을 즐기고 있으니까."

"솔직히 말하면, 여기 오면서도 큰 기대는 없었어. 여기 온다고 뭐가 달라질까 싶었지."

"하지만 여기 오면 기억을 되찾을 수 있을지도 모른다고 한 건 너잖아."

"자기 위안이었어. 나도 노력하고 있다는 실적을 만들고 싶었거든. 면죄부가 필요했다고 할까. 하지만……." 거기까지 말하다 잠시 끊더니 호수 쪽을 바라보며 다시 말을 이었다. "네가 없었으면 아마 안 왔을 거야……."

고백과도 같은 대사에 내심 당황했다. 그 말에 기쁜 것도 사실이었지만, 한편으로는 그 마음을 억누르려는 것도 사실이었다.

"여기 오기 전에는 혹시 무슨 일이 생길지도 모른다는 마음도 있었어. 우리 사이에. 솔직해지자면 그래도 상관없다고 생각했어. 만일 그런 일이 생기면, 괴로운 현실을 잊을 수 있을지도 모른다는 어린애 같은 생각도 했지. 하지만 넌 아무 일도 만들지 않았어. 순수하게 내 문제를 해결하려고 애써줬지. 혹시 이제부터 뭔가 일을 만들려던 건가?"

"아니." 고개를 저으며 부정했다. "그런 일만은 있어서는 안 된다고 생각했어. 여기 오기 전부터."

"그럴 것 같았어." 풋 하고 웃는 소리가 났다. "그때하고 너무 다른 거 아냐? 섹스 같은 건 아무것도 아니라고 하더니."

"입장이 달라졌잖아."

"맞아. 유부녀가 됐지." 사야카는 장난치듯 말하더니 구두코로 젖은 땅을 눌렀다. "그 후로 날 미워하지는 않았어?"

"그 후로?"

"내가 일방적으로 헤어지자고 했을 때부터."

"아…… 오래된 얘기로군."

"이제 와서 이런 얘기하는 게 싫으면 관둘게."

"아니, 상관없어." 두 손을 주머니에 넣었다. 오른손 끝에 졸음운전 방지용으로 산 껌이 닿았다. 사야카에게 권했지만 됐다는 듯 고개를 저었다. 혼자 먹기도 그래서 도로 주머니에 넣었다.

"한 번도 널 미워한 적은 없어." 나는 주머니에서 손을 빼며 말했다. "서로 속박하지 않겠다고 약속했으니 어쩔 수 없다고 생각했어. 하지만 충격을 받은 건 사실이야. 그리고 궁금했어. 그때까지 그런 기색은 전혀 없었는데, 갑자기 좋아하는 사람이 생겼다고 헤어지자고 하다니."

"그랬겠지." 사야카는 두세 걸음 호숫가로 다가가더니 뒷짐을 진 자세로 빙글 몸을 돌렸다. "정확히 말하자면, 따로 좋아하는 사람이 생겨서 너하고 헤어지려고 한 게 아냐. 그 반대지. 너하고 헤어져야겠다고 마음먹은 게 먼저야. 그러고 나서 널 대신할 사람을 찾았어."

"왜 나하고 헤어지려고 한 건데?"

"설명하기 어려운데, 알아듣기 쉽게 말하면 꿈에서 깨어나야 할 것 같았어."

"무슨 말인지 모르겠는데."

"우리가 사귈 때 나눴던 이야기들 생각나? 많은 이야기를 나눴지만 한마디로 표현하면 우리를 제외한 모든 사람을 부정했어. 주변 사람은 모두 멍청하다, 아무도 믿을 수 없고, 아무도 진실을 모른다, 그런 식으로 자주 이야기했잖아."

"기억나. 확실히 그랬지."

앤티크 풍의 카페. 커피와 마일드세븐. 비좁은 싸구려 바. 맥주와 감자튀김.

"너하고 있으면 편했어. 하지만 이대로는 안 된다. 어느 날 갑자기 그런 생각이 들더라. 주위의 모든 걸 거부하며 단둘이서만 살아갈 수 있을 리가 없잖아. 이대로는 둘 다 엉망이 될 것 같았어. 이제 어린애가 아니니까. 더는 꿈만 꾸고 살 수 없다. 그런 식으로 생각했어."

"한마디로." 나는 말문을 열었다. "현실을 자각하고 노선을 변경한 거군."

"그렇게 표현할 수도 있겠지."

"확실히 그 시절의 나에게 미래에 대한 계획 같은 건 없었지. 믿음직한 상대를 찾고 싶었던 네 심정은 이해할 수 있어."

"그뿐만은 아냐. 뭐라고 해야 할까……." 사야카는 고개를 비스듬히 기울였다. "서로에게 어리광을 부리고 있었어."

"그래." 고개를 끄덕였다. "그 말도 맞아." "이제 알겠어?"

"어느 정도는. 하지만 다 지난 일이야."

"그래, 지난 일이지." 사야카는 입술을 핥았다. "하나만 더 말할게. 그 시절 우리는 비슷했어. 아니, 서로 너무 닮아 있었지. 널보고 있으면 꼭 거울에 비친 내 모습을 보는 것 같았어. 그게 너무 견디기 힘들었어."

"흐음……." 그 시절을 떠올리며 나는 발치의 흙을 찼다. 시건방진 대화, 뭔가에 쫓기는 사람처럼 섹스를 거듭하던 우리.

위장 깊숙이 뭔가 묵직한 것이 얹힌 기분이었다.

"빗발이 다시 세진 것 같네."

수면에 번진 파문을 바라보며 사야카가 말했다. 그녀의 머리카락도 젖어 있었다.

"그만 돌아갈까."

나는 그렇게 말했다.

6

우리는 빗속을 달려 그 집으로 향했다. 핸들을 움직이며 나는 조금 전 사야카의 고백을 머릿속에서 반추했다. 그녀의 이야기 중에서 유독 강하게 내 마음을 붙잡은 것은 우리 둘은 너무 닮았다는 말이었다. 그건 나도 느끼고 있었다. 단순히 성격이나 사고방식, 가치관이 비슷하다는 뜻은 아니었다. 우리의 정체성을 지탱하는 무언가, 마음 깊숙한 곳을 흐르는 무언가에서 공통점을 발견했던 것이다. 그 정체를 확인하는 걸 당시의 나는 거부했다. 생각하지 않으려 애썼다. 아마 그 시절의 나는 그 정체를 이미 알고 있던 걸까.

사야카와 처음 만났을 무렵, 내가 어떤 청소년이었는지를 떠올리는 건 사실 그리 유쾌한 일이 아니었다. 마음에 안 드는 사진만 모아놓은 옛날 앨범을 넘기는 느낌이랄까.

아버지는 의사였다. 대형 병원을 경영하는 건 아니었다. 어느 작은 동네에나 있는, 서민적이고 보수적인 동네 의사였다. 일하는 두 명의 간호사 중 한 명은 어머니였다.

중학교 1학년 때, 부모님의 친자식이 아니라는 사실을 알았다. 계속 숨길 수도 없는 일이니, 이야기할 기회를 살피고 있었다고 '키워준 아버지'는 말했다.

부부 사이에는 자식이 없었다. 입양을 생각하던 즈음, 친척의 딸이 이혼한 뒤에 홀몸으로 낳은 아이를 입양하는 게 어떻겠느냐는 제안이 들어온 모양이다. 부부는 두말 않고 승낙했고 무사히 입양 수속을 마쳤다.

그때까지 키워준 부모님에게 감사해야겠다고 생각하면서도 역시 충격이 아닐 수는 없어서 내심 상처를 받았다. 어린 마음에, 부모님의 태도에 의문을 느끼던 시기라 충격이 더욱 컸다.

"네가 우리 자식이라는 사실은 변함없으니, 신경 쓰지 말고 지금까지처럼 살면 된다." 아버지는 그렇게 말했다. 나는 말없이 고개를 끄덕였다. 달리 어떤 반응을 보여야 할지 알 수 없었다.

아마 아버지의 말대로, 그때까지처럼 살았으면 좋았을 것이다. 하지만 마음처럼 되지 않았다. 친부모가 아니라는 사실이 늘 머리 한구석에 달라붙어 떠나지 않았다. 내 변화를 부모님이 알아채지 못했을 리가 없었다. 집 분위기는 한순간에 서먹서먹하게 바뀌었다.

그러던 어느 날, 한 여성이 내 앞에 나타났다. 학교에서 돌아오는 길에 갑자기 누가 부르는 소리가 났다. 나는 단번에 친어머니인 걸 알았다. 그래서 "잠깐 얘기 좀 할래?"라는 말에 딱히 망설이지 않고 따라갔다.

그녀는 자신이 어머니라는 사실은 밝히지 않고, 부모님과 집 분위기에 대해 물었다. 나는 제대로 대답하지 못한 채 그저 고개만 숙이고 있었다.

며칠 뒤, 그 여성이 집으로 찾아왔다. 나한테는 다른 방에 가 있으라고 했지만, 부모님과 생모의 이야기 소리는 벽을 넘어 들려왔다.

아이를 돌려달라는 생모의 부탁에 부모님은 그럴 수 없다고 거절했다. 자세한 사정은 모르지만, 생모는 재혼 상대와 헤어진 뒤 혼자라는 외로움에 친자식과 함께 살고 싶다는 생각을 하게 된 듯했다.

"부탁이에요. 살아갈 희망을 주세요. 지금까지 키워주신 은혜는 어떻게든 꼭 갚겠습니다."

생모는 울며 애원했다.

"이제 와서 그런 소리를 하면 어떡하나. 그 애는 우리 자식이야. 돌려달라는 건 말도 안 되는 소리야." 아버지가 매서운 목소리로 대답했다. "애초에 그 애 앞에 나타나지 말라고 일전에도 단단히 일러두었을 텐데. 집까지 찾아오면 어떡하자는 건가, 사람이 어떻게 이러나."

아버지의 말을 듣고, 내가 친자식이 아니라는 사실을 밝힌 직후에 생모가 나타난 게 우연이 아님을 깨달았다. 먼저 사실을 말해둠으로써, 생모가 나타나도 내 마음이 흔들리지 않도록 붙잡아두려던 것이었다.

그들은 꽤 오랫동안 내 문제로 실랑이를 벌였다. 그러다 양측의 주장에 미묘한 변화가 나타나기 시작했다. 한마디로 숨겨왔던 속내가 드러난 것이다.

"앞으로 몇십 년 동안 계속 혼자서 살라고요? 나이 먹고 누굴 의지하며 살라는 건가요."

"또 좋은 인연을 찾아보라고 몇 번을 말했나. 그리고 우리도 그 애밖에 믿을 사람이 없어. 대를 이어야 한다고. 그런 아이라 지금까지 소중히 길러온 거고. 다 키워놨더니 이제 와서 가로채려 하다니, 어찌 그리 뻔뻔한가."

요컨대 생모는 자신의 노후를 위해 자식을 데려가려 했고, 부모님은 대를 이을 자식이 필요했던 것이다.

물론 그뿐만은 아니었을 것이다. 그들 나름대로 나를 사랑했겠지. 하지만 열세 살의 나는 그들이 자식인 나를 장래를 위한 보험으로 생각한다는 사실을 아무렇지 않게 넘길 수 없었다.

이야기를 나눈 끝에 '아이의 결정에 맡긴다'는 결론을 내리고 일단 소란은 일단락되었다. 생모는 불만스러워 보였다. 이 결정 방법은 자신에게 불리하다는 사실을 이때 이미 알아챈 건지도 모른다.

이날부터 부모님이 나를 대하는 태도가 또 다시 달라졌다. 어머니는 전보다 더욱 다정했고, 아버지는 틈만 나면 내 장래에 대해 이야기하려 했다. 네가 싫으면 꼭 의사가 되지 않아도 된다, 어떤 길을 택하든 충분히 지원해주겠다는 이야기였다. 그런 이야기 사이에는 지난날의 추억과 고생담이 군데군데 섞여 있었다.

학교에서 돌아오는 길에는 매일같이 날 기다리는 생모와 마주쳤다. 우리는 근처 공원에서 이야기를 나눴다. 대부분 생모가 일방적으로 이야기했을 뿐이지만. 아이를 떠나보낸 건 그 나름의 사정이 있었기 때문이었다, 지금은 무척 후회하고 있다, 생모는 때때로 눈물을 보이며 털어놓았다.

일주일 뒤에 다시 생모가 집으로 찾아왔다. 이때는 나도 자리에 함께했다. 그 자리에서 아버지가 나에게 물었다.

"누구와 같이 살 건지 네가 정하거라. 눈치 보지 말고 원하는 대로 해."

세 사람의 눈이 내 입만 뚫어져라 바라보았다. 이미 내 마음은 정해져 있었다. 어떻게 하고 싶은가, 가 아니라 어떻게 하는 게 가장 무난한지를 생각한 끝에 내린 결론이었다.

"지금처럼 살래요."

나는 그렇게 대답했다. 부모님은 기쁨에 싱글벙글했고 생모는 힘없이 고개를 떨궜다.

앞으로 이따금 만나도 좋다는 조건만 얻어낸 채 생모는 돌아갔다. 부모님은 내 선택이 틀리지 않았음을 역설하며 아무것도 신경 쓰지 말라고 당부했다. 생모의 험담을 노골적으로 입에 올리며 자칫하다간 불행해질 뻔했다는 말까지 했다.

그날 밤은 잠들지 못한 채 이불 속에서 울었다. 뭐가 슬픈지 스스로도 알 수 없었지만 하염없이 쓸쓸했다. 세상에 나 혼자라는 사실을 새삼 통감했기 때문이었을까.

그 뒤로 생모와는 거의 만나지 못했다. 내가 고등학교 1학년 때 재혼했다는 이야기를 어머니에게 지나가듯 들었을 뿐이다.

부모님과는 전처럼 살았다. 남들 눈에는 지극히 평범한 가족으로 비쳤으리라. 하지만 나는 그들의 아들을 연기해왔다는 사실을 부정할 수 없다. 그리고 아마 부모님 또한 그러했으리라.

진실된 것은 아무것도 없다, 인간은 모두 혼자다. 그런 식으로 생각하며 매일을 보냈다. 사야카와 만난 건 그 무렵이었다.

별안간 빗줄기가 거세졌다. 와이퍼 작동 속도를 가장 빠르게 올렸다.

"안 졸려?"

옆자리의 사야카에게 물었다.

"괜찮아. 아까 조금 잤잖아."

"그랬지."

"무슨 생각하고 있었어?"

"그냥. 별거 아냐." 라디오 스위치를 켰다. 일본 가수의 목소리가 들렸다. 밴드의 이름도 곡명도 몰랐지만 사야카는 아는 가수인지 손끝으로 리듬을 튕겼다.

우리는 너무 닮았다는, 조금 전 그 말을 다시 떠올렸다. 분명 그랬다. 사야카와 만난 순간 강렬한 동지의식을 느꼈다. 아마 그녀 역시 외톨이였던 것이라.

사야카와 만나고부터 가족에 대한 애착은 더욱더 옅어졌다. 하루라도 빨리 여기서 나가고 싶다. 늘 그렇게 생각했다.

"요즘 무슨 일 있니?"

어느 날, 어머니가 물었다. 어떠한 결의가 담긴 표정이었다.

"왜요?"

"엄마라고 안 부르잖아. 부르기 싫어?"

"그런 거 아니에요. 다녀오겠습니다."

도망치듯 집을 나왔다.

양부모를 아버지, 어머니라 부르지 못하게 된 건 사실이었다. 스스로도 이유는 알 수 없었다. '부모자식 역할극'에 지쳤던 건지도 모른다.

부모자식 역할극?

브레이크를 밟았다. 타이어가 질척거리는 지면 위로 미끄러지면서 차체가 조금 기울었다. 사야카가 나직하게 비명을 질렀다.

"왜 그래?"

창백한 얼굴로 돌아보는 사야카의 눈이 커져 있었다.

"엄청난 착각을 한 것 같아." 내가 말했다.

"착각?"

"유스케의 '아빠'에 대해 말이야. 일단 집으로 가자."

액셀을 밟아 다시 차를 출발시켰다.

집에 도착하자마자 거실로 가서 유스케의 일기장을 집어 들었다. 그리고 부분부분을 다시 읽어봤다. 특히 '녀석'이 등장하는 부분을.

"도대체 뭐야? 무슨 착각을 했다는 건데?"

"정확히 말하자면 착각은 아니지. 속았다고 해야 할까. 유스케에게. 하지만 이 일기를 남이 읽을 줄은 몰랐을 테니 속였다는 표현도 적절하진 않네." 나는 일기장을 덮고 사야카의 어깨에 손을 올렸다. "2층으로 가자."

부부 침실로 들어가 편지 다발을 다시 펼쳤다.

"역시 내 생각이 맞았어."

"뭐가?"

"이 편지에서 게이치로는 유스케를 한 번도 아들이라 지칭하지 않았어. 역시 이 둘은 부자관계가 아니었어. 이걸로 혈액형의 모순도 설명할 수 있어."

"그럼 유스케는 누구 아들인데?"

"큰아들의 아이야." 나는 그렇게 대답했다. "편지에서 게이치로가 아들이라 부르는 인물, 그 사람이 유스케의 친부야."

"그럴 수가…… 하지만……." 사야카는 연신 앞머리를 쓸어올렸다. "큰아들은 일기에 나오는 '녀석'이잖아."

"그건 틀림없어."

"그런데 어떻게 아빠가 돼?"

"일기에 '아빠'라는 존재가 따로 존재하기 때문에 그렇게 생각하게 된 거지?"

"응."

"이 일기에서 유스케가 '아빠'라고 부르는 존재가 게이치로인 건 분명해. 하지만 게이치로는 친아버지가 아냐. 실제로는 할아버지였지. 마찬가지로 '엄마'도 할머니를 지칭하는 거고."

사야카가 천천히 눈을 깜빡였다.

"어떻게 그렇게 된 거야?"

"유스케의 나이에 비해 부모님의 나이가 많다는 건 우리도 계속 이상하게 여긴 부분이잖아. 그리고 이 편지를 봐." 나는 편지를 내밀었다. "유스케가 태어났을 때 게이치로의 기쁜 마음이 적혀 있지. 아들이라 내심 쾌재를 불렀다고까지 했어. 이건 아버지나 할아버지의 반응이야. 유스케와 큰아들의 나이 차이가 너무 나는 것도 이로써 설명할 수 있어. 형제가 아니라 부자지간이니까 그 정도는 당연하지."

"그럼 할아버지를 왜 아빠라고 부른 거지?"

"아마 젖먹이일 때부터 조부모의 손에 커서, 그 호칭이 입에 붙은 게 아닐까. 이 편지에 따르면 큰아들은 결혼한 지 이 년 만에 부인을 잃었어. 그 부인이 낳은 아이가 유스케 아닐까. 하지만 남자 혼자 아이를 키우기 힘드니까 부모님이 키우기로 한 거고."

"아무리 그래도, 할아버지를 아버지라 부르게 하다니……."

사야카는 끔찍하다는 듯 몸을 움츠렸다.

"그 점이 바로 이 집의 비극의 시작이었을지도 몰라."

"……무슨 뜻이야?"

"이건 어디까지나 내 상상인데……." 나는 전제를 깔고 이야기를 시작했다. "이 편지를 읽어보면, 게이치로는 상당히 엄격한 사람이었던 것 같아. 큰아들의 교육 방침에도 분명 그런 성격이 반영되었을 테고. 그렇기 때문에 큰아들을 법조인으로 만들려는 계획이 좌절되었을 때 크게 낙담했고 몹시 힘들어했지."

"한심한 놈이라고 했지."

"결국 인간에게는 저마다 타고난 그릇이 있다고 생각하고 단념한 거지. 큰아들은 사법시험을 포기하고 교사가 되었어. 편지 내용으로 보아하니, 큰아들의 앞날을 걱정한 게이치로가 교사의 길을 택하도록 종용한 것 같지만. 그리고 큰아들은 결혼했어. 결혼 상대도 부인의 먼 친척이라고 하니 본인이 택한 게 아니라 부모가 권한 여성이었겠지."

"큰아들은 미쿠리야 씨의 로봇이나 다름없었네."

"그거야." 나는 사야카를 가리키며 말을 이었다. "그게 바로 내가 하고 싶은 말이야. 편지를 읽으면서 생각한 건데, 뭐든 게이치로의 뜻대로 했지. 유스케가 큰아들의 아이라면, 이 관계가 더욱 뚜렷해지지. 게이치로는 손자를 어떻게 대했지?"

"편지 내용을 보아하니, 미쿠리야 씨는 큰아들이 아니라 유스케에게 기대를 걸기로 한 것 같았지. 이름까지 본인이 직접 지었고."

"그 역시 큰아들과 게이치로의 권력 관계를 고려하면 그리 부자연스러운 일은 아니지. 결혼도 군말 없이 따르는 순종적인 여성을 택했을 테고. 유스케의 교육 방침에도 적극적으로 관여할 생각이었을 거야. 아니, 완전히 본인의 방침을 관철하려 했을지도 몰라. 그런 상황에서 며느리가 죽었어."

"미쿠리야 씨가 손자를 키우게 됐지."

"큰아들이 그 결정에 동의했는지는 모르겠지만 아마 그의 의사와는 상관없이 이야기가 진행됐을 거야. 이렇게 게이치로는 유스케의 아버지가 되었어. 유스케에게 '아빠'라고 부르게 하지는 않았겠지만, 굳이 고치려고도 하지 않았으니 내심 기뻐했을지도 모르지."

사야카는 미간을 찡그렸다.

"왠지 병적인 느낌이야……."

"게이치로에게 아들은 오점이었고 잊고 싶은 존재였지. 그래서 유스케가 손자라는 의식을 어떻게든 버리려 했던 게 아닐까.

아들이 도박에 손대서 학교를 그만둘 수밖에 없던 당시의 편지 내용 기억하지? 가장 신경 쓰던 게 유스케에게 나쁜 영향을 끼치지 않을까 하는 점이었어. 이미 아들과 유스케를 별개로 생각한다는 증거였지."

"아, 그렇구나. 그래서……." 사야카는 그렇게 말하며 유스케의 일기장을 펼쳤다. "크리스마스 선물 사건에 대한 의문이 풀렸어. 친아버지가 보낸 선물이었던 거야. '올해도 크리스마스 선물이 도착했다'라고 썼잖아. 친아버지가 보냈다면 이상할 게 없지. 그런 거라면 다음 문장도 이해가 가. '아빠는 장난감만 보내는 건 좋지 않다고 하셨다. 책이 좋다고 하셨다. 전화를 걸어서 화를 냈다.'"

"처음에 그 부분을 읽었을 때, 선물을 보낸 건 유스케의 할머니나 할아버지라고 생각했잖아. 실은 그 반대였지." 나는 쓴웃음을 지었다. "그건 그렇고, 그 일기에 게이치로가 아들을 대하는 태도를 더 자세히 알 수 있는 부분이 있을 거야. 잠깐 보여줘."

사야카에게 일기장을 건네받아 뒤적였다. 게이치로가 세상을 떠나고 한 달이 지났을 때의 일기였다.

"여길 봐." 나는 그 부분을 펼쳐 사야카에게 내밀었다. "'아빠는 녀석을 싫어했다. 그런 녀석을 닮으면 안 된다, 그런 인간이 되면 안 된다고 했다'고 적혀 있어."

"미쿠리야 씨는 철저하게 유스케를 아들에게서 떨어뜨려놓으려 했구나."

"아들을 잘못 키웠으니 같은 실수를 되풀이해선 안 된다고 생
각했겠지. 교육 방침이 얼마나 엄격했는지는 일기에도 잘 나타
나잖아. 유스케는 '아빠'를 존경한 것 같아. 아마 게이치로에게
유스케는 회심의 작품이었을 거야."

"아이를 물건처럼……."

사야카의 표정이 어두워졌다.

"교육이라는 이름의 로봇 제작이지. 계획은 순조롭게 진행됐
어. 그러다 예상치 못한 문제가 발생했지."

"미쿠리야 씨가 뇌종양에 걸렸지."

"그래." 나는 고개를 끄덕였다. "뜻을 이루지도 못하고 유스케
의 교육을 단념해야 했으니, 그 원통함은 이루 말할 수 없었겠
지. 어쩌면 자신의 죽음보다 그쪽이 더 마음에 걸렸을지도 몰라.
하지만 그보다 더 괴로운 사람은 남겨진 유스케였을 거야."

"지도해줄 사람이 없어서?"

"그뿐이었다면 차라리 낫지. 무엇보다 견디기 힘들었던 건 경
멸의 대상이었던 '녀석'이 집으로 들어왔다는 사실 아니었을까.
아버지 자격으로."

"아……." 머릿속으로 그 상황을 상상했는지 사야카는 우울한
눈으로 말했다.

"여기서 좀 관점을 달리해보자. 아들의 입장에서 생각해보는

거지. 오랫동안 억압해온 아버지가 세상을 떠난 걸 계기로 오랜만에 본가로 들어가 살게 됐어. 거기다 친아들과 함께. 아마 의기양양해서 돌아왔을 거야. 아들하고도 하루빨리 벽을 허물고 싶었을 테고."

"아, 그러고 보니……." 사야카는 다시 일기장으로 시선을 떨궜다. "아까 읽었던 부분 뒤에 이런 내용이 있었지. '방에 있는데 녀석이 노크도 없이 들어왔다. 그리고 친한 척 말을 걸었다.'"

"어렵게 되찾은 아들이니 당연히 친해지고 싶었겠지. 하지만 유스케의 반응은 어땠지?"

사야카는 다시 일기를 읽었다.

"나는 공부하는데 방해하지 말라고 했다. 녀석은 밖으로 나갔다. 앞으로도 이 방법으로 쫓아내야지."

"그 밖에도 유스케가 '녀석'을 끔찍하게 싫어하는 장면이 여러 차례 등장해. 어릴 적부터 그렇게 세뇌됐으니 그럴 법도 해. 하지만 생부 입장에서는 아들에게 계속 그런 취급을 당하는 건 굴욕이었겠지. 아마 유스케의 등 뒤로 게이치로의 그림자가 어른거렸을 거야."

"아들은 미쿠리야 씨를 미워했을까?"

"그랬을 거야." 나는 딱 잘라 말했다. "그래서 유스케가 마음을 열어주지 않는 한, 아들에게 유스케는 증오의 대상일 수밖에 없었지."

"그래서……."

"그래." 나는 고개를 끄덕였다. "학대가 시작됐지."

❖

4

장

❖

むかし僕が死んだ家

1

"이 남자에게도 동정의 여지는 있지." 나는 말을 이었다. "간신히 아들을 되찾았다고 생각했는데, 증오스러운 자신의 부친에게 세뇌당해서 자신을 아버지라 따르기는커녕 경멸했으니 견디기 힘들었겠지."

사야카는 조용히 웃었다.

"나랑 똑같네."

"같다고?"

"부모는 자식에게 경멸당하는 게 제일 힘들거든."

침울한 목소리였다. 나는 말없이 뺨을 긁적였다. 이 이야기를 시작하면, 어떤 위로도 별 도움이 안 되리라는 걸 어제부터 이어진 대화로 뼈저리게 느꼈기 때문이었다.

사야카는 한숨을 내쉬었다.

"물론 그렇다고 아이를 학대해도 된다는 건 아니지만……."

"너와 유스케의 아버지는 달라."

나는 그렇게만 반론했다.

"다를 거 없어. 똑같아. 아주."

하지만 사야카는 힘주어 말했다.

이 이야기는 여기까지만 하는 게 좋을 것 같다. 나는 어조를 바꾸어 화제를 돌렸다.

"어쨌든 이걸로 이 집안의 사정을 대충 파악했어. 이제 남은 건 유스케의 사인 그리고 유스케의 아버지와 할머니가 그 뒤 어떻게 됐나 하는 부분인데, 그건 공공기관에서 알아보는 게 가장 빠를 것 같지?"

"유스케의 아버지와 할머니……." 혼잣말처럼 중얼거리더니 사야카는 고개를 들어 나를 보았다. "역시 그분이 미쿠리야 부인이었던 거지?"

"앨범 사진 속 노부인? 그렇다고 봐야겠지."

"그 할머니가 돌아가신 건 내가 중학생 때니까, 십오 년 전쯤이야. 그때까지 할머니는 계속 여기 사신 걸까?"

"유스케의 방이 이십삼 년 전 그대로인 걸 보면 계속 살지는 않았을 것 같은데."

"유스케의 죽음을 계기로 집을 나갔다는 거야?"

"아마도. 어쩌면 요코하마로 이사했을지도 몰라."

"요코하마? 왜?"

"너희 부모님은 이 집을 나가 일단 요코하마로 갔잖아. 그러니까 미쿠리야 부인도 그러지 않았을까 하는 생각이 들어서. 유스케의 아버지는 어떻게 됐는지 모르지만."

"여기 살았을 리 없겠지." 사야카는 실내를 둘러보며 말했다. "여기 살았다면, 미쿠리야 씨와 유스케의 유품을 그냥 두지는 않았을 거야."

"전부 버렸겠지."

나는 그대로 팔을 베고 누웠다. 침대 커버의 쾨쾨한 냄새가 조금 거슬렸다. 하품이 나왔다.

사야카가 다가와 내 얼굴 바로 옆에 앉았다.

"유스케가 죽은 이유 말인데."

"나름대로 추리해본 거야?"

"그런 거창한 건 아니고, 그냥 생각난 게 있어서."

"뭐든 말해봐."

하지만 사야카는 좀처럼 입을 열지 않고 먼지 쌓인 침대 커버를 만지작거리기만 했다. 뭔가 갈등하는 것 같은 눈치라, 재촉하지 않고 말할 때까지 기다리기로 했다.

"어쩌면……." 이 분쯤 지나서야 사야카는 말문을 열었다. "살해됐을지도 몰라."

나는 벌떡 일어났다.

"누구한테?"

"물론 '녀석'…… 아버지에게. 달리 그럴 사람이 있어?"

"설마…… 아무리 학대했더라도 그랬을 리가."

"그런가. 처음부터 죽일 생각은 없었더라도 학대하다 죽였을
수도 있을 것 같은데." 사야카는 고개를 숙이더니 입가에 손을
올렸다. "나도 때때로 겁이 나거든. 이대로 미하루를 죽이는 게
아닐까 하고……."

팔짱을 끼고 한동안 생각에 잠겼다 그녀의 옆얼굴을 향해 말
했다.

"잠깐 눈 좀 붙일까?"

사야카가 살짝 고개를 들었다. 속눈썹이 젖어 있었다.

"오늘 하루 많은 사실을 알아냈어. 그만큼 지치기도 했고. 머
리를 좀 쉬게 해줘야 좋은 생각이 나지. 일단 여기까지 하고 나
머지는 날 밝으면 생각하자."

사야카는 손으로 눈두덩을 누른 뒤 머리칼을 넘겼다.

"미안. 못난 꼴만 보이고……."

"그런 건 신경 쓰지 마."

"넌 여기서 잘 거야?"

"그러려고. 먼지가 조금 많긴 한데, 바닥에서 자는 것보단 낫

겠지."

"그럼 난 1층 소파에서 잘게."

일어나는 사야카를 붙잡아야 할지 순간적으로 고민했다. 같이 침대에서 자자고 해야 할까. 하지만 그게 무슨 의미가 있을까.

망설임은 찰나에 불과했다.

"잘 자."

문으로 걸어가던 사야카는 순간 걸음을 멈추더니 뒤돌아보지 않은 채 대답했다.

"너도 잘 자."

"촛불은 끄고."

"그렇게."

"그리고……."

나는 망설이며 말했다.

"또 뭐?"

잠시 고민한 끝에 말을 이었다.

"화장실 가고 싶으면 깨워. 사양 말고."

사야카는 작게 미소 지었다.

"아마 괜찮을 거야."

"그럼 다행이고."

"잘 자."

문이 닫히자 촛불이 흔들렸다. 나는 촛불을 끄려고 침대에서 일어났다.

2

새벽까지 잠시 눈을 붙였다. 혹시나 일어나지 못 할까 봐 손목시계의 알람을 맞춰놨는데 울리기 전에 잠에서 깼다. 세 시간 남짓이었지만 머리는 무척 맑았다.

창문을 열고 밖을 내다보았다. 비는 완전히 그쳤고, 건너편 산중턱을 햇살이 비추고 있었다. 주변의 초원도 반짝거리며 빛났다. 오늘은 맑을 것 같았다.

실내가 어두운 건 바깥 빛이 들어오지 않기 때문이었다. 이 집은 정남향이나 동향으로 지은 줄 알았는데 그림자가 진 방향을 보아하니 남서향인 것 같았다.

"남서향이라……."

멍하니 먼 곳의 풍경을 바라보며 혼잣말을 중얼거렸다.

뭔가 마음에 걸렸다. 석연치 않은 뭔가가.

그 정체를 금방 알아채진 못했다. 이 집 창문 너머로 일출을 볼 수 있으리라 생각했는데 실상은 그렇지 않아서 의외라 여긴 건지도 모른다.

하지만 이내 그건 아니지 하고 생각을 고쳤다.

내가 이 집을 동향이라 생각한 건 나름대로 이유가 있어서였다. 근거도 없이 막연히 그런 믿음을 가졌을 리 없다.

침대에 방치된 유스케의 일기장을 집었다. 일기 속에 집의 향을 언급한 부분이 있던가. 하지만 페이지를 잠시 넘기다 보니 일기에서 읽은 게 아니라는 확신이 들었다. 그보다 훨씬 무심히 지나친 곳이다.

일기를 들고 실내를 돌아보았다. 초조함과도 같은 감정이 가슴속을 지배하기 시작했다. 이게 뭐라고 이렇게 신경이 쓰이는 걸까.

천체망원경이 눈에 들어왔다.

가까이 다가가 그 옆에 놓인 비품 상자를 열었다. 관측기록용지를 꺼냈다. 그곳에는 '7월 25일 새벽 수성 관측'이라고 적혀 있었다.

이거다. 이걸 보고 이 집이 동향이라고 생각한 것이다.

나는 다시 창가에 서서 주변 풍경과 태양의 위치를 확인했다. 가슴속 의문이 단순한 착각인지를 확인했다.

착각이 아니었다. 이 집은 다소 서향이다. 다른 건 몰라도 여기서 일출을 볼 수는 없다.

어떻게 된 일이지. 이 모순을 어떻게 해석해야 하지.

침대에 누워 마른세수를 했다. 기름이 묻어나 손바닥이 번들거렸다.

한동안 생각한 결과, 하나의 가설이 떠올랐다. 지금까지는 상상도 못 했던 가능성이었다. 하지만 그 가설이 여러 의문을 해소할 수 있으리라는 건 틀림없었다.

침대에서 일어나 서둘러 계단으로 향했다. 지하실로 가서 통로를 지나 밖으로 나왔다.

어젯밤 내린 비로 땅이 축축했다. 조심스레 걸음을 내디디며 건물 외벽을 따라 걸었다. 그것만으로도 가설을 뒷받침해줄 확신이 어느 정도 생겼다.

"이걸 왜 지금까지 몰랐지."

건물 주변을 한 바퀴 돌고 나서 나는 중얼거렸다.

안으로 들어오자 거실에서 자던 사야카도 일어나 커튼을 젖히고 있었다. "잘 잤어?" 내 얼굴을 본 사야카가 인사를 건넸다. "일찍 일어났네."

"이 집은 남서향이네."

느닷없는 발언에 사야카는 다소 당황했는지 "어?" 하고 미간을 찌푸렸다.

나는 창문을 가리켰다.

"아침인데 햇빛이 실내로 안 들어오잖아. 그러니까 조금 서향이라는 뜻이지."

사야카는 그제야 내가 무슨 소리를 하는지 알아챈 것 같았다. 창문 쪽을 힐끗 보더니 "그래, 그러네. 그런데 그게 왜?" 하고 물었다.

"이걸 봐."

나는 관측기록용지를 내밀었다.

하지만 사야카는 그것이 무엇을 의미하는지 모르는 듯 아리송한 표정이었다. 초등학생도 아는 내용이라 생각했는데, 어른은 쓸 일이 없으니 배운 지식도 썩히는 모양이다.

"수, 금, 지, 화, 목, 기억나지? 태양계 행성의 순서. 수성은 태양에 가장 가까운 위치에 있어. 그런 수성을 지구에서 관측하면 어떻게 될까?"

"어떻게 되는데?"

"반드시 태양 쪽을 봐야 해. 수성은 늘 태양 옆에 있으니까."

"아……."

"낮에도 수성을 관측할 수는 있어. 특수한 기기를 사용하면. 하지만 가정용 천체망원경으로는 태양빛 때문에 안 보이지. 그래서 해 뜰 무렵이나 해 질 녘, 태양빛이 약해졌을 때 관측하는 게 좋다고 해."

"여기에는 새벽이라고 적혀 있는데?"

사야카는 기록용지를 보며 말했다.

"맞아. 그러니 일출 시간에 관측했다고 봐야겠지. 말할 것도 없이 태양은 동쪽에서 뜨고."

"2층에서는 일출이 안 보여?"

"안 보여." 나는 고개를 저었다. "창문 밖으로 몸을 내밀어봤지만 안 보였어."

사야카의 눈이 휘둥그레졌다.

"그럼 어떻게 된 일이야?"

"나름대로 생각해봤는데, 가능성이 하나 있어. 들으면 너무 황당무계하다고 비웃을지도 모르지만……."

"안 그래. 말해봐."

"어려울 거 없어. 과거에는 동향이었던 거지."

"과거에는……?"

"기존에 있던 집을 새로 지은 거야."

생각지도 못한 소리를 들었다는 듯 사야카는 우두커니 선 채로 주변을 힐끗거렸다. 시선이 한 바퀴 돌아 다시 내 얼굴로 돌아왔다.

"새로 지었다니? 하지만 유스케의 일기에 그런 말은 한마디도 없었어."

"맞아. 그러니까 유스케가 죽고 나서 새로 지었겠지."

"이 집은 그렇게 오래되지 않았다는 거야?"

"우리 생각만큼은."

"하지만 대체 무엇 때문에? 일부러 새로 지어놓고 왜 아무도 살지 않는 건데?"

"그건 나도 의문이야. 하지만 새로 지은 거라면, 적어도 큰 의문 하나는 풀리지."

"그게 뭔데?"

"네 기억 속 수수께끼의 방 말이야." 나는 엄지손가락으로 부엌 쪽을 가리켰다. "초록색 커튼과 검은 꽃병이 있는 방이 왜 이 집에는 존재하지 않는가. 네 기억에는 분명히 존재하는데. 그 답은 네가 기억하는 집과 이 집은 다른 집이기 때문이지."

하지만 사야카는 말이 끝나자마자 고개를 저었다.

"그럴 리 없어. 내가 기억하는 집이 맞아. 틀림없어. 다른 집일 리가 없어."

"그럼 초록색 커튼과 검은 꽃병이 있던 방에 관한 기억은 포기할 거야? 그런 방은 존재하지 않았다고 단언할 수 있어?"

"그건……."

사야카는 고개를 숙였다.

"사실 이 집에 발을 들여놓았을 때부터 어떤 공통적인 인상이 계속 머리에서 떠나지 않았어. 그건 집을 사용하면서 진행되는 노후화 현상을 전혀 찾아볼 수 없다는 점이지."

사야카가 다시 고개를 들었다. 나는 그 얼굴을 바라보며 말을 이었다.

"이를테면 네가 지금 서 있는 양탄자. 분명 먼지투성이지만, 전혀라고 해도 좋을 만큼 사용감이 없어. 양탄자뿐 아니라 식탁 주변 바닥에도, 의자를 빼고 넣다 보면 생기기 마련인 긁힌 자국이 하나도 없더라고. 다른 데도 마찬가지야. 모두 새것 그대로, 시간만 흐른 느낌이야."

"그런 일이…… 하지만 사람이 생활한 흔적은 여기저기 남아 있잖아."

"과연 그럴까?"

"아니야? 유스케의 방을 봐, 부부 침실도 그렇고. 부엌에도 사용 흔적이 있잖아."

"그럼 묻겠는데, 불이 왜 안 켜진다고 생각해?"

"불? 형광등 말이야? 그야 전기가 끊겼으니까 그렇지."

"아니야. 전기가 끊긴 게 아니라, 애초에 전기가 들어온 적이 없는 거야."

내 말을 들은 사야카의 얼굴이 순간 무표정해졌지만 이내 서서히 놀라움이 번졌다.

"거짓말……."

"사실이야. 아까 확인해봤어. 못 믿겠으면 직접 볼래?"

그러겠노라고 대답하지는 않았다. 그저 고개를 가로저을 뿐이었다.

"전기 없이 어떻게 생활을……."

"생활할 수가 없지." 나는 그렇게 대답했다. "적어도 이 집의 설비를 봐서는, 전기 없이는 도저히 생활할 수 없는 환경이야. 그런데 전기는 들어온 적이 없지. 그렇다면 결론은 하나. 이 집에는 처음부터 아무도 살지 않았던 거야."

"왜 아무도 살지 않았는데?"

"모르겠어. 살지 않을 집이라면 짓지도 않았을 텐데……."

사야카는 다리에 힘이 풀린 듯 소파에 털썩 주저앉았다. 두 손으로 머리를 싸안고 다소 충혈된 눈으로 허공을 노려보았다.

"그런 일이 있을 수 있어? 그럼 그건 뭐야? 유스케의 책상에 그 애의 교과서와 노트가 펼쳐져 있었잖아. 부부 침실의 흔들의자에 짜다 만 스웨터는 또 뭐고. 그런 건 어떻게 설명할 건데?"

"누군가가 의도적으로 복원했다. 그렇게 생각하는 게 타당하지 않을까?"

"복원?"

"그래. 이를테면 이곳도 그래." 나는 거실을 둘러보았다. "이 거실은 네 기억 속 모습 그대로지?"

사야카는 고개를 끄덕였다.

"옛 집의 과거를 표현한, 말하자면 복제품 같은 거지. 무엇 때문에 이런 짓을 했는지는 전혀 짐작이 안 가지만."

"믿기지 않아……."

사야카는 허공을 쏘아보며 가늘게 몸을 떨었다.

나는 그 앞에 무릎을 꿇고 그녀의 손을 잡았다.

"수수께끼를 풀 열쇠는 네 기억 속에 있을 거야. 그 초록색 커튼과 검은 꽃병이 있는 방 말이야. 이 집 전체가 옛날의 어떤 집을 복원한 복제품이라면, 왜 그 방만 없을까? 그 이유를 알아내면 다른 의문점도 모두 풀릴 거야."

사야카는 한숨을 내쉬었다.

"결국 내가 기억해내지 않으면 아무것도 해결 안 된다는 거네. 그런데 생각이 안 나. 머릿속에 벽이 있어서 그 너머로 나아갈 수 없는 기분이야."

"그 벽에도 입구는 있을 거야. 입구를 열 방법도 반드시 찾을 수 있을 테고."

나는 자리에서 일어났다.

"어디 가?"

"사라진 방이 어떻게 됐는지 알아보려고."

3

여기에 분명 문이 있었다고 사야카가 주장하던 벽 앞에 서서 다시 생각에 잠겼다.

옛 집을 모방하면서도 방 하나를 완전히 없애버리는 구조를 취하려면 어떻게 해야 하지? 모퉁이 방이라면 그 부분을 삭제하면 될 테지만, 거실과 다다미방 사이에 있는 방을 제거하는 건 그리 쉽지 않은 일이다.

머릿속으로 집 전체의 평면도를 그리며 다다미방으로 들어갔다.

도코노마의 반대편, 그러니까 거실 쪽 벽에 벽장이 있었다. 폭은 1미터가 채 안 되는 작은 벽장이었는데 미닫이문과 같은 무늬의 문이 달려 있었다. 열어봤지만 안에는 아무것도 없었다. 아래위 칸막이도 없었다.

한 걸음 물러나 방 전체를 둘러보며 이상하다고 생각했다. 벽 전체의 폭이 280센티미터쯤 됐는데 그중 90센티미터쯤이 벽장이고 나머지는 튀어나와 있었다. 이건 뭐란 말인가? 이 벽 너머는 거실인데 그쪽 벽이 이만큼 들어가 있지는 않았다.

그 벽을 두드려봤다. 통통, 속이 빈 소리가 들렸다.

가슴이 뛰는 걸 느끼며 벽을 꼼꼼히 살펴봤다. 딱히 이상한 점은 없었기에 다음으로 다시 벽장 안을 보았다. 안쪽 베니어합판의 허리께쯤 오는 위치에 손으로 잡을 수 있는 크기의 나뭇조각 두 개가 못으로 고정되어 있었다. 그걸 잡고 앞뒤로 흔들었다. 고정되어 있지 않던 판이 소리를 내며 움직였다.

벽장 안에 들어가 두 손잡이를 잡고 앞으로 끌어당겼다. 판이 위로 움직이며 아랫부분에 틈새가 생겼다. 그대로 앞으로 당겨봤다. 판은 손쉽게 벽에서 떨어져 나왔다.

모습을 드러낸 공간에는 잡동사니들이 빼곡히 쌓여 있었다. 순간 유적을 발견한 고고학자의 기분을 느꼈다.

"손전등 좀 가져다줄래?"

나는 큰 소리로 외쳤다.

얼마 지나지 않아 사야카가 손전등을 들고 나타났다. 벽장 속에 있는 나와 비밀 창고를 보고는, 놀란 표정으로 우두커니 서 있었다.

"이게 다 뭐야?"

"지금부터 그걸 알아보려고."

손전등을 건네받으며 대답했다.

안에 있던 건 항아리와 식기, 금속제 장식품이었다. 모두 먼지를 뒤집어쓰고 있었다.

"원래 집에서 쓰던 물건일지도 몰라."

"잠깐, 나도 좀 보여줘."

사야카의 말에 나는 벽장에서 나왔다. 안으로 들어간 그녀는 바로 안쪽을 향해 손을 뻗었다. 이내 모습을 드러낸 건 길쭉한 모양의 검은 꽃병이었다. 거듭 이야기한, 사야카의 기억 속 방에 있던 물건이 틀림없었다.

꽃병을 든 채 사야카는 천천히 내 쪽을 보았다.

"역시 그 방은 존재했어."

"그 꽃병이 틀림없어?"

그녀는 다시 꽃병을 보았다. 손으로 먼지를 털어내자 하얀 꽃무늬가 나타났다.

"틀림없어." 고개를 끄덕인다. "낯이 익어."

"교대하자."

다시 내가 벽장에 들어갔다. 다른 물건을 살펴봤다. 알루미늄 케이스를 꺼내 열어보니, 망원경 모양으로 우레탄 쿠션이 깔려 있었다. 천체망원경 케이스였다. 2층에서 본 관측기록용지도 몇 장 들어 있었다.

"여기 좀 탄 것 같지 않아?"

옆에서 사야카가 말했다. 그 손에 들려 있던 건 다기를 넣어두는 나무 상자였다. 표면이 검었는데 착색된 게 아니라 그을린 것 같았다.

"그러네."

나는 다른 물건에도 그런 흔적이 있는지 살펴봤다. 오른손이 녹아버린 비닐 인형과 까맣게 그을린 나막신 같은 것도 있었다. 이 흔적들은 어떠한 사건을 말하고 있었다.

"화재야." 나는 고개를 끄덕였다. "그랬군. 이걸로 의문 하나가 또 풀렸어."

"무슨 소리야?"

"원래 집 말이야. 불이 나서 타버린 거야. 하지만 그 집에 깊은 애착을 가진 사람이 있어서, 불타버린 집의 복제품을 만들려고 했는지도 몰라."

"복원하면서 이 꽃병이 있던 방은 만들지 않은 거구나?"

꽃병을 든 채 사야카가 말했다.

"어쩌면 그 방에서 화재가 시작됐는지도 몰라. 그래서 더는 보기 싫었던 게 아닐까. 대신 이 비밀의 수납공간을 만들었어. 그리고 원래 집에서 간신히 건져낸 물건들을 넣어둔 거지. 그렇지 않을까?"

"화재……라."

사야카는 꽃병을 바라보며 아련한 표정을 지었다. 화재라는 단어를 듣고 뭔가 생각나는 게 있는 건지도 모른다.

"화재에 대해 부모님이 이야기하신 적 없어?"

"있는 것도 같은데." 사야카는 힘없이 고개를 저었다. "잊어버렸어."

그럴 법도 하다고 수긍하며 나는 원래 집의 유품을 뒤졌다. 이내 둥그런 자명종 시계를 발견했다. 금속 테두리는 녹슬었고 유리에도 흠집이 많았지만 문자판과 바늘은 건재했다.

그 시계는 11시 10분을 가리키고 있었다.

나는 사야카에게 시계를 내밀었다.

"이 시각의 의미를 이제야 알겠네. 불이 난 시간이었어."

사야카는 눈을 깜빡이며 한숨을 내쉬었다.

"그랬구나…… 하지만 왜 이 집의 시계를 전부 그 시각에 맞춰놓은 걸까?"

"그때까지 집이 존재했다는 뜻 아닐까. 11시 10분에는 모든 게 재로 변하고 있었어. 여기 있는 물건을 제외하고."

나는 손전등으로 비밀 공간을 비추었다.

그때 뭔가가 빛났다. 벽 안쪽, 내 키 정도의 높이였다.

일어나 그곳에 빛을 비추었다. 십자가였다. 지하실에 있던 것과 달리, 금속 장식이 달린 섬세한 십자가.

그 바로 옆에 문자가 새겨져 있었다. 먼지를 털어내니 글자를 읽을 수 있었다. 아마추어가 새겨놓은 듯 삐뚤삐뚤했다.

나는 사야카를 불러 십자가와 글자에 손전등을 비췄다.

"이걸 봐."

글자를 본 사야카의 얼굴이 순간 얼어붙었다.

그곳에는 '유스케 편히 잠들거라 2월 11일'이라고 새겨져 있었다.

4

"답이 하나 더 나왔네." 나는 손전등을 껐다. "유스케는 화재로 죽었어. 살해된 것도 자살한 것도 아니었어."

"그 방에서 죽은 걸까?" 사야카는 그렇게 말하며 꽃병을 내밀었다. "이 꽃병이 있던 방에서······."

"그렇다고 봐야겠지."

나는 눈을 감으며 천천히 숨을 들이마신 뒤, 다시 내쉬며 눈을 떴다.

"그래서 불길한 기억이 남은 그 방만 복원하지 않은 게 아닐까."

"십자가를 여기 달아놓은 것도 그래서였구나." 그렇게 말하며 사야카는 돌아봤다. "유스케가 여기 잠들어 있다는 뜻으로."

"편히 잠들거라……."

그렇게 대답한 순간 머릿속에서 뭔가가 번뜩였다. 이 집의 의미를 알 것 같았다.

"어쩌면 이 집은…… 그게 아닐까."

"그거? 그게 뭐야?"

사야카가 불안한 눈빛으로 말했다.

하지만 나는 대답하지 않고 생각을 정리하며 다다미방을 이리저리 돌아다녔다. 지금까지 마음에 걸렸던 사소한 건들, 크게 의미 두지 않았던 일들이 일제히 뇌리에 되살아났다. 그것들을 하나씩 머릿속에서 검증하며 지금까지의 추리와 모순되지 않는지를 확인했다.

"일기는?" 나는 걸음을 멈추고 물었다. "일기장을 어디 뒀지?"

"어젯밤에 네가 가져가서 봤잖아. 2층 부부 침실에 있는 거 아냐?"

나는 밖으로 나가 계단으로 달려갔다. 사야카도 뒤를 따랐다.

하지만 계단을 오르기 전에 나는 현관에서 걸음을 멈췄다. 내 눈을 사로잡은 건 신발장 위에 걸려 있는 그림 액자였다. 어느 항구를 그린 풍경화였다.

"왜? 또 왜 그래?"

사야카가 내 옷자락을 잡으며 물었다.

"이 그림을 보고도 알아채지 못했다니. 정말 멍청하기 짝이 없군."

나는 그림을 가리키며 대꾸했다.

"이 그림이 어쨌는데?"

"금방 설명할게. 그 전에 일기 좀 보고."

나는 계단을 올라갔다.

부부 침실에 있던 유스케의 일기를 펼쳤다. 앞부분, 아직 유스케가 한자를 거의 쓰지 않던 무렵의 일기를 봐야 했다.

"역시 그랬어." 그 부분을 훑어보며 말했다. "이걸로 모두 설명할 수 있겠어. 좋아, 다시 아래층으로 내려가자."

사야카의 등을 살며시 밀었다.

현관으로 내려가 나는 벽에 걸린 그림을 다시 가리켰다.

"이 그림, 뭔가 이상하지 않아?"

내 물음에 사야카는 한동안 생각에 잠겼지만 결국 고개를 저었다.

"딱히 이상하지는 않은 것 같은데 뭔가 이상한 구석이 있어?"

"이 그림 자체는 이상할 건 없어. 문제는 이 집 현관에 걸어놓았다는 거지. 집은 이런 산속에 있는데 항구 그림이라니, 뭔가 위화감이 들잖아."

그렇게 말하자 사야카는 살짝 고개를 갸웃하며 다시 그림을 바라보았다.

"듣고 보니 그렇긴 한데, 어떤 그림을 걸든 개인의 자유잖아."

"그건 그래. 하지만 난 부자연스럽다고 생각했어. 그리고 하나 더, 이 부분을 읽어봐."

나는 들고 있던 유스케의 일기를 펼쳐 사야카에게 내밀었다. 그 페이지에는 다음과 같이 적혀 있었다.

<u>5월 12일 흐린 뒤 맑음.</u> 오늘은 너무 더웠다. 친구들도 덥다고 했다. 청소하고 손을 씻을 때 발도 씻었더니 시원했다. 다들 바다에 가고 싶다고 했다. 나는 수영하는 게 좋다. 집에 왔더니 엄마도 반팔을 입고 있었다.

사야카가 고개를 들기 기다렸다 "이상하지?" 하고 동의를 구했다. "처음 읽었을 때 뭐지? 했어. 하지만 그냥 지나쳤지. 그게 헛발질의 시작이었어."

하지만 사야카는 석연치 않은 표정이었다. 나는 일기 윗부분을 가리켰다.

"친구들이 모두 날씨가 더워서 바다에 가고 싶다고 하는 상황이 이상하지 않아? 물론 평범한 아이들의 말이라면 이해가 안 가진 않지. 하지만 만일 이곳에, 이 나가노 산중에 살고 있는 아이들이라면 바다에 가고 싶다는 말이 이상하잖아. 근처에 마쓰바라 호수가 있는데."

"아……."

사야카는 놀란 듯 입을 벌렸다.

"이제 내가 무슨 말을 하고 싶은지 알겠지?" 나는 일기장을 덮었다. "이 집은 단순히 새로 지은 게 아냐. 원래 집은, 이곳이 아니라 다른 곳에 있었지."

"그곳은……."

"이제 와서 말할 필요도 없지. 너희 가족이 지금 집으로 이사하기 전에 살던 집, 요코하마야. 이 그림은 아마 요코하마의 항구 풍경을 그린 거겠지."

"요코하마에 있던 집을 이런 데 복원했다는 거야?"

"그렇다고 봐야겠지."

"왜 그런 짓을 하지? 무엇 때문에 이렇게 먼 곳에……."

어떻게 설명할지 생각하며 무의식적으로 턱을 쓸었다. 까끌까끌한 수염이 손바닥을 찔렀다. 이 집에서는 면도도 할 수 없을 텐데.

"크노소스 궁전이라고 알아?"

잠시 생각한 끝에 먼저 이 이야기를 꺼냈다.

모른다는 대답 대신 사야카는 고개를 저었다. 왜 이런 이야기를 하느냐고 의아해하는 게 눈썹 움직임에서 느껴졌다.

"크레타 문명의 대표적인 건축물이야. 그 안에 고고학자들을 괴롭힌 방이 있어. 일견 왕이 쓰던 방 같기도 했지만, 그렇다고 하기에는 납득이 가지 않는 부분이 많았지. 이를테면 배수시설. 비슷한 시설은 있었지만, 도중에 끊겨 있어서 실제로 사용할 수는 없었거든. 그리고 방을 만든 재료. 가공하기는 쉽지만, 그만큼 마모되기 쉬운 재질의 돌을 계단을 만드는 데 사용했어. 게다가 그 계단에 사람이 지나다니며 생기는 마모 흔적은 전혀 발견되지 않았고. 대체 이 방은 무엇일까. 모두 의아해했지."

"뭐였어?"

"학자들이 머리를 짜낸 결과, 드디어 하나의 답에 도달했어. 정답은 무덤이야."

나는 계속해서 말을 이었다.

"망자가 저승에 가서 생활하는 방, 유령을 위한 공간, 요컨대 무덤이었지."

사야카의 얼굴에서 핏기가 가셨다. 두 손으로 가슴을 누르며 불안에 찬 눈으로 주위를 둘러보았다. 그 얼굴은 살짝 일그러져 있었다.

"이 집이 그렇다고? 무덤……?"

"그렇게 생각하면 앞뒤가 맞지. 전기가 들어오지 않은 것도, 사람이 산 흔적이 없는 것도. 아마 수도도 처음부터 개통하지 않았을 거야. 이 집은 어디까지나 복제에 불과하고 사람이 살기 위한 용도가 아니었으니까."

"그런 일이…… 이렇게 물건이 많은데?"

"하지만 중요한 것은 모두 누락되어 있는 것도 사실이잖아. 그리고 유스케와 게이치로라는, 죽은 두 사람의 물건이 마치 살아서 생활하는 것처럼 남겨져 있는 게 부자연스럽지 않아? 만일 이 집이 산 사람을 위한 공간이었다면 진작 정리하고도 남았을 텐데. 이 집은 망자들이 살기 위한 곳이야. 저 기둥의 표시를 봤지? 저건 유스케가 저세상에서 성장했을 걸 상상하며 낸 표시야."

스스로 말하고도 으스스한 느낌에 등골이 오싹해졌다.

"하지만 이런 집을 일부러 지어서 무덤으로 삼다니……."

"아니, 그렇게 큰 비용이 들지는 않았을 거야. 땅값은 얼마 안할 테고, 전기, 가스, 수도도 안 놨으니까. 그야말로 짓기만 한 거지. 그렇기 때문에 이런 곳을 택했을 거야. 이곳이라면 남의 눈에도 안 띄니까. 하지만 품은 들었겠지. 특히 공들인 건 유스케의 책장에 꽂힌 책이야. 증기기관차에 관한 잡지와 서적이 쭉 늘어서 있는데, 생전의 방을 재현하기 위해 일부러 헌책방을 뒤져서 구한 책일 거야. 실제로 유스케가 수집한 책은 불이 났을 때

대부분 타버렸을 테니까."

"그래서 헌책이 그렇게 많았구나." 사야카는 이렇게 말하면서 손을 내려다봤다. "그 일기장은 다행히 안 탔네."

"이거?" 나는 가지고 있던 일기를 뚫어져라 들여다봤다. "책장이 아니라 어디 다른 곳에 엄중히 보관했던 걸지도 몰라. 그래서 무사할 수 있었겠지."

"뭔가 아이러니하네."

"그러게."

아마 불길을 피한 물건은 그리 많지 않았으리라. 벽장 속 비밀 공간에 있던 물건 정도일까. 천체망원경은 두랄루민항공기, 로켓의 구조재 등에 쓰이는 알루미늄 합금 케이스에 담겨 있어서 무사했던 건지도 모른다.

"네 말이 맞다면, 대체 누가 이 집을 지었을까?"

"생각해볼 수 있는 건 두 사람, 유스케의 아버지 혹은 할머니. 아들을 학대한 남자가 그 자식을 공양하기 위해 지었다고 보긴 어렵지만 죽고 나서 비로소 아버지로서 자각하는 것도 있을 수 없지 않겠지."

사야카는 손을 뺨에 가져갔다.

"그렇다면 우리 아버지는 무얼 한 걸까? 아빠는 정기적으로 왜 온 거지?"

"이 집이 무덤이면 찾아올 이유는 하나뿐이지." 나는 사야카를 보았다. 그녀에게 대답할 의사가 없음을 확인하고 나서 말을 이었다. "성묘."

"유스케의?"

"그랬겠지."

"냉장고에 주스가 있었잖아. 아빠가 싫어하는 가공육 통조림도."

"아마 유스케가 좋아하던 음식이었겠지." 나는 조용히 말했다. "무덤 앞에는 망자가 생전에 좋아하던 걸 올리는 법이잖아."

사야카는 고개를 숙인 채 침묵했다. 쎅쎅 소리가 들렸다. 그것이 그녀의 코에서 새어나오는 숨소리임을 깨닫기까지 조금 시간이 걸렸다.

"현관문이 고정되어 있었잖아."

고개를 들고 사야카가 말했다.

"무덤 도굴꾼을 피하기 위해서겠지." 나는 그렇게 대답했다. "도둑은 별장이라 생각하고 침입하려 했겠지만."

"그랬구나……." 사야카는 벽에 기대며 말을 이었다. "어제부터 우린 무덤 안에 있는 거였어."

"기분 나빠?"

"조금. 하지만……." 천장을 올려다보았다. "그보다는 슬퍼. 이집을 만든 사람의 마음을 헤아리면."

"나도 그래."

우리는 거실로 돌아왔다. 이곳이 무덤 속이라 생각하니 그때까지는 단순히 먼지에 뒤덮인 물건으로만 보였던 소파나 장식품들이 갑자기 위엄 있게 보이는 게 희한했다.

"꼭 〈인디아나 존스〉 같네."

"동감이야." 나도 동의했다. 사야카와 함께 본 영화였다.

"이곳이 무덤이라면 시신도 이곳에 잠들어 있을까?"

"그건 아닐 거야. 시신을 처분하려면 정해진 절차가 필요하니까." 그렇게 말하며 고개를 갸웃거렸다. "그래도 혹시 또 모르지."

"그렇지." 사야카가 말했다. "이런 무덤을 만들 정도니까."

"맞아."

"만일 이곳에 묻었다면 그 비밀 벽장 아래가 아닐까."

"그럴지도 몰라. 십자가도 걸어놓았잖아." 그렇게 말하며 나는 또 하나의 사소한 의문을 떠올렸다. "지하실에도 십자가가 있었지. 그건 대체 뭘까?"

"무덤 입구라서?"

"그럴 수도 있고."

하지만 왠지 다른 이유가 있을 것 같아서 손전등을 들고 일어났다. 사야카는 따라오지 않았다.

지하실로 내려가서 십자가를 다시 관찰했다. 나뭇조각으로 만들어진 어설픈 것이었다. 왜 더 번듯한 십자가를 걸어놓지 않은 걸까.

손전등으로 그 주변을 비춰봤다. 그러던 중에 천장에 가까운 부분에 있는 긁힌 자국 같은 것이 눈에 들어왔다. 콘크리트에 칼로 상처를 낸 것 같았다.

주머니에서 손수건을 꺼내 표면의 얼룩을 닦았다. 혹시나 했던 예감이 들어맞았다. 그 역시 문자였다.

5

계단을 내려오는 발소리를 듣고 벽에서 떨어졌다.

"뭐 찾았어?" 사야카가 물었다. "안 올라오길래 무슨 일인가 해서."

"재미있는 걸 찾았어." 손전등을 가랑이에 끼우고 두 손을 털었다. "대단한 발견은 아니지만."

"십자가를 살펴본다고 했잖아. 뭔가 알아냈어?"

"응. 역시 여기에도 문자가 새겨져 있었어."

나는 그곳을 손전등으로 비췄다. '편히 잠들거라 2월 11일.' 콘크리트 벽에 새겨진 글자였다.

"저쪽 십자가 옆에 적혀 있던 말이랑 같네."

"그렇지?"

"그런데 이건 뭐지?" 사야카가 가리킨 건 '편히 잠들거라'라는

261

문장 위쪽이었다. "뭔가 긁어낸 것 같은데?"

"그냥 흠집 아냐?"

"아냐. 자세히 봐."

사야카의 말에 나도 다시 벽에 얼굴을 들이댔다.

"이상하지? 여기도 뭔가 문자가 새겨져 있던 것 같은데 지워 버린 것 같아. 그렇지 않아?"

"그런 것 같기도 하고." 나는 수긍했다. "하지만 그냥 잘못 써서 지운 게 아닐까."

"그건 그런데……." 사야카는 미련이 남은 듯 그 부분을 뚫어져라 바라봤다. "뭘 어떻게 잘못 쓴다는 거야? '편히 잠들거라'라고만 쓰면 되는데."

나는 사야카에게서 조금 떨어져 침묵했다. 지금 상황에서 그녀가 가진 의문을 적당한 말로 마무리 지으려 하는 건 좋은 방법이 아닌 것 같았다.

사야카가 두 어깨를 축 늘어뜨리더니 나를 보며 겸연쩍게 웃었다.

"모르겠네. 네 말처럼 그냥 잘못 써서 지운 것 같기도 하고."

"우선 알아낸 것부터 처리하는 게 좋을 것 같아."

"그러자."

계단으로 걸어가는 사야카를 따라 나도 걸음을 옮겼다.

"오늘은 여기까지 하고 도쿄로 올라가는 게 어때?" 거실로 돌아와서 나는 그렇게 제안했다. "이 집의 내력과 너희 아버지가 여기 드나드신 이유도 알아냈어. 네가 어릴 적 무엇을 보았는지도 대충 알아냈고. 목적은 거의 달성했다고 봐도 무방하잖아."

"난 아직 기억을 못 찾았어."

"그건 아는데, 여기 더 있는다고 해결될 것 같지도 않잖아. 미쿠리야 가족에 대한 것도 여기보다 요코하마에서 알아보는 게 확실한 정보를 얻을 수 있을걸."

하지만 사야카는 대답 없이 피아노로 다가갔다. 뚜껑을 열고 건반 하나를 꾹 눌렀다. 습한 소리가 울려 퍼졌다. 음감에는 일말의 자신도 없었지만, 그것이 원래 음이 아니라는 건 알 수 있었다.

"이렇게 피아노를 쳤었어. 아주 오래전, 먼 옛날에." 사야카는 주변을 둘러보며 말했다. "이 방에서. 틀림없어."

"이 집의 원형이 된 집에서, 아냐?"

내 말에 사야카는 희미하게 웃었다.

"맞아. 이 집의 원형이 된 집에서."

"그 집에 넌 자주 놀러 갔구나. 이곳과 똑같은 거실에도 여러 번 들어갔겠지. 그래서 거기 있던 피아노를 놀이 삼아 쳤을 수도 있을 테고."

"놀이 삼아……."

사야카는 의자를 가져다 피아노 앞에 앉았다. 그리고 금방이라도 연주를 시작할 것 같은 분위기를 온몸으로 풍겼다. 사야카가 피아노를 칠 줄 안다는 이야기는 들어본 적이 없었다.

"왠지 칠 수 있을 것 같았어. 어처구니없다고 생각할지도 모르지만 정말 그런 기분이 들었거든. 그런데 어떤 식으로 손가락을 움직여야 할지 전혀 모르겠어."

"여자들은 대부분 피아노를 치고 싶어하는 것 같던데."

"그게 아니라, 뭐라고 해야 하지. 마음에 와 닿는 게 있어."

사야카는 답답한 듯 무릎을 쳤다. 하지만 이런 심정을 여기서 토로한들 부질없다고 생각했는지 이내 한숨을 쉬더니 말을 이었다.

"난 안 가. 조금 더 있을래."

"하지만 살펴볼 만한 곳은 전부 살펴봤잖아."

"아직 더 있지 않을까. 금고도 남아 있잖아."

"금고……." 이번에는 내가 한숨을 내쉴 차례였다. "비밀번호를 모르는데 어떻게 열겠어."

"번호가 어떤 조합인데? 몇 자리 숫자인지 알아?"

"두 자리 숫자를 여러 쌍 조합하면 돼. 다이얼을 돌리는 방향도 정해져 있고, 무턱대고 아무 번호나 넣는다고 열 수 있는 것도 아냐."

"그렇게 복잡한 숫자라면 어디다 기록해두지 않았을까?"

"나도 그렇게 생각하고 찾아봤는데, 없었어."

"숫자······." 사야카는 피아노 쪽으로 몸을 돌려 뚜껑을 닫았다. "아무튼 난 조금 더 있을래."

말투는 온화했지만 결심이 흔들릴 일은 없을 것 같았다.

"알았어. 일단 뭐라도 먹으러 가자. 배 안 고파?"

"고픈지 아닌지 잘 모르겠어. 너 혼자 다녀와. 난 여기 있을게. 지금 밖에 나가버리면, 기껏 마음에 와 닿은 뭔가가 다시 멀어질 것 같아."

"그럼 나가서 먹을 것 좀 사 올게. 샌드위치만 먹으면 물리니까 주먹밥하고 차 사 올게."

"그래, 부탁해."

사야카는 관심 없는 목소리로 대답했다. 사라진 기억을 좇는 데 온 정신이 팔린 것 같았다.

나는 혼자 호숫가로 향했다. 운전하면서 이곳을 찾은 게 과연 잘한 일인지 생각했다. 실패한 시도라는 생각이 머릿속을 지배하기 시작했다. 많은 수수께끼를 풀었지만, 그것들이 조금이라도 사야카에게 도움이 되었을까를 따져보면 솔직히 의문이었다. 오히려 그녀에게 상처가 되는 결과를 불러오지 않을까. 그게 두려웠다. 사야카 자신은 알아채지 못했겠지만 그 가능성이 무척 컸다.

어젯밤 들른 편의점은 다행히 이미 영업중이었다. 나는 주먹밥 몇 개와 샐러드, 페트병에 든 녹차 두 개를 샀다. 여분은 사지 않기로 했다. 어떻게든 이걸 그 집에서의 마지막 식사로 하고 싶었다.

돌아오는 길에 마쓰바라 호수 옆을 지났다. 일요일이라 관광객들이 많아서 그런지, 호숫가의 상점가는 어제보다 활기가 넘치는 것 같았다.

집으로 돌아와 음식을 들고 거실로 갔지만, 사야카의 모습은 보이지 않았다. 다다미방을 둘러본 뒤 계단 쪽으로 갔다.

사야카는 2층 부부 침실에 있었다. 흔들의자에 앉아 멍하니 창밖을 바라보고 있었다. 발소리를 들었는지 고개를 돌려 나를 보았다.

"너 올 때까지 기다렸어."

사야카는 그렇게 말했다.

"기다렸다고? 뭘?"

"보는 걸."

"본다고?"

"금고 안을."

담담한 목소리였다.

"금고?" 나는 옷장을 들여다보았다. 그토록 나를 괴롭혔던 금고문이 활짝 열려 있었다. 숨을 삼키며 사야카를 보았다. "어떻게 열었어?"

"비밀번호로."

사야카는 다이얼을 돌리는 시늉을 했다.

"번호를 알아냈어?"

그녀가 고개를 끄덕이며 말했다.

"어. 이 집에 있는 숫자는 뻔하잖아. 2월 11일, 11시 10분. 02, 11, 11, 10이야."

"그걸로 열었어?"

"응."

딱히 우쭐해하는 기색 없이 사야카는 그렇게 대답했다.

"하아…… 왜 바보처럼 그렇게 애를 먹은 건지."

"그보다……." 사야카는 의자에서 일어나 가까이 다가왔다. "안에 들어 있는 걸 꺼내보자."

"아직 안 봤어?"

"안 봤어." 그렇게 대답하더니 한눈에도 억지웃음인 줄 알겠는 표정을 지었다. "웬지 무서워서. 그래서 너 올 때까지 기다렸어."

속으로 무서운 건 나도 마찬가지라고 말하면서 나는 손을 뻗었다.

안에 들어 있던 건 A4 크기의 회색 봉투였다. 두께를 보아하니 안에 든 게 종이만은 아닌 것 같았다.

봉투 겉에는 검은 매직으로 '미쿠리야 후지코 님께'라고 적혀 있었다. 미쿠리야 게이치로의 아내, 유스케의 할머니가 되는 인물이다. 그리고 뒷면에는 가나가와 현경 오구라 소하치라는 이름이 적혀 있었다.

"경찰이네……."

"뭐가 들었어?"

사야카의 재촉에 나는 봉투를 열었다. 편지지 두 장과 파란 장갑이 나왔다. 장갑은 어린이용이었다.

"이 장갑, 일기에 나오는 장갑이야." 사야카가 말했다. "분명 1월이었어. 엄마가 떠준 하늘색 장갑을 처음으로 꼈다고 했어."

나는 그 장갑을 손바닥 위에 올려놨다. 엄지손가락과 집게손가락이 불에 타 사라져 있었다.

6

편지지에는 봉투와 같은 필적으로 다음과 같은 내용이 적혀 있었다.

오랫동안 보관해온 물건을 돌려드립니다. 유스케 군의 유품이라 할 수 있는 물건이라 마음이 편치 않으셨을 테지만, 수사를 위해서였으니 부디 양해 부탁드립니다.

어제 서내에서 최종 보고가 올라갔습니다. 결론부터 말씀드리자면, 이번 화재는 부주의로 인한 사고로 마무리될 것 같습니다. 발화 지점은 1층 중앙에 있는 마사카즈 씨의 서재로 추정됩니다. 공기가 건조해지기 쉬운 요즈음, 비슷한 화재가 빈발하고 있는 건 부인도 아시리라 생각됩니다.

하지만 감히 말씀드립니다만 저 개인적으로는 이 결론에 납득하지 않았습니다. 몇몇 의문은 여전히 마음속에 남아 있습니다. 그중에서도 찜찜한 건, 서재에서 기름 한 말이 담긴 통이 발견된 사실입니다.

이에 대해 부인께서는 이렇게 말씀하셨죠.

마사카즈 씨는 난로에 넣을 기름을 일부러 지하실까지 가지러 내려가는 게 귀찮다며 항상 기름통을 방에 하나 구비해두었다고.

같은 증언을, 예전에 가정부로 일했던 구라하시 다미코 씨도 했습니다.

하지만 저는 석연치 않습니다. 화재 현장을 보아하니, 마사카즈 씨의 서재는 고급 가구나 장식품이 놓여 있던 중후하고 세련된 방이었던 것으로 추정됩니다. 그런 방 한구석에 기름통을 놓아둔다는 게 상식적으로 이해가 가지 않았습니다.

솔직히 저는 지금도 처음 느꼈던 직감을 믿고 있습니다. 부인이 격노하셨던 불길한 상상, 네, 그 화재는 부자 동반자살의 결과가 아니었을까요.

현장에서 발견된 유스케의 장갑이 저의 추리를 뒷받침해주는 것 같았습니다. 보관했던 장갑에는, 손가락 첫 번째 관절과 두 번째 관절 사이에 갈색의 가느다란 자국이 또렷하게 남아 있었습니다. 그것은 명백히 녹이었습니다. 왜 장갑에 녹이 묻었을까요. 다양한 가능성을 검토한 결과, 기름통을 운반했기 때문이라는 추측이 가장 유력하다고 판단했습니다. 기름통에는 가느다란 금속 손잡이가 달려 있었는데, 그것이 녹슨 상태였다면 장갑을 끼고 통을 들었을 때 거의 같은 위치에 흔적이 남습니다.

그래서 그 장갑을 가져간 겁니다.

하지만 감식 결과, 그 장갑이 기름통을 운반하는 데 쓰였는지 단정할 수 없다는 결론이 나왔습니다. 단정할 수 없는 이상, 아무런 증거능력을 가지지 못한다는 건 부인도 잘 아실 테지요.

그 밖에도 단순한 화재라 하기에는 미심쩍은 점이 여럿 존재했습니다만 모두 결정적 증거는 아니어서 부자 동반자살설을 강하게 주장할 근거는 되지 못했습니다.

마음에 걸리는 점은 많습니다만 이 사건에서는 이제 손을 떼기로 했습니다. 실은 다른 큰 사건이 발생한 까닭에 그쪽에 힘을 쏟아야 하는 상황이 되었습니다.

앞으로 뵐 일이 없을지도 모르겠습니다. 건강에 유념하시고 하루라도 빨리 슬픔에서 벗어나시기를 빕니다.

서명 뒤에 추신이 있었다.

추신: 최근 기묘한 제보가 들어왔습니다. 2월 11일, 즉 사건이 발생한 날에 부인 일행을 동물원에서 봤다는 것입니다. 시간적으로 불가능했고, 부인께서는 혼자 장을 보러 갔다고 하셨으니 말이 안 맞습니다. 제보자에게도 그렇게 설명했습니다만, 그다지 납득한 것 같지 않았습니다. 세상에는 무연한 남남끼리 꼭 닮은 경우가 있다더니 정말 그런 모양입니다.

끝까지 읽은 나는 사야카에게 편지를 건넸다. 그녀 역시 뚫어져라 읽기 시작했다. 그동안 나는 함께 들어 있던 장갑을 살펴보았다. 편지에서 오구라 형사가 말한 대로 손가락에 갈색 자국이 남아 있었다.

"이럴 수가."

나도 모르게 그런 말이 튀어나왔다. 역시 유스케의 죽음에는 복잡하고 추악한 인간관계가 얽혀 있던 건가.

"동반자살……." 사야카가 중얼거렸다. "화재는 역시 단순 사고가 아니었던 거야?"

"단언할 수는 없지만. 그 사람의 추리일 뿐이라잖아."

"하지만 미심쩍은 점이 많다고 하잖아. 그 장갑도……."

그렇게 말하며 사야카는 내 손을 보았다.

"하긴 기름통이 서재에서 발견됐다는 건 이상해. 원칙적으로는 경찰도 더 꼼꼼하게 조사했을 거야."

이 미묘한 표현에 사야카도 뭔가 걸리는 게 있는 모양인지 곧바로 되물었다.

"원칙적으로는?"

"미쿠리야 게이치로는 법조인이었어. 당연히 경찰에도 인맥이 있었겠지. 그 때문에 경찰에서도 깊이 추궁하지 못했을 가능성이 커. 집요하게 들쑤시고 다니지 말라고 미쿠리야 부인이 경찰 윗선에 요청했다면 더욱더."

"미쿠리야 부인은 동반자살이었다는 사실을 알면서도 진실을 숨기려 했던 거야?"

"그럴 수 있어. 거꾸로 보면, 적극적이지 않았던 경찰의 수사가 단순한 화재가 아니었다는 점을 말해주는 셈이지."

사야카는 다시 편지를 보더니 이내 고개를 들었다.

"그게 사실이라면 동반자살을 시도한 건 누구지? 마사카즈라는 유스케의 아버지? 아니면……?"

"이 형사는 유스케라고 추리한 것 같은데."

그 답은 사야카도 알고 있었는지 놀란 기색은 보이지 않았다. 오히려 역시나 하는 낙담한 표정이 떠올랐다.

"기름통을…… 운반한 게 유스케라면 당연히 그렇겠지."

"화재가 일어난 건 오전 11시경, 게다가 2월 11일은 휴일이야. 어쩌면 미쿠리야 마사카즈는 자고 있었을지도 몰라. 술을 좋아했다니 숙취로 곯아떨어졌을지도 모르지. 유스케가 동반자살을 하려던 거였다면 둘도 없는 조건이었겠지."

"어떻게 실행했을까?"

겁에 질린 눈으로 사야카가 물었다.

"그거야 뭐, 정통적인 방법이겠지. 상대가 잠든 사이에 기름을 뿌리고 불을 질렀겠지. 어렵지 않잖아. 어린애도 가능한 일이지."

"그러고는 어떻게 하고? 불 속으로 뛰어들어?"

"그랬겠지."

그 대답에 사야카는 말없이 뚫어져라 내 눈을 보았다. 과연 그럴까 하는 눈빛이었다. "아니야?" 하고 나는 되물었다.

"그럴 수가 있을까." 사야카는 고개를 갸웃했다. "그런 끔찍한 짓을."

"당시 유스케가 아버지 때문에 괴로워했던 건 일기만 봐도 잘 알잖아. 인간이란 궁지에 몰리면 믿기 힘든 일도 벌이는 법이야."

"그건 나도 아는데……."

사야카는 뺨에 한 손을 대고 살짝 고개를 갸웃했다. 석연치 않은 눈치였다.

나는 장갑을 다시 봉투에 넣었다.

"어찌 됐든 더 많은 사실은 확인할 수 없을 것 같네. 유스케가 동반자살할 작정으로 불을 질렀다는 것도, 이 형사 말대로 추리일 뿐이고."

"맞아." 작은 소리로 대답하더니 사야카는 편지를 다시 훑어보았다. 다음으로 그녀의 관심을 끈 건 마지막 부분이었다. "이 추신 말인데…… 무슨 말일까?"

"뭐긴 뭐겠어. 닮은 사람을 봤다는 거지."

"하지만 그런 별거 아닌 이야기를 이 사람은 왜 굳이 추신으로 달아놓은 거지?"

"본인 딴에는 편지를 원만하게 마무리하려고 했나 보지."

"아닌 것 같은데." 사야카는 고개를 저었다. "그리고 그런 제보가 있었다는 것 자체가 이상하지 않아?"

"왜?"

"왜냐면……." 말문을 떼더니 사야카는 입술을 핥았다. 그러면서 생각을 정리하는 것 같았다. 머릿속 생각이 정리되었는지 말을 이었다. "불이 난 날에 그 관계자의 모습을 보았다고, 일부러 경찰에 제보하는 건 좀 이상하지 않아? 그때 미쿠리야 부인이 어디에 있었는지 화재와는 아무 상관도 없는데. 부인이 방화 혐의를 받고 있고 알리바이를 증명하기 위해서라면 이해가 가지만, 내용을 읽어보면 그런 상황도 아니었잖아."

그 말에 나는 추신을 다시 읽어보았다. 사야카의 말도 일리가 있었다.

"그렇지? 이상하지?"

사야카는 내 얼굴을 들여다보며 물었다.

"잘 모르겠네." 나는 신중하게 대답했다. "어떤 사건이 일어나면 누가 봐도 상관없는 일인데도 일부러 경찰에 제보하는 사람이 한둘이 아니라잖아. 이 제보자도 그런 사람일 수도 있고. 그 사실을 형사가 추신에 적은 것도 별다른 의미는 없지 않을까."

"그럴까?"

"넌 어떻게 생각하는데?"

나는 사야카에게 되물었다. 그녀는 창밖으로 고개를 돌리더니 오른손 엄지손가락을 깨물었다. 그러더니 삼십 초쯤 뭔가 생각에 잠겨 있었다.

"동물원……."

"어?" 사야카의 혼잣말에 나는 물었다. "뭐라고?"

사야카는 나를 보며 말했다.

"동물원이라는 말이 마음에 걸려. 불이 난 날에 동물원에 갔다…… 화재와 동물원……." 그리고 두 뺨을 손으로 감쌌다. 시선은 허공의 한 점에 고정되어 있었다. "상관없지 않아. 이 두 사실은 연결되어 있어. 그런 느낌이 들어."

나는 억지웃음을 지으며 그녀의 어깨에 손을 올렸다.

"피곤한 거 아냐? 그래서 별거 아닌 일까지 괜히 신경 쓰이는 거고. 별 뜻 없는 일에서 의미를 찾으려는 거지."

"아냐. 정말 뭔가 떠오를 것 같단 말이야."

그렇게 말하더니 사야카는 연신 동물원, 동물원, 하고 되뇌었다. 그것이 기억을 되찾는 주문이라고 믿는 것처럼.

"일단 뭘 좀 먹자. 기분 전환하는 게 좋겠어."

"미안한데, 좀 가만히 있어봐."

사야카는 그때까지와는 180도 다른 강한 어조로 그렇게 말했다. 그 말에 놀란 나는 들고 있던 봉투를 떨어뜨렸다. 그 소리가 생각에 몰두하던 그녀를 내 앞으로 돌아오게 했는지, 사야카는 방금 내뱉은 말을 부끄러워하듯 쓴웃음을 지었다.

"미안. 고마워하지는 못할망정······."

"그건 상관없는데, 너무 신경을 곤두세우는 것도 안 좋지 않을까 싶어."

"네 말이 맞아. 기분 전환을 하는 게 좋을 것 같아. 뭐 사 왔어?"

"별거 아냐."

나는 바닥에 놓아둔 편의점 비닐봉지를 집었다.

"아래층으로 가서 먹자."

"먼저 내려가. 여기 뒷정리하고 갈게."

"그래."

사야카가 방을 나가 계단을 내려가는 걸 확인한 뒤에 구석에 있는 서랍장으로 다가갔다. 아랫단의 서랍을 열어 안에서 성경책을 꺼냈다.

동물원이라는 말에 떠오르는 게 있었다. 어제 이 성경을 살펴 봤을 때 사이에 동물원 입장권 비슷한 것이 끼워져 있었다. 그때 는 딱히 마음에 담아두지 않았기 때문에 날짜까지는 확인하지 않았다.

그 입장권은 성경의 중간 부분에 끼워져 있었다. 3센티미터쯤 되는 표는 두 장이었는데, 하나는 어른, 하나는 어린이였다.

그리고 날짜는…….

틀림없었다. 색이 바래서 알아보기 힘들었지만 2월 11일이었 다. 연도도 일치했다.

우연이라고는 생각할 수 없었다. 오구라 형사의 편지에 있는 제보자의 이야기는 사실이었다. 불이 난 날, 미쿠리야 부인은 동 물원에 갔다.

당연히 혼자는 아니었다.

편지의 추신에도 '부인 일행을' 봤다고 적혀 있었다. '어른'은 부인일 테고 '어린이'는 누구지? 말할 것도 없이 유스케는 아닐 것이다.

서늘하고 불길한 바람이 등골에서 목 언저리를 훑고 지나가는 것 같았다. 손끝이 얼어붙으면서 들고 있던 동물원 입장권을 떨 어뜨릴 뻔했다.

입장권을 성경 사이에 다시 끼워놓고 서랍을 닫았다. 단지 그 뿐이었는데도 몸이 마음처럼 움직이지 않았다.

뒤에서 기척이 느껴졌다. 숨을 삼키고 뒤돌아봤다. 사야카가
의아한 표정으로 서 있었다.

"뭐 해?"

"아무것도 아냐." 나는 자리에서 일어났다. "서랍에 뭐가 들었
나 해서 열어봤는데 낡은 성경밖에 없네."

그렇게 말하며 나는 혹시라도 사야카가 그 성경책에 관심을
가지면 어떻게 대응해야 할지 머릿속으로 재빨리 궁리했다. 하
지만 별다른 타개책은 떠오르지 않고 겨드랑이에 땀이 배었다.

"기독교였던 것 같으니 집에 성경책이 있어도 이상할 건 없
지."

사야카는 그렇게 말했다.

"그렇지."

"내려가자."

"그래."

사야카를 뒤따라 방을 나서며 나는 몰래 안도의 한숨을 내쉬
었다.

7

"생각해봤는데, 네가 딱히 특수한 게 아닌 것 같아." 편의점 주

먹밥을 먹으며 나는 그렇게 말했다. "대부분의 사람들은 어릴 적 기억을 깨끗하게 잊어버린다잖아. 초등학교에 들어가기 전 일이면 더욱더 그렇고."

"그래서?"

사야카가 나를 보며 말했다.

나는 녹차로 입안의 주먹밥을 넘긴 뒤 대답했다.

"여기까지만 하자. 우리에게 미쿠리야 집안 사정을 더 들쑤실 권리는 없는 것 같아. 당사자들이 일부러 모든 걸 묻어버리려고 했는데."

이 말에는 다소 효과가 있었는지 사야카는 허를 찔린 표정을 지었다.

"여긴 무덤이고……?"

"그래. 여긴 무덤이지."

내 대답에 사야카는 팔짱을 끼고 소파에 기댔다. 그리고 빤히 나를 보았다.

"너, 좀 이상해."

의심이 가득한 눈초리였다. 나는 등을 펴며 대답했다.

"이상하다고? 뭐가?"

"뭐랄까, 갑자기 소극적으로 변했어. 아까까지는 그렇게 열심히 추리하더니…… 무슨 일이야?"

"무슨 일이긴. 수수께끼는 다 풀렸으니까 이쯤에서 마무리하

279

자는 거잖아. 그리고 방금 말한 것처럼, 우리에게 미쿠리야 집안의 무덤을 파헤칠 권리는 없어."

"정말 그뿐이야?"

"그렇다니까. 그거 말고 뭐가 있겠어."

나는 똑바로 사야카의 눈을 보며 말했다. 몇 초의 침묵이 흐른 뒤, 그녀는 시선을 피했다.

"수수께끼가 전부 풀린 건 아냐."

"아니라고? 우리는 미쿠리야 집안의 비극을 거의 완벽히 알아냈어. 미쿠리야 게이치로가 큰아들인 마사카즈를 내치고, 손자 유스케를 친자식처럼 키웠어. 그 때문에 삐뚤어진 마사카즈는 아버지가 세상을 떠난 뒤에 유스케를 학대했고, 그 고통에서 벗어나기 위해 유스케가 동반자살을 시도했다는 것. 그 모든 걸 우리는 알아냈잖아. 더 뭘 알아야 하는데?"

"뭔가 부족해."

"너무 깊이 생각하지 마."

"그게 아니라……." 사야카는 소파에서 일어나 거실 천장을 올려다보며 조금 걸었다. 그녀가 멈춰선 곳은 피아노 앞이었다. "지금 네가 말한 스토리에는 내가 등장하지 않잖아."

"당연하지." 나는 태연한 척 대답했다. "넌 기본적으로 외부인이었어. 유스케가 받은 학대와도, 집을 태워버린 화재와도 상관없다고."

"과연 그럴까?"

"그렇다니까. 무슨 말이 하고 싶은데?"

사야카는 피아노 의자에 걸터앉았다. 그리고 심호흡을 했다.

"본 것 같아."

"뭘?"

내가 되묻자 사야카는 한 호흡 쉬었다 대답했다. "타버린……
집을."

숨을 삼켰다. "타버린 집이라니, 미쿠리야 집안의?"

"모르겠어. 하지만 아마 그렇지 않을까. 엄청난 연기가 주변에
피어올랐고, 사람들이 모여 있었는데, 그 너머로 까맣게 탄 집
이……." 가늘게 눈을 떴다. "난 누군가와 같이 있었어."

"다이 씨, 너희 어머니하고 같이 있던 거 아냐? 만일 미쿠리야
집안에서 발생한 화재를 목격한 거라면."

사야카는 눈을 뜨더니 다시 심호흡을 했다. 가슴이 크게 들썩
였다.

불현듯 그녀의 눈동자가 무언가를 포착한 듯 멈췄다. 그 시선
끝에는 내 앞의 테이블이 있었다.

"뭘 그렇게 봐?"

나는 사야카의 얼굴과 테이블을 번갈아 보며 물었다.

내 쪽으로 돌아오더니 테이블 위에서 주먹밥을 하나 집었다.
그리고 그것을 보물처럼 두 손으로 쥐고 아련한 눈빛으로 그것

을 바라보았다.

"사야카……."

이름을 불렀지만 대답은 없었다. 그대로 무릎을 꿇더니 뭐라고 웅얼거리기 시작했다. 귀를 기울였다. 사야카는 이렇게 말하고 있었다.

"먹이를 주면 안 돼. 혼나. 먹이를 주면 안 돼……."

나는 사야카를 잡고 흔들었다.

"정신 차려, 왜 그래?"

사야카는 나를 보았다. 그 눈에는 사고가 중단된 분노가 역력히 서려 있었다.

"부탁이니까 좀 내버려둬."

잔뜩 참는 목소리로 사야카는 말했다.

"어떻게 그래. 무슨 생각을 하는지 말해줘."

"혼자 있고 싶어. 십 분, 아니, 오 분이면 되니까 내버려둬줘."

격한 초조함에 휩싸였다. 하지만 이 난국을 타개할 방법이 떠오르지 않았다.

"그럼 옆 다다미방에 있을 테니까 무슨 일 있으면 불러."

사야카는 말없이 고개를 끄덕였다.

가슴에 큰 응어리를 안은 채 나는 다다미방으로 갔다. 먼지투성이 다다미 위에 앉아 팔짱을 꼈다.

먹이를 주면 안 돼…….

사야카의 기억이 되돌아오고 있는 건 분명했다. 그 모습을 지켜보기만 해도 될지 갈등했다. 할 수만 있다면 이대로 이 집에서 데리고 나가고 싶었다. 하지만 과연 그것이 그녀를 가장 위하는 길일까.

사야카는 나에게 소극적으로 변했다고 했다. 예리한 감성을 가진 그녀에게 어설픈 연기는 통하지 않는 걸까. 그래, 나는 소극적으로 변했다. 겁이 난다.

시계를 보니 이 방에 들어온 지 팔 분이 지나 있었다. 발소리를 죽이고 사야카의 상황을 살피러 거실로 갔다. 하지만 사야카는 보이지 않았다.

"사야카!"

저도 모르게 그녀의 이름을 부르며 계단으로 달려갔다. 단숨에 뛰어 올라가 부부 침실로 다가서자, 그녀는 옷장 앞에 주저앉아 있었다.

사야카는 비디오를 느리게 감은 듯 천천히 나를 돌아봤다. 그녀의 손에는 성경 사이에 끼워져 있던 동물원 입장권이 들려 있었다.

"사야카……."

나는 다시 그녀의 이름을 불렀다.

사야카의 입술이 움직였다. 먼저 공기 새어나오는 소리가 들리더니 잠긴 목소리가 뒤따라 나왔다.

"왜……?" 그녀는 그렇게 말했다. "집에 불이 난 날, 역시 미쿠리야 부인은 동물원에 갔어. 그런데 왜……?"

"뭐가?"

"왜 내가 부인하고 같이 갔지? 동물원에."

"네가? 그럴 리가."

웃어넘기려 했다. 하지만 마음처럼 되지 않았다. 얼굴이 부자연스럽게 일그러졌을 뿐이었다.

사야카는 내 얼굴에 시선을 고정한 채 고개를 저었다.

"갔었어. 생각났어. 아주 옛날, 내가 어린아이였던 시절. 내 손을 잡아준 건, 얼굴은 기억나지 않지만 기모노를 입은 여자였어. 엄마가 아냐. 엄마는 평소에 기모노 같은 옷은 안 입었어."

"착각이야. 뭔가 착오가……"

"그럼 이건 뭔데?" 그렇게 말하며 사야카는 입장권을 내밀었다. "2월 11일이면 화재가 발생한 날이잖아. 어른과 어린이. 미쿠리야 부인을 동물원에서 봤다는 사람이 있다고, 아까 그 편지에서 봤지?"

말문이 막혔다. 그럴싸한 변명을 생각해내야 했다. 하지만 속이 타들어갈 뿐 빠져나갈 구멍이 보이지 않았다.

"부인은 동물원에 갔어. 그럼 누구와? 이 어린이 표는 누구 거냐고. 나 아냐?"

나는 고개를 숙였다. 때마침 바람이 불어와 문이 쾅 닫혔다.

"넌 알고 있었지? 부인과 내가 동물원에 갔다는 걸. 하지만 그걸 숨기려 했어. 대체 왜?"

"무슨 소리야."

"얼버무리지 마." 나지막하지만 날카로운 목소리였다. "아까 나한테 이걸 안 보여줬잖아." 사야카는 입장권을 쥔 손을 쓱 내밀었다. "네가 뭔가 숨긴다는 건 알았어. 나중에 확인하면 된다고 생각해서 모른 척했던 거야."

"진정해. 좀 혼란스러워하는 것 같아."

"조금이 아니라 너무 혼란스러워. 하지만……." 사야카는 입장권을 보며 말을 이었다. "떠오른 것 같아, 모든 게."

"무슨 뜻이야?"

내 물음에 사야카는 천천히 고개를 들었다.

"영화 예고편을 보는 것처럼 몇몇 장면이 떠올랐어. 하지만 그게 진짜로 옛날에 있었던 일인지 확신할 수가 없어. 아니, 진짜 있었던 일이라고 생각하고 싶지 않아. 그건……." 입을 꼭 다물더니 눈을 두세 번 깜빡인 뒤 말을 이었다. "너무 끔찍하니까……."

"사야카……." 나는 주저앉아 그녀의 손을 잡았다. "망상이야. 지금 피곤해서 그런 생각이 드는 거야. 그러니까 오늘은 올라가……."

"말해줘."

내 말을 끊고 사야카가 말했다.

"뭘?"

"솔직히 대답해줘. 거짓말하지 말고."

나는 순간 망설였지만 "알았어"라고 대답했다.

사야카는 뚫어져라 내 눈을 바라보며 말했다.

"지하실에 있던 십자가."

"……응."

"그 옆에 '편히 잠들거라'라고 새겨져 있었는데, 그 위쪽에 긁힌 흔적이 있었지? 꼭 원래 있던 글자를 지운 것처럼."

침을 삼키려 했지만 입 안은 바싹 말라 있었다.

"그거, 네가 지웠지?"

"아니."

"처음에 말했잖아. 거짓말하지 않기로." 나를 노려보는 눈은 다소 충혈되어 있었다. "손전등 손잡이에 콘크리트 가루가 묻어 있었어. 그걸로 벽에 새겨진 글자를 지운 거 아냐? 사실대로 말해줘."

나는 입을 다물었다. 사야카는 멈추지 않고 추궁했다.

"왜 그런 짓을 했는지는 안 물을게. 하지만 이것만 대답해줘. 거기 뭐라고 새겨져 있었어?"

내가 계속 침묵을 지키자 그녀는 살짝 한숨을 쉬었다.

"그럼 질문을 바꿀게. 거기 사람 이름이 새겨져 있었지?"

아니라고 대답하려 했다. 하지만 마음속 뭔가가 그러지 못하게 했다. 더는 숨길 수 없다고, 그 뭔가가 나에게 말하는 것 같았다. 이제 끝이다.

"그 이름은……." 그녀는 조용히 말했다. "사, 야, 카…… 그렇지? '사야카'라고 적혀 있었지?"

가슴에 큰 파도가 밀려왔다 빠져나갔다. 그 자리에는 허탈감만 남았다.

입을 움직였지만 목소리는 나오지 않았다. 낼 수가 없었다. 하지만 이 반응으로 사야카는 답을 얻은 것 같았다.

"역시 그랬구나." 그녀의 두 눈에서 거의 동시에 눈물이 흘러내렸다. 눈물을 닦으려고도 하지 않고 그대로 자리에서 일어났다. "이상하네. '사야카 편히 잠들거라.' 구라하시 사야카라는 여자아이는 죽었다는 거야? 그럼 여기 있는 난 누구야? 지금까지 사야카인 줄 알고 살았던 나는, 고등학교 때 네가 사야카라고 불렀던 나는 대체 누구라는 거야?"

그녀는 창문을 등진 채 섰다. 밖에는 빛이 넘실거렸지만 이 방 안은 여전히 어둑했다. 그녀의 모습이 검은 실루엣으로 바뀌었다.

"그 동물원에서 코끼리에게 주먹밥을 주려고 했어. 그랬더니 같이 있던 사람이 나한테 그랬어. 먹이를 주면 안 돼, 혼나, 히사미…… 하고."

"히사미……."

"아마 오랠 구久에 아름다울 미美를 쓰겠지. 하지만 한자까지
는 기억이 안 나. 그리고 날 히사미라고 불렸던 건 그 사람뿐이
고, 다른 사람들은 애칭으로 불렀거든. 차미라고."

8

　유스케의 일기에 나오는 '녀석' 즉 미쿠리야 마사카즈가 유스
케의 형이 아니라 아버지임이 밝혀졌을 때, 나는 이미 하나의 모
순에 직면해 있었다.
　그 모순을 푸는 열쇠는 미쿠리야 게이치로가 나카노 마사쓰구
에게 보낸 편지였다. 그 편지에는 이런 내용이 있었다.

　그나저나 곧 둘째가 태어난다는 소식을 선생님이 아시는 줄
　몰랐습니다. 굳이 호들갑을 떨 일도 아니다 싶어서 연락드리
　지 않았습니다. 죄송합니다. 첫째가 아들이었으니 둘째는 아
　들이든 딸이든 상관없습니다.

　이 편지를 처음 읽었을 때는, 미쿠리야 마사카즈가 유스케의
형이라고 생각했다. 그래서 여기서 말하는 둘째란 유스케를 가
리키는 것이라 이해했다.

하지만 미쿠리야 마사카즈가 유스케의 아버지가 되면 이 편지의 의미는 180도 달라진다. 첫째가 유스케이고 그 밑으로 또 한 명이 태어날 예정이었다고 생각할 수밖에 없어진다.

유스케의 생모는 출산 후 얼마 지나지 않아 세상을 떠났으니, 이 시점에서 임신한 건 미쿠리야 마사카즈의 재혼 상대라 봐야 한다.

이 둘째 아이는 그 뒤에 어떻게 됐을까. 무사히 태어났다면, 당연히 이 아이에 대해 유스케가 일기에 쓰지 않았을까.

그것이 내가 가진 모순점이었다.

하지만 이러한 해석은 가능하리라.

다른 편지에 따르면, 미쿠리야 마사카즈는 재혼한 지 얼마 되지 않아 이혼했다. 도박에 손을 댔다가 근무하던 학교에서 해고당한 까닭에 아내가 집을 나간 모양이었다. 그때 상대 여성이 아이를 데려갔다는 해석이다.

하지만 뭔가 석연치 않았다. 미쿠리야 게이치로는 유스케에게 엄청난 애정을 쏟았다. 그렇다면 둘째 손자도 어떻게든 자신들이 키우려 하지 않았을까. 적어도 며느리가 데려가는 걸 묵인하지는 않았을 텐데.

하지만 나는 이 의문을 사야카에게 말하지 않았다. 그 이유가 무엇인지는 스스로도 잘 모르겠다. 이 문제를 깊이 파고들면 위험하다. 내 안의 무언가가 경고하고 있었다.

그 예감이 적중했음을 알아챈 건 지하실에 걸린 십자가 옆에 새겨진 글자를 발견했을 때였다. 사야카의 말대로 그곳에는 이 렇게 새겨져 있었다.

'사야카 편히 잠들거라 2월 11일.'

우연히 같은 이름의 소녀가 있었을 리는 없다. 이 사야카는, 유스케의 일기에 나오는 '사야카'가 분명했다.

이 글귀를 보고 내가 혼란에 빠진 건 말할 것도 없다.

화재 사고로 사망한 건 유스케와 미쿠리야 마사카즈만이 아니었다. 근처에 살았던 다이 씨의 딸, '사야카'도 죽은 것이다. 지하실에서 놀다가 화마에 휘말린 것일까.

사정이 어쨌든 이 집은 유스케의 무덤인 동시에 '사야카'의 무덤이기도 한 것이다.

하지만 그렇게 되면, 현재 나와 함께 있는 사야카라는 여성의 존재가 문제가 된다.

그녀는 누구인가. 미쿠리야 집안과 상관없는 사람일 리는 없다. 왜냐하면 그녀는 미쿠리야 집안에 관련된 기억을 단편적으로나마 가지고 있기 때문이다.

행방이 묘연해진 미쿠리야 마사카즈의 둘째. 그 아이의 존재가 내 뇌리를 스쳐 지나간 건 바로 이 순간이었다. 그 아이가 사야카…… 내가 사야카라고 부르는 여성일 가능성은 없을까?

유스케의 일기를 떠올렸다. 둘째 아이가 그 일기 어딘가에 등장하지 않았던가. 그 존재를 암시하는 기술은 없었던가.

그리고 차미라는 이름을 떠올렸다. 유스케의 일기 속 몇몇 에피소드와 함께.

큰 트럭에 짐을 싣고 녀석이 왔다. (중략) 저런 녀석이 집에 있는 게 싫다. 하지만 차미는 귀여우니까 같이 살면 재미있을 것 같다. 차미만 오면 좋은데.

종이를 구겨서 차미와 캐치볼을 하며 놀았다. 차미는 처음에는 어설펐지만 점점 잘하게 되었다.

저녁에 다이 씨가 아이를 데려왔다. 차미에게 소개하고 싶다고 했다. 나는 차미를 데려왔다. 다이 씨의 아이는 혀 짧은 소리로 '안녕하세요, 사야카예요'라고 했다. 귀여운 목소리였다.

차미가 고양이라는 말은 한마디도 없었다. 우리가 멋대로 그렇게 생각한 것이다.

여기까지 생각했을 때, 나는 손전등 모서리로 벽에 새겨진 글자를 지우고 있었다. 하나의 추리가 내 의사와 상관없이 구축되려 하고 있었다. 나는 더는 이 문제에 대해 생각하지 않기로 했다. 그리고 한시라도 빨리 사야카를 이 집에서 데리고 나가야겠다는 초조함에 휩싸였다.

하지만 사야카는 여기서 나가려 하지 않았고 금고를 열어 더욱 결정적인 증거를 발견했다. 오구라 소하치라는 형사가 보낸 편지를.

그 편지를 읽고 동물원 입장권을 확인함으로써 나는 과거 미쿠리야 집안에서 무슨 일이 일어났는지, 거기에 사야카가 어떻게 관계되어 있는지를 거의 완전히 이해했다.

미쿠리야 부인이 동물원에 갔었다는 건 그 입장권이 증명하고 있다. 하지만 그것은 '시간적으로 불가능한 일'이라고 오구라 형사는 말하고 있다. 그 이유는 무엇인가. 혼자 장을 보러 갔다는 부인 자신의 진술과 모순되기 때문일까. 아니, 그렇다면 그 진술을 더욱 의심했겠지. '불가능하다'고 단언하는 걸 보면 나름대로의 근거가 있을 것이다.

문제는 부인이 아니라, 부인과 함께였던 아이인 게 아닐까. 그 아이가 당일 동물원에 있었다는 점이 중요한 것이다.

먼저 나는 부인과 함께 있던 건 미쿠리야 마사카즈의 둘째 아이였다고 가정했다. 부인은 손녀를 데리고 동물원에 갔다.

다음으로 나는 한 여자아이가 지하실에서 사망한 사실을 떠올렸다. 그 여자아이는 '다이 씨의 딸 사야카'이다.

이 두 사실에는 모순이 없다.

하지만 만일 경찰이 불 탄 시체의 신원을 '사야카'가 아니라 미쿠리야 마사카즈의 둘째 아이라는 판단을 내렸다면?

그 아이를 그날 동물원에서 목격하는 건 '불가능한' 일이 되지 않을까.

물론 경찰이 자의적으로 사체의 신원을 틀리게 판단했을 리는 없다. 나름대로의 근거가 있었겠지.

즉 미쿠리야 부인이 불 탄 시체를 보고 증언한 것이다. 이 아이는 본인의 손녀가 맞다고.

죽은 아이는 미쿠리야 집안의 딸 차미이고, 구라하시 사야카는 살아있는 것으로 처리된 것이다.

차미는 구라하시 부부에게 맡겨졌다. 그리고 그 사실을 들키지 않도록 부부는 이사를 했다. 그리고 차미를 사야카로 키우기로 했다. 딸이 기억을 잃어버린 것도 부부에게는 천운이었다.

왜 아이를 바꿔치기한 것인지 그 사정은 억측할 수밖에 없다. 내 생각에 아마 미쿠리야 부인은 그것이 차미를 위한 길이라 생각했기 때문은 아닐까. 가정 폭력으로 인해 오빠와 아버지가 동반자살로 생을 마감했다는 사실은 차미의 앞날에 결코 좋은 영향을 끼치지 못할 것이다. 게다가 아버지는 사회인으로서 실격 처분을 받은 사람이었다.

또한 딸을 잃은 구라하시 부부도 은인의 딸을 자식으로 키우는 것에 이의는 없었으리라. 하지만 미쿠리야 집안 때문에 딸을 잃었다는 억울함이 그들에게 없었을까…… 그건 내 상상의 범위를 넘어선 문제였다.

9

"이 집에서 놀았던 기억이 있다고 했잖아. 어린아이와 함께 놀았던 것 같다고. 그 아이가 사야카였구나. 진짜 사야카."

애칭 차미. 아마 미쿠리야 히사미라는 이름이었을 여성은 그렇게 말하며 희미하게 웃었다.

"널 힘들게 하고 싶지 않았어. 그래서 내 생각을 말 안 한 거야."

"그래, 알아."

"그리고…… 확인하지도 않았으니 아직 뭐라 할 수도 없고."

"그러네. 확인해야지."

그녀는 흔들의자에 다가가 등받이를 살짝 밀었다. 시계추처럼 의자는 잠시 흔들리다 멈췄다.

"나……."

거기까지 말하다 그녀는 입을 다물었다.

"왜?"

그녀는 나를 보았다.

"난 엄마에게 사랑받았을까?"

"어……?"

"사랑받지 못했을지도 몰라. 사랑하려고 애쓴 것 같기는 하지만 결국 실패한 게 아닐까."

"왜 그런 생각을 해?"

"엄마는 날 볼 때마다 진짜 사야카를 떠올렸을 게 분명하니까. 생각하면 분명 슬픔에 잠겼겠지."

나는 입을 다물고 그녀의 눈을 보았다. 눈동자가 불안정하게 흔들리고 있었다. 의식 밑바닥에 불순물처럼 가라앉아 있던 무언가가 조용히 흔들리는 것처럼.

"그리고……." 그녀가 말을 이었다. "내가 엄마를 잘 따르지 않았을 테니까."

"그건 아니지."

"아니." 살며시 고개를 저었다. "잘 따르지 않았어. 앨범 봤잖아. 난 안 웃는 애였어."

"갑자기 환경이 달라지고 이름까지 바뀌었는데 그 정도는 어쩔 수 없지."

"그게 다가 아냐. 난 늘 겁에 질려 있었던 것 같아. 흠칫거렸던 것 같아. 사랑받지 못했다기보다 내 자신이 사랑받으려 하지 않았어. 그런 나를 엄마는 분명 어찌 대할지 난감했을 거야."

그녀는 얼굴을 두 손으로 감쌌다. 눈가가 빨갰다.

신중히 말을 골랐지만 뭐라고 해야 할지 알 수 없었다. 하는 수 없이 방 한구석의 어두운 한 지점을 바라보았다. 오래된 기억이 먼지를 뒤집어쓴 채 가라앉아 있는 것 같았다.

가만히 그녀가 숨을 내쉬었다.

"미안해. 이제 됐어."

"어떻게 답이 있겠어."

"그럴지도 몰라." 그렇게 말하더니 "하지만" 하고 고개를 갸웃거렸다. "왜 그렇게 겁에 질려 있었던 걸까⋯⋯?"

"가자." 나는 그녀의 등에 손을 올리며 말했다. "그만 가자."

그녀는 머리를 연신 헝클어뜨리더니 실내를 둘러보았다.

"그래, 가자."

창가로 걸어가 안쪽에서 창문을 잠갔다. 닫자마자 실내는 어두컴컴해졌다. 그녀가 재빨리 손전등을 켰다.

"이 집은 앞으로 어떻게 될까."

"글쎄⋯⋯ 네 마음에 달린 게 아닐까."

내 대답에 그녀는 살짝 고개를 끄덕였다.

문을 전부 닫은 뒤, 우리는 지하실로 내려갔다. 이대로 밖으로 나가고 싶었는데, 그녀가 걸음을 멈췄다.

"이런 데서 죽었구나. 사야카는."

어두운 목소리가 들렸다.

"이 집은 레플리카야." 내가 말했다.

"사야카, 여기 숨는 걸 좋아했을지도 몰라."

"어떻게 알아?"

"전에 말했잖아. 어릴 적에 있었던 일. 부모님이 어떤 추억을 말해줬는지. 다섯 살 때쯤에 아이가 없어져서 놀라서 찾아다녔는데, 창고에서 자고 있었대."

"그 얘기구나."

"그 창고가 여기였나 봐. 그 추억은 내 것이 아니라 사야카의 것이었어."

"너도 사야카야."

아주 자연스럽게 그 말이 튀어나왔다.

그녀가 나를 보았다. 시원스러운 눈동자에 손전등 불빛이 반사됐다.

"그렇게 생각해?"

"응." 그 물음에 나는 고개를 끄덕였다. "적어도 나한테는 사야카일 뿐이야."

"고마워."

"아니……."

일단 시선을 돌렸다가 다시 그녀를 보았다. 그녀 역시 내 얼굴을 바라보고 있었다.

나는 그녀의 어깨에 손을 뻗었다. 살짝 붙잡아 끌어당기자 별다른 저항 없이 그녀는 몸을 기댔다.

그 입술에 키스했다. 그리고 끌어안았다. 이 감촉과 체온. 마지막으로 느꼈던 적이 몇 년 전이었던가.

입술이 떨어졌다. 그녀의 눈을 보았다. 그 기척을 알아챘는지 그녀는 그때까지 감았던 눈을 서서히 떴다. 어둠 속에서 우리는 서로를 응시했다.

다음 순간, 무언가에 놀란 듯 그녀는 두 눈을 부릅떴다. 왜 그래 하고 물을 틈도 없이 그녀는 나에게서 떨어졌다. 흡사 펄쩍 뒤로 뛰듯이 순식간에.

두 손으로 입을 가리더니 겁에 질린 눈으로 나를 보았다. 온몸을 떨고 있었다.

"왜 그래?"

그제야 나는 물을 수 있었다.

하지만 사야카는 대답하지 않았다. 세차게 고개를 젓더니 홱 몸을 돌려 계단을 뛰어 올라갔다. 신고 있던 신발이 도중에 벗겨져 계단 밑으로 떨어졌지만, 그녀는 걸음을 멈추지 않았다.

나는 신발을 주워들고 뒤를 좇았다.

2층으로 올라가자 유스케 방의 문이 반쯤 열려 있었고 안에서 흐느끼는 소리가 새어나왔다. 복도에서 들여다보니 사야카는 바닥에 무릎을 꿇고 침대에 얼굴을 묻은 자세로 울고 있었다.

나는 문손잡이를 잡았다. 기척을 느꼈는지 목소리가 들렸다.

"들어오지 마."

무의식적으로 손을 뗐다. 나는 한동안 그 자리에 우두커니 서 있었다.

사야카가 고개를 들었다. 하지만 내 쪽을 돌아보려 하지는 않았다. 증기기관차 포스터가 붙은 벽 쪽을 바라본 채였다.

"그 방에서……." 그녀의 가느다란 목소리가 들렸다. "그 남자한테……."

"어?" 미간이 찌푸려졌다. "어떤 방?"

"그 방. 꽃병이 있고 녹색 커튼이 달린 방. 거기서 그 남자한테……." 거기까지 말하다 짜증스레 고개를 저었다. "부탁이야, 손전등 좀 꺼줘."

나는 황급히 스위치를 껐다. 우리는 완벽한 어둠에 휩싸였다.

"내……." 그녀가 말문을 열었다. "옷을 다 벗겼어."

욱신. 가슴이 아렸다. 어둠을 향해 한 걸음 내디뎠다.

"그리고 도망치지 못하게 날 껴안았어. 그 침대에서. 그 남자한테. 항상 술 냄새를 풍기던 그 남자한테." 사야카는 울먹이고 있었다. "하지 말라고 했어. 몇 번이고 몇 번이고. 하지만 그 남자는 계속했어. 내 편은 너밖에 없다, 그러니까 너까지 날 싫어하지 말라고, 너까지 날 무시하지 말라고, 그러면서 내 몸을……." 무거운 침묵. 그리고 이어진 말. "구석구석 핥았어."

한 걸음 더 나아간 곳에서 걸음을 멈췄다. 그녀의 목소리가 내주위에서 울려 퍼지는 듯한 착각에 빠졌다. 희미하게 이명이 일었다.

"매일 밤 그랬어. 늘 밤이 오는 게 무서웠어."

"누구한테 상의하지 않았어?"

나는 물었다.

"못 했어." 사야카는 대답했다. "왜 그랬는지, 지금은 모르겠어. 하지만 아마 겁이 났던 것 같아. 그 남자를 거스르는 게 무서웠어. 그 남자가 날 더 괴롭힐까 무서웠어."

그럴 수도 있다고 생각했다. 학대받는 대부분의 아이들이 아무에게도 상의하지 못하고 고민한다고 하니까.

미쿠리야 마사카즈에게 사야카, 아니 미쿠리야 히사미는 엄한 아버지인 게이치로의 그림자가 느껴지지 않는 유일한 존재였다. 아들 유스케에게 무시받는 상황에서 극한의 고독과 굴욕을 느꼈을 미쿠리야 마사카즈는 그 반동으로 딸에게 비정상적으로 집착했을지도 모른다.

유스케의 일기에 이런 내용이 있었던 게 떠올랐다.

어제 일이 마음에 걸려서 오늘은 종일 아무 일도 손에 잡히지 않았다. 너무나도 기분이 나쁘다. 오늘 밤에도 그런 일이 일어날까. 혹시 지금까지 계속 그랬는지도 모른다. (중략) 만일 그런 거라면 너무 싫다. 토할 것 같다. 오늘 학교 갔다 오는 길에 정원에서 마주쳤는데 도망쳐버렸다. 내일부터 어떻게 해야 할지 모르겠다.

유스케가 무엇을 보았는지를 상상하기란 어렵지 않았다. 그리고 그가 정원에서 마주친 상대는 차미 즉 사야카였다.

"떠올리지 마. 다 지난 일이야."

입 밖으로 낸 뒤에야 얼마나 부질없는 소리인지 깨달았다.

어둠 속에서 그녀가 움직이는 기척이 났다.

"그날 일이 기억났어."

"그날?"

"불이 나기 전날. 유 오빠가……." 거기까지 말하고 나서 숨을 내뱉는 소리가 들렸다. "그래, 유 오빠라고 불렀어. 유 오빠는 나를 차미라고 불렀고. 그런데 그날 밤에 유 오빠가 나한테 그랬어. 차미, 너, 그 남자가 싫지? 나는 바로 싫다고 했어. 그랬더니 오빠가 그러는 거야. 그럼 내가 죽여줄까."

숨을 삼켰다. 그 소리가 유난히 어둠 속에 존재감 있게 울려 퍼졌다.

"죽이는 게 뭐야? 나는 그렇게 물었어. 오빠는 없어지는 거라고 했어. 그리고 자기는 집을 나가도 되지만, 넌 그럴 수도 없다. 당분간은 여기 있어야 한다. 그놈한테 그런 짓을 당하면서 앞으로도 계속 같이 살 수 있겠느냐고 물었어."

"그래서 너는 뭐라고 대답했어?"

"죽여달라고…… 그렇게 대답했어."

오한을 느끼듯 그녀는 대답했다.

나는 뭐라고 대답해야 할지 몰라서 입을 다물고 있었다.

"오빠는 알아서 죽이겠다고 했어. 그러니까 내일 엄마한테 동물원에 가고 싶다고 말하라고. 그사이에 해치우겠다고."

"동반자살하려던 게 아니었군."

"아니었을 거야. 오빠는 날 위해 그 남자를 죽이려고 했어. 그런데 불이 번져서…… 오빠도 휘말려 죽었어. 나 때문에 죽었어."

사야카는 아까보다 더 서럽게 울부짖었다.

보이지 않는 힘이 나를 붙잡고 있었다. 손가락 하나도 까딱할 수 없었다.

이것이 그녀의 기억을 봉인한 건가.

아마 유스케의 죽음을 안 순간, 그녀는 의식을 잃었으리라.

"사야카……."

나는 간신히 한 발짝 걸음을 옮겼다.

"오지 마." 그녀는 흐느끼며 소리쳤다. "그리고 난 사야카가 아니야……."

그녀에게 해줄 말이 없었다. 나는 허수아비일 뿐이었다. 망연한 채 그녀의 울음소리를 듣고 있는 것밖에 할 수 있는 일이 없었다.

얼마나 지났을까, 그녀의 흥분이 가라앉는 듯한 공기의 흐름이 느껴졌다.

"미안한데." 그녀가 아까보다 확실히 진정된 목소리로 말했다.

"먼저 돌아가."

"그래도……."

"부탁이야. 혼자 있게 해줘."

하지만 그녀를 여기 혼자 두고 떠날 수는 없었다. 물론 혼자서도 돌아갈 방법은 얼마든지 있겠지만, 내가 걱정되는 건 그런 문제가 아니었다.

그러자 그런 내 속내를 꿰뚫어본 듯 그녀는 말했다.

"걱정 마, 안 죽을 거니까."

"아니, 그게 아니라……."

"잘 가."

더는 내가 이곳에 있는 걸 거부하듯 사야카는 작별을 고했다.

나는 하는 수 없이 고개를 끄덕였다.

"알았어. 그럼 갈게."

"미안해…… 불편하겠지만 방을 나갈 때까지 손전등은 켜지 말아줘."

"알았어."

방을 나왔지만 나는 손전등을 켜지 않고 더듬더듬 계단을 내려갔다. 그대로 지하실까지 내려가려는데, 뭔가 희미하게 소리가 났다. 거실 쪽에서였다.

홀을 지나 거실에 들어갔다. 거기서 손전등을 켰다.

정지된 공기 속에서 모든 것이 고요했다.

나는 손전등 불빛을 이리저리 비췄다. 동그란 빛 속에 피아노가 들어왔다.

사야카가 보던 악보가 바닥에 떨어져 있었다. 손전등을 바닥에 비추며 걸어가 악보를 주워 제자리에 돌려놓았다.

인형이 눈에 들어왔다. 손전등 불빛을 받은 인형의 눈이 옅게 빛나고 있었다. 인형은 뭔가를 나에게 말하려는 것 같았다.

집 밖으로 나오자 온몸에 가벼운 통증이 느껴질 정도로 햇빛이 강렬했다. 두 눈을 제대로 뜰 수 있게 되기까지 조금 시간이 걸렸다.

나는 차에서 사야카의 짐을 꺼내 지하실로 내려가는 계단 입구에 두었다.

차에 타서 룸미러로 집을 보았다. 어제 도착했을 때와 조금도 달라지지 않은 모습이었다. 시동을 걸었다.

출발하는데 희미하게 피아노 소리가 들린 것 같았다. 나는 바로 브레이크를 밟았다. 하지만 아무리 귀를 기울여도 소리는 들리지 않았다.

나는 다시 액셀을 밟았다.

에
필
로
그

むかし僕が死んだ家

도쿄로 돌아와서 미쿠리야 집안에 대해 조금 알아봤다. 이십 삼 년 전 화재가 발생한 사실은 이미 알고 있고, 미쿠리야라는 성이 흔하지도 않아서 당시 신문에서 기사를 찾기는 어렵지 않았다. '요코하마에서 주택 전소, 일가족 세 명 사망'이라는 짧은 기사가 나왔다. 세 명은 미쿠리야 마사카즈, 유스케, 히사미를 가리키는 것이었다.

기사에 실린 주소를 찾아 요코하마로 갔다.

미쿠리야 가족의 집이 있던 자리에는 맨션이 서 있었다. 주변은 한눈에도 최근 지어진 듯한 주택이 빼곡히 자리하고 있었다.

동네 토박이를 찾아서 미쿠리야 집안에 대해 물었다. 노인은 당시의 화재 사건에 대해서도 잘 알고 있었다.

"바깥양반이 죽고 나서 망나니 아들이 집으로 들어왔지. 우리끼리는 그 아들 부주의로 불이 났을 거라고 했어. 그 망나니 혼자 죽었으면 차라리 잘됐다고 했을 텐데, 어린애가 둘이나 불 속에서 죽었지. 안주인은 어이가 없어서 눈물도 안 나왔을 거야."

노인은 그렇게 말하며 얼굴을 찌푸렸다. 그도 유스케의 얼굴은 어렴풋이 기억하지만 동생의 얼굴까지는 기억나지 않는다고 했다. 거의 본 적이 없다고 했다. 그랬기 때문에 구라하시 사야카와 바꿔치기할 수 있었겠지.

마쓰바라 호숫가의 집(사실은 무덤이었지만) 소유주는 미쿠리야 집안의 먼 친척인 이소가이라는 인물이었다. 그는 외국제품을 할인판매하여 부를 축적한 인물로, 전국에 프랜차이즈 할인매장을 낸 사업가였다. 그 이소가이와 십 분쯤 도쿄 사무실에서 이야기할 시간을 얻을 수 있었다. 마쓰바라 호숫가 집의 존재는 알고 있지만 실제로 가본 적은 없다고 했다.

"원래 별장을 지으려던 땅이었습니다. 그런데 본가가 다 타버려서 그럴 상황이 아니게 되었죠. 한동안 방치됐는데, 그 댁 마나님이 무슨 변덕인지 본가와 똑같은 집을 지었다더군요. 그분이 돌아가시고 나서는 내가 물려받았는데, 전기며 수도도 들여놓지 않아서 그냥 뒀죠. 처분할 때에는 누구에게 연락하라는 언질이 있었는데."

그 누구가 사야카의 아버지였다. 이소가이는 그가 세상을 떠났다는 사실을 모르고 있었다.

미쿠리야 부인은 최종적으로 그 기묘한 집을 어떻게 하려던 걸까. 이소가이가 집을 처분하려고 할 때, 사야카가 그 집의 존재를 알게 될 가능성이 크다. 그 사실을 어떻게 생각한 걸까.

나는 미쿠리야 부인이 사야카에게 모든 것을 알려주려 했던 게 아닐까 생각했다. 그렇기 때문에 유스케의 일기를 비롯해 진실을 암시하는 물건들이 그토록 소중히 보관되어 있던 게 아닐까.

분명 그 집이 존재했기에 사야카는 진상을 알아냈다. 자신이 누구인지도 깨달았다. 그것이 그녀에게 바람직한 일인지 어떤지는 모르겠지만.

결국 그 집은 그녀에게 무엇이었을까.

나는 아주 오래전에 그녀가 그 집에서 죽은 것처럼 느껴졌다. 그녀와 이름을 바꾼 '사야카'라는 소녀가 실제로 죽은 것과는 또 다른 의미로. 그 기묘한 이틀간의 여행은 그녀가 그녀 자신의 시체를 발견하기 위한 것이었다. 그런 의미에서도 그 집은 역시 무덤 외의 아무것도 아니었다.

그리고 그 사건 이후로 나 역시 예전에 살던 집을 떠올리는 일이 많아졌다. 키워준 부모와 함께 살던, 그 오래된 집을. 낳아준 어머니와 키워준 부모 사이에서, 누구와 함께 살 것인지 선택을 강요받았던 집. 얌전하고 순종적인 아들을 연기해야만 했던 집.

인간은 모두 혼자라는 걸 일깨워줬던 집.

어쩌면 나 역시 그 오래된 집에서 죽은 게 아닐까. 어릴 적 나는 그 집에서 죽었고, 그대로 내가 맞이하러 오기를 계속 기다리고 있는 게 아닐까. 그리고 누구에게나 옛날에 자신이 죽은 집이 존재하는 게 아닐까. 그곳에 그저 죽어 있는 자신과 마주하고 싶지 않아서 모르는 척할 뿐.

그해 말에 사야카에게서 엽서가 왔다. 그 집에서 헤어진 뒤로 처음 온 연락이었다.

엽서에는 그녀가 이혼했으며 아이는 남편이 키우기로 했다는 이야기가 지극히 간결하게 적혀 있었다. 마지막 말은 이러했다.

'신세가 많았습니다. 나는 역시 나일 수밖에 없다는 걸 믿고 앞으로도 살아가려 합니다.'

보낸 사람의 이름은 구라하시 사야카로 되어 있었다.

그 후로 그녀와는 만나지 않았다.

옮긴이의 말

むかし僕が死んだ家

그 집은 그녀에게 무엇이었을까

최고은(번역가)

*작품의 주요 내용과 결말에 대한 언급이 있습니다.

1985년 《방과후》로 에도가와란포상을 수상하며 데뷔한 이래, 삼십 년이 넘는 작가 생활 동안 히가시노 게이고는 구십 권이 훌쩍 넘는 작품을 발표하며 명실공히 현대 일본을 대표하는 대중소설 작가로 명성을 쌓아왔다. 대개 미스터리 작가로 분류되기는 하지만, 트릭 풀이에 중점을 두는 본격 추리소설과 범죄의 동기 즉 사회적 배경을 중시하는 사회파 추리소설의 경계를 절묘하게 넘나들면서도 가족 문제나 남녀 관계 등 보편적 인간사의 드라마를 그 중심에 두고 속도감 넘치는 전개를 선보이는 스타일은 동시대의 여타 작가와 확연히 구별되는 히가시노만의 브랜드를 구축하게 했다. 그리고 나아가 일본은 물론, 한국과 중국

등 해외에서도 믿고 보는 베스트셀러 작가로 자기매김했다 해도 과언이 아닐 것이다.

《옛날에 내가 죽은 집》은 1994년에 출간된 작품으로, 데뷔 후 십 년쯤 메가 히트작을 내지 못한 채 작가로서 다소 어정쩡한 위치에 있던 시절의 작품이다. 참고로 2012년에 고단샤에서 간행된 《히가시노 게이고 공식가이드》의 '독자 일만 명이 뽑은 히가시노 게이고 작품 인기 랭킹'에서는 36위를 차지했는데 이 역시 어정쩡한 순위가 아니라 할 수 없다.

하지만 작가는 '자신 있게 추천하는 야심작'이라는 표현으로 이 작품에 대한 자신감과 애정을 나타낸 바 있듯,《옛날에 내가 죽은 집》은 별다른 사건이나 다양한 등장인물 없이도 독자의 시선을 뗄 수 없게 만드는 심리적인 힘을 가진 걸작이다. 히가시노의 소설이 그 드라마성에 비해 등장인물 내면의 심리 묘사는 다소 구체적이지 않다 느꼈던 독자라면, 분명 이 작품이 그 갈증을 얼마쯤 매워줄 것이다. 더불어 어딘가 그늘이 있는 신비로운 여성 캐릭터와 그녀를 떠나지 못하는 순애보적 남자라는 히가시노 작품의 전형적 도식의 원형이 등장하지만, 그들의 관계성은 이후의 타 작품들과 다소 차별점을 지니기에 이 역시 눈여겨볼 만하다.

주인공인 '나'에게 칠 년 전에 헤어진 옛 연인 사야카의 전화가 걸려온다. 그녀는 자신에게 어린 시절의 기억이 전혀 없다고 고백하며, 자신에게 결여된 유년시절의 기억을 찾는 여행에 동행해달라고 부탁한다. 단서는 세상을 떠난 아버지의 유품이자 굳게 닫힌 기억의 문을 여는 열쇠 하나뿐이다. 그리고 그 열쇠가 이끄는 곳은 누구의 집인지도 알 수 없는, 나가노 현 숲 속의 외진 곳에 자리한 무인의 집이다. 지금은 아무도 살지 않지만 예전에 살던 이들의 흔적은 고스란히 남겨져 있는, 시간이 일그러진 듯한 기묘한 이 공간에서 사야카는 현재의 그녀를 괴롭히는 문제를 해결하기 위해 잃어버린 과거와 마주하려 한다. 이십여 년 전 이 집에 살았던 한 아이의 일기와 그에 대한 두 사람의 추리가 교차되면서 소설은 조금씩 공백의 집에 빛을 비춘다. 그리고 어둠에 잠긴 집이 온전히 그 모습을 드러냈을 때 나타난 진실은⋯⋯.

앞서 말했듯 엄청난 사건은 일어나지 않지만, 결코 짧지 않은 이야기 속에서 한정된 공간적 배경과 단둘뿐인 등장인물만으로 시종일관 심리적 긴장감을 유지한 채 스토리를 전개하는 작가의 역량이 탁월하다. 이 중심에 가정 폭력과 아동 학대라는 민감한 사회적 소재가 자리한다. 1990년대 일본에서 사회문제로 떠올라 사람들에게 충격을 안겨주었던 동시대의 병폐를 작가는 명민하게 포착해 창작의 소재로 삼았다. 가정 폭력과 아동 학대 문제는 일본뿐 아니라 한국 사회에서도 여전히 현재진행형으로 존재하는 슬픈 현실이기에, 발표 후 이십여 년이 지난 2019년의 한국 독자에게도 시사하는 점이 많을 것이다.

그리고 이 작품에서 무엇보다 인상적인 것은 수수께끼 같은 제목이 시사하듯 작품의 소재와 작품 내 공간이 유기적으로 결합되어 가족의 비극이라는 테마에 깊이를 더한다는 점이다. 인간이 공간 안에서 살아갈 수밖에 없는 존재인 한, 양자는 긴밀한 관계를 맺는다. 그리고 집이란 단순한 주거의 공간이 아니라, 개인적 정체성의 기반이 되는 상징적인 장소이다. 작가는 이러한 집의 상징성을 작중에서 충분히 활용한다. 집은 제삼의 등장인물이라 해도 좋을 만큼 시종 존재감을 드러낸다. 사야카의 억압된 무의식과 사라진 기억의 세계를 상징하는 이 집은 우리가 흔히 생각하는 집의 이미지, 어린 시절의 추억과 향수, 가족이 주는 안정감과 무한한 애정 들로 수렴되지 않는 음울한 공간으로 형상화되었다. 과거 이 집에 살았던 가족은 그림으로 그린 듯한 근대의 중산층 가정이었다. 엄하지만 자상한 법조인 아버지, 순종적이고 가정적인 어머니, 온순하고 영리한 아들. 하지만 일견 평온해 보이는 이 가정의 풍경은 아버지가 지배하는 체제하에서만 작동하던 일그러진 허상이었다. 아버지는 아들을 자신의 소유물이자 지배 대상으로 여기고 자신과 같은 직업적 성취를 이

룰 것을 강요한다. 그리고 아들이 자신의 기대에 미치지 못하자 가차 없이 연을 끊고 손자를 새 아들로 삼아 패자부활전에 도전한다. 여기에서 가족이란 정서적 안정감과 구성원 사이의 유대감으로 결속된 친밀한 공동체라는 전통적 가족 신화의 모습은 찾아볼 수 없다. 남성이 여성을 지배하고 나이 많은 남성이 나이 어린 구성원을 지배하는, 철저하게 남성의 욕망만이 투영된 가부장제 가정의 실체만이 존재할 뿐이다.

이 왕국의 지배자였던 아버지가 병으로 세상을 떠난 뒤, 진짜 아들이 돌아오자 이 허상의 왕국은 붕괴하기 시작한다. 아버지의 기대를 만족시키지 못했다는 이유로 정서적 학대를 받아온 아들은 곧 아버지의 전철을 밟는다. 부인이 떠난 뒤 그는 자신을 받아들여주고 이해해줄 존재로 딸을 택하고 성적으로 학대한다. 할머니와 어머니가 그랬듯, 이 가족 안에서 사야카는 제 의사와 상관없이 정해진 역할을 부여받은 철저한 타자일 뿐이며 그녀의 자리는 존재하지 않는다.

한편, 유년기를 보낸 집에 대한 소외감은 화자인 '나' 역시 지니고 있는 것이다. 그는 부모의 친자가 아니라 대를 잇기 위해 어릴 적 입양된 아이이다. 고등학생 때 나타난 친어머니 역시 그를 자신의 외로움을 해소하기 위한 대상으로, 혹은 노후의 대비책으로 여겼다. 가족 내에서 자신의 자리를 갖지 못한 이들은 필연처럼 이끌렸지만, 이들은 너무 닮아 있었기에 사야카의 말처럼 거울에 비친 또 하나의 자신을 거부하기에 이르고 결국 그 관계는 파탄을 맞이한다.

억압하던 아버지가 죽은 뒤 사야카는 어린 시절의 기억을 단단히 봉인하고 망각을 택하지만, 시간이 흘러 새로운 정상 가족을 만드는 것으로 가족에게 받은 상처의 회복을 도모한다. 하지만 아내나 아이에게 큰 관심을 가지지 않고 가장의 역할을 수행하는 데에만 치중한 사야카의 남편을 보면 알 수 있듯, 이 가족의 풍경 역시 역할극이요, 과거의 반복에 지나지 않았다. 결국 자식을 사랑하는 어머니라는 역할을 수행하는 데 실패한 사야카는 자신이 증오하던 아버지처럼 약자인 딸을 학대하고 만다.

이처럼 작가는 삼대에 걸친 가족의 붕괴를 집이라는 공간과 더불어 담담하지만 집요하게 묘사함으로써 가족 신화의 허구를 해체한다. 인간이 인간으로서 존재하지 못하고 역할만을 강요받으며 착취당하는 억압적인 공간, 그곳은 더는 집이 아니라 개인의 무덤인 것이다. 그러한 까닭에 진실이 밝혀진 뒤, 사야카가 미쿠리야 히사미라는 과거 이름이나 가족의 대체로서 옛 연인을 택하는 일 없이, 홀로 남편과 아이를 떠나는 결말은 비극적이라기보다 오히려 일종의 해방감을 안겨준다.

'나는 역시 나일 수밖에 없다는 걸 믿고 앞으로도 살아가려 합니다.'

사야카의 마지막 말처럼, 개인에게 특히 여성에게 필요한 것은 집이나 가족이 아니라 바로 주체로서의 자각이자 의지가 아닐까.

비채X
히가시노 게이고 컬렉션

옛날에 내가 죽은 집 블랙&화이트 084

1판 1쇄 발행 2019년 7월 17일 **1판 5쇄 발행** 2024년 7월 10일
지은이 히가시노 게이고 **옮긴이** 최고은
펴낸이 박강휘
편집 장선정 **디자인** 윤석진
마케팅 이헌영 **홍보** 이혜진

발행처 김영사
주소 경기도 파주시 문발로 197(문발동) 우편번호10881
등록 1979년 5월 17일(제406-2003-036호)
구입 문의 전화 031)955-3100 **팩스** 031)955-3111
편집부 전화 02)3668-3295 **팩스** 02)745-4827 **전자우편** literature@gimmyoung.com
비채 블로그 blog.naver.com/viche_books
인스타그램 @drviche @viche_editors **트위터** @vichebook
ISBN 978-89-349-9528-9 03830 책값은 뒤표지에 있습니다.

비채는 김영사의 문학 브랜드입니다.